KB236832

覇君 패군

설봉 新무협 판타지 소설

FANTASTIC ORIENTAL HEROES

패군 23

설봉 新무협 판타지 소설

초판 1쇄 찍은 날 § 2011년 3월 24일
초판 1쇄 펴낸 날 § 2011년 3월 30일

지은이 § 설봉
펴낸이 § 서경석

편집책임 § 주소영
편집 § 어정원

펴낸곳 § 도서출판 청어람
등록번호 § 제1081-1-89호
등록일자 § 1999. 5. 31
어람번호 § 제2-2066호

주소 § 경기도 부천시 원미구 심곡2동 163-2 서경B/D 3F (우) 420-822
전화 § 032-656-4452 팩스 § 032-656-4453
http://www.chungeoram.com
E-mail § chungeoram@chungeoram.com

ISBN 978-89-251-2462-9 04810
ISBN 978-89-251-1840-6 (세트)

FANTASTIC ORIENTAL HEROES
설봉 新무협 판타지 소설
패군
23
부애사(不礙事)
[완결]
도서출판 청어람

目次

제155장 탈심(脫心)　　　　　7

제156장 파악(把握)　　　　　53

제157장 빙화(氷花)의 살(殺)　　97

제158장 명국(名局)　　　　　143

제159장 구적(舊敵)　　　　　191

제160장 북방(北方)의 한(恨)　237

제161장 니(你)!　　　　　285

第百五十五章
탈심(脫心)

안선 대공!

자신의 모든 것을 던져서 죽이고자 했다. 특별한 원한도 없으면서 무조건 죽여야 할 것처럼 생각되었다. 자신이 무림에 몸담고 있는 유일한 이유도 그에게 있었다.

그가 연신 기침을 쿨럭이면서 일정한 거리를 유지한 채 뒤를 쫓고 있다.

'세상은 참 모순이군.'

피식 웃음이 새어나온다.

자신이 그토록 죽이고자 했던 안선 대공이 오히려 무총주가 얽어맨 사슬을 끊어주었다.

즈즈즛! 즈으읏!

일목을 일으켜 암흑마기를 건드려 봤다.

아무런 반응이 없다.

암흑마기를 건드릴 수 없으니 그 뒤에 있는 소허태기는 그림자도 엿볼 수 없다.

무총주의 그늘에서 완전히 벗어났다.

그렇다고 그의 속박에서 자유로운 것은 아니다. 언제든 그를 만나는 날에는 그가 씌운 속박이 여지없이 재현된다.

소허태기는 결국 그가 스스로 극복해 내야 한다.

마음을 깨끗하게 비우고 새로운 인주를 마련해 놓은 상태에서 승리라는 도장을 꾹 눌러야 한다.

그전에는 결코 무총주를 벗어난 게 아니다.

안선 대공은 아주 잠시 동안만 총주의 시선을 차단시켜 주었을 뿐이다.

계야부가 섰다. 그도 섰다.

계야부가 걸었다. 그도 걸었다.

그는 무총주의 시선을 차단하는 강공책까지 펼쳤으면서 정작 계야부에게는 다가오지 않는다.

대공의 목적은 무엇일까?

대공에게도 목적이 있는 것만은 분명하다. 그리고 그가 목적을 달성하는 방법 중의 하나가 지금 이런 형태로 일정하게 거리를 유지하며 걷는 것이다.

그에게 묻고 싶은 말이 많다.

어떤 목적으로 따라오는지 알고 싶다. 안선이란 것은 왜 만들었는지도 묻고 싶다. 무림을 혼란케 하는 이유도 따지고 싶다. 자신을 무림에 끌어들인 대가도 받아내고 싶다.

하나 이 모든 건 단지 마음뿐이다.

그를 잡아챌 수 없다.

일목! 가장 순수한 상태에서 잠력을 집중시킨다.

자신이 전개할 수 있는 가장 강력한 무공이다. 가장 빠른 신법이고, 공격이다.

한데 그의 옷깃도 못 잡는다.

근본적으로 상대가 안 된다는 뜻이다.

그가 피하기만 하니 이런 상황이지 만약 그가 공격으로 전환한다면 일 초도 받아내기 어려울 것이다.

무총주에게 상대가 되지 않았듯, 그에게도 상대가 되지 않는다.

계야부는 자신과 대공의 그릇 차이가 얼마나 큰지 너무도 분명하게 깨달았다.

대공이 원해서 다가서지 않는 한, 그와 한마디도 나눌 수 없다.

계야부는 어떻게 행동해야 할지 알았다.

'행동을 취할 때가 되면 원하지 않아도 다가올 것……. 그럼 서로 편한 대로 합시다.'

쒜엑! 쒜에엑!

그는 동쪽으로 이동하되, 사람 발길이 닿지 않는 험한 산길만 골라서 발을 내딛었다.

개방도의 눈에 띄면 안 될 것이다. 하오문의 이목에도 걸려들면 안 된다. 그들에게 발각되면 무총주에게 발각되는 것이나 마찬가지다. 물론 개방이나 하오문은 반발하겠지만 계야부가 보는 관점에서는 이미 장악되고도 남았다.

'잠적! 잠적이 최선이야!'

자신이 알고 있는 모든 사람들이 한자리에 모였다.

그들은 중원 무인들과 일촉즉발의 긴장감을 유지하고 있다. 불붙은 화약처럼 언제 터질지 모를 위험성을 내포한 채 팽팽하게 마주 보고 서 있다.

언제일지는 모르지만 그들이 서로 싸우게 될 것이라는 것은 불을 보듯 뻔하다.

그들에게는 사약란이 있다.

그녀의 재지라면 충분히 싸우지 않을 수 있는데…… 한데 그녀는 벼랑으로 달려가고 있다.

그녀가 달려가는 대로 내버려 두면 반드시 싸움이 일어난다.

그녀가 연공을 중단한 것과 연관이 있을까? 그녀의 오라버니, 혹은 무총주와 연관된 일일까?

전혀 아니라고는 할 수 없다.

어쨌든 그녀는 심정의 변화를 겪었고, 수중에 쥐어진 힘으로 일대 파란을 일으키려고 한다.

안 된다. 그리하면 모두 죽는다.

‘계란으로 바위 치기······.’

오직 그 생각밖에 안 든다.

시각랑이 강하다고 치자. 금룡대가 중원 천하에서 제일 강한 조직이라고 인정하자. 하나 그렇다고 해도 중원 전체를 적으로 돌린다면 돌아오는 건 죽음뿐이다.

사약란은 그 점을 알면서도 그들을 벼랑으로 몰고 간다.

잠적!

그들을 살릴 수 있는 방법은 잠적밖에 없다.

몇 번을 고쳐서 생각해도 모든 인연을 딱 끊고 잠적하는 것 외에는 방법이 없다.

세상을 적으로 삼더라도 방법이란 게 있는 것이다.

북무림에서는 치고 빠지는 전략을 썼다. 세상이 적이었지만 직접 상대하는 적은 몇 명밖에 되지 않았다. 하니 충분히 승산이 있었고, 압박감도 없었다.

사약란은 군웅들을 줄줄이 몰고 다닌다.

아니, 이번 일은 동나가 시작했다. 동나가 군웅들을 모아 포위망을 구축했다.

사약란은 포위망이 완전히 구축된 후에야 합류했지만 그래도 그때는 충분히 빠져나갈 공간이 있었다.

그녀가 그리하지 않았을 뿐이다. 아니, 오히려 살살 약을 올리면서 끌고 다닌다.

싸울 테면 싸워보자는 태도다.

물론 그가 알고 있는 사실들은 모두 죽은 기루 주인이 건네준 것에서 기인한다.

하오문의 정보가 틀릴 가능성도 있다. 미처 파악하지 못한 부분이 있을 수도 있다. 사약란처럼 고도의 심계(心計)를 펼치는 책사를 정확하게 분석, 파악한다는 것은 불가능하다.

또 그때로부터 시일도 많이 지났다.

사약란이 전략 변화를 일으켰는지도 알 수 없는 부분이다.

현실이 이러니 그의 마음인들 오죽할까. 개미굴 속에 들어가 있는 듯 번잡스럽기 이를 데 없다.

그래도 무총주의 손아귀를 벗어날 수 없기에 모든 것을 포기했다.

사약란이 알아서 해주겠지.

어련히 알아서 할까.

그가 할 수 있는 것은 없었다.

한데 이제는 무총주로부터 벗어났다. 언제 또 무총주의 속박에 걸려들지 알 수 없지만…… 안선 대공이 뒤따르고 있는 한, 당분간은 안심해도 좋을 것이라는 생각이 들지만…… 그 동안에 어떻게든 저들을 잠적시켜야 한다.

그의 생각은 오직 하나뿐이었다.

'잠적하는 것밖에 방법이 없어.'

쉬익! 쒜에엑……!

밤낮없이 신형을 쏘아냈다.

산길을 뚫고, 뚫고 또 뚫었다. 산굽이를 돌아서고, 계곡을 따라서 올라가고, 또 내려왔다.

사흘 밤낮 동안 같은 일이 되풀이되었다.

'길을…… 잃었어!'

계야부는 망연자실, 산봉을 쳐다봤다.

어제도 봤고 그제도 봤던 산봉이다.

아니, 길을 잃었다고 생각하니 과연 저 봉우리가 어제 본 그 봉우리가 맞는지 의심스럽다.

그는 곤혹스러웠다.

산에서 길을 잃는다는 것…… 생각해 본 적이 없다.

시각랑 시절부터 눈에 담고 살았던 것이 낯선 지형, 낯선 산이다. 지도 한 장 준비할 수 없는 상황에서 낯선 곳을 무사히 빠져나와야만 했다. 그것도 적에게 쫓기는 입장에서.

그렇기에 시각랑은 산을 보기만 하면 입구와 출구를 찾아낸다.

산속 어디에 틀어박혀 있든 안으로 깊이 들어가는 지형과 밖으로 빠져나가는 지형쯤 구분하지 못할 리 없다.

그런데 그런 일이 벌어졌다.

그토록 자신하던 산에서 길을 잃어버렸다.

아니, 이것은 좀 더 큰 문제를 불러온다.

일목이 깨지고 있다!

일목은 고도의 정신 집중 상태다. 아니, 정신 이완 상태다. 집중하면서 또 이완한다.

몸에 깃털만 한 무게도 실려서는 안 된다.

완전히 긴장을 푼 상태에서 전신을 허(虛) 속에 집어넣고 정신의 부름에 응해야 한다.

그런 일목 상태에서 산을 보면 길이 보인다.

길뿐이 아니다. 산의 면면을 환히 꿰뚫어 볼 수 있다. 산삼이 어디에 있고, 희귀한 영약이 어디서 자라는지 정도는 느낌만으로 감지해 낼 수 있다.

길을 잃는 것? 그런 걸 어떻게 생각할 수 있겠나.

한데 아무리 고도의 각성 상태로 들어서도 보이는 것이 없다.

산의 형태를 그려보려고 했지만 산은 온데간데없고 텅 빈 허공만 나타난다.

아무래도 일목에 이상이 생겼다.

'일목!'

마음을 편하게, 육신의 감각은 지워 버리고…… 모든 것을 버린 평정 상태에서…….

'안 돼.'

좀처럼 각성 속으로 빠져들 수가 없다.

언제든 마음만 먹으면 풍덩 뛰어들 수 있었던 일목 속으로 빠져들지 못한다.

마음이 평화롭지 못하다는 뜻이다.

진기만 휘돌려도 번뇌를 떨쳐 버리고 마음을 가라앉힐 수 있었는데, 일목까지 일으키고도 평화를 얻지 못한다.

왜 이런 일이 벌어지고 있는 것일까?

"쿨룩! 쿨룩!"

오 장이라는 거리를 두고 거친 기침 소리가 들려왔다.

'대공…… 당신이…… 한 짓인가?'

그렇게밖에 생각할 수 없는 상황이었다.

정신 차단이다. 자신이 일목 속으로 들어갈 수 없게끔 중도에서 길을 끊어버렸다.

이런 일은 대공이 의살을 알고 있을 때만 가능하다.

고수가 하수를 요리하듯 높은 정신이 낮은 정신을 마음대로 휘젓고 있다.

기껏 무총주의 속박에서 풀려났다고 생각했는데…… 대공의 포로가 되고 말았다. 육신만 자유롭게 움직일 수 있을 뿐, 정신으로는 아무것도 할 수 없는 벌레 같은 처지가 되었다.

그는 비로소 자신이 어떤 상황에 놓였는지 정확하게 알았다.

이런 상황에서 벗어나는 길은 딱 하나다.

'대공을 떨궈야겠군.'

"언제까지 따라오기만 할 겁니까?"

그는 목청을 돋워 말했다.

오 장이라는 거리는 결코 멀지 않다. 조금 언성만 높이면 대화가 가능한 거리다.

"쿨룩! 쿨룩!"

대공은 대답 대신 기침만 쏟아냈다.

들리지 않는다는 듯, 아니면 말을 주고받을 가치도 없다는
듯 노골적으로 무시했다.
"뭐 하자는 겁니까?"
"……."
"대공!"
"……."
대화는 소용이 없었다. 대공은 그의 물음 따위는 일고의 가
치도 없다는 듯 곁눈질도 하지 않았다.

대화도 안 되고, 떼어놓을 수도 없다.
그는 자그마한 굴속에 자리를 잡았다.
대공은 오 장 정도 떨어진 곳에서 한가롭게 경치를 즐겼다.
진짜로 마음을 풀어놓고 경치를 즐기는지는 알 수 없다. 옆에
서 보기에 그렇게 보일 뿐이다.
'이렇게 시간을 보내다 보면 어떤 식으로든 다가서겠지.'

이레라는 날짜가 눈 깜짝할 순간에 흘렀다.
그동안 계야부는 산속 생활을 즐겼다.
피비린내 대신 풍기는 흙냄새, 나무 냄새, 바위 냄새가 정신
을 맑게 깨워준다.
그렇다고 피 냄새를 완전히 멀리한 것은 아니다.
산에서 살려면 짐승을 잡아먹어야 한다. 만물이 눈으로 가
려진 한겨울에는 더더욱 짐승이 절실해진다.

그는 무인이 진기를 일으키듯 일목을 일으켰다.

고요하고 아늑한 평화의 집에서 필요한 것들을 떠올렸다. 그리고 죽음 대신 평화를 말했다.

토끼가 떠올랐다. 작은 쥐도 나타났다.

일목 상태에서 새겨진 각인은 현실로 드러났다. 그게 무엇이든 반드시 현실이 되었다.

단 하나, 대공만 예외다.

대공이 떠나가는 모습을 그려보았다. 어느 날 눈을 떠보니 그가 홀연히 사라지고 없더라는 생각을 가졌다.

한데 그는 여전히 존재했다.

그의 각인도 대공에게는 아무런 영향을 미치지 못한다.

계야부는 일목의 영역을 측정하지 못한다. 일목 상태에서 떠올린 각인이 어느 정도나 넓게 퍼져 나가는지 알지 못한다. 십 장 밖? 이십 장 밖? 삼십 장?

시도를 해보고 통하면 통하는 것이요, 아니면 아닌 것이다.

한데 대공은 겨우 오 장밖에 떨어져 있지 않다. 하니 그의 일목에서 새겨진 각인이 잘못되었다고 보기는 어렵다.

대공이 의살을 막아낸다고 봐야 한다.

대공의 정신력이 의살을 막아낼 만큼 강하거나, 아니면 의살을 막아낼 방도를 알고 있는 게다.

대공도 무총주와 마찬가지로 그가 상대하기에는 너무 벅찬 초절정고수다.

그는 굴속에 틀어박혀서 대공이 스스로 물러서기를 기다

렸다.

그게 무려 이레다.

안선을 떠맡고 있는 대공이라면 촌각도 자리를 비우지 못할 터이다. 지금 이 순간에도 그의 결정을 기다리는 중대사가 산처럼 쌓이고 있을 게다.

한데 그는 무려 이레라는 날짜를 허송세월로 보내고 있다.

그는 아직도 여유가 있어 보인다.

계야부가 먼저 포기하지 않는 한, 절대로 포기하지 않을 사람처럼 보인다.

그도 토끼를 잡아먹는다.

계야부가 일목으로 부른다면, 그는 지나가는 토끼를 무공을 써서 잡아먹는다.

잡아먹는 방식은 각기 다르다. 하지만 배고픔을 달랜다는 측면에서는 다를 바가 전혀 없다.

이곳에서만큼은, 이 순간만큼은 일목이나 진기나 다를 바 없다.

'대공…… 나더러 어쩌란 말이냐!'

계야부는 암울한 표정으로 대공을 쳐다봤다.

정작 시간에 쫓기는 것은 자신이다.

대공도 급한 일이 있겠지만 자신의 급함에는 비유할 바가 못 된다.

그는 당장에라도 일행을 쫓아가야 한다. 그들이 무림 군웅과 충돌을 일으키기 전에 잠적시켜야 한다.

무총주에게 사로잡혔을 때는 그 일을 하지 못했다.

지금은 사로잡힌 게 아니지만 하지 못하는 건 마찬가지다. 아니, 지금은 할 수 있을 것 같은데 하지 못한다는 점에서 무총주에게 잡혔을 때보다 마음이 더 답답하다.

대공을 무시하고 그들에게 달려갈 수는 있다.

그럴까?

그랬다가 정작 대공이 개입하면 어떻게 하나? 자신이 원하는 것과 다른 방향으로 일을 풀어 나가면 제지할 방도가 있나? 그 일이 지우(知友)들을 상하게 하는 일이라면 막을 대책이 있나?

대공은 말이 없었다.

똑! 똑! 똑!

동굴 천장에서 물방울이 한 방울, 두 방울 똑똑 떨어진다.

계야부는 팔을 베고 누워서 물방울 떨어지는 모습을 망연자실 쳐다봤다.

한동안은 대공이 무엇을 원할까 하는 데 생각을 집중시켰다. 하나 시간이 지나면서 그런 것도 없어졌다. 그저 무심하게 물방울이 떨어지는 모습만 지켜본다.

똑! 똑!

물방울은 일정한 간격을 두고 떨어졌다.

시간이 흘러간다. 세월이 지나간다. 지인에게 달려가야 한다는 조급함도 소용없다. 이렇게 십 년…… 이십 년…… 물방울을 보다 보면 늙어서 죽는 날이 올 게다.

아무것도 소용없다.

무(無)!

천하제일의 무공을 쌓는다 한들 무엇을 얼마나 남겨놓을 것인가. 무총은 얼마나 지속될 것인가.

날카롭게 벼룬 청강장검도 녹이 슬어 부서질 것이다.

모든 것이 이렇게 지나간다.

문득, 대공이 떠오른다.

자신을 이토록 꼼짝달싹 못하게 얽어놓고 있는 대공은 얼마나 살 것인가.

그도 세월은 이기지 못한다. 언젠가는……

'그도 죽는다!'

그렇다. 죽지 않는 인간은 없다. 살았을 적에는 천하를 호령하던 황제라고 해도 죽은 후에는 개, 돼지한테조차 무시당하는 하찮은 살덩어리에 지나지 않는다.

'대공!'

살아 있는 인간이 아니라 살덩어리에 불과한 대공을 떠올렸다.

계야부는 눈을 번쩍 떴다.

무총주에게 어찌하여 사로잡힌 몸이 되었나? 그가 손을 썼나? 아니다. 자신이 자신을 스스로 옭아맸다. 그와 싸워보지도 않았으면서 싸울 수 없다고 생각했다.

소허태기? 강력하다? 과연 소허태기가 얼마나 강력한가? 직접 손을 맞대본 적이라도 있던가. 소허태기가 어떤 식으로 펼치는지 짐작이라도 하고 있는 겐가?

아무것도 모른 채 그를 이길 수 없다고 생각했다.

부정(否定) 각인(刻印)이다.

대공도 그와 같다.

그와 싸워보지도 않은 상태에서 이길 수 없다는 생각을 먼저 했다.

대공은 자신이 그토록 끊지 못하던 무총주의 사슬을 장난처럼 단번에 끊어냈다.

그런 점만 보아도 그는 상대할 수 없는 거목이다.

이런 마음이 그를 만나자마자 마음속에 새겨졌다.

자신도 모르는 사이에 무총주의 경우처럼 부정 각인을 새겨버린 것이다.

그런 후에 그를 쫓으니 쫓아질 리 없다.

정말로 오 장의 거리를 좁히지 못하는 것이 아니라 자신이 스스로 좁힐 수 없다고 생각해 버렸다.

일체유심조(一切唯心造), 모든 것은 마음먹기에 달렸다.

'대공……'

계야부는 부스스 몸을 일으켰다.

2

쒜엑! 쒜엑! 쒜에엑!

계야부는 쫓았고, 대공은 물러섰다.

두 사람의 거리는 여전히 오 장이었다. 한순간의 깨달음을 얻었지만 대공을 따라잡지는 못했다.

그래도 계야부는 웃었다.

"후웃!"

큰 숨을 들이켜며 신바람 나게 신형을 쏘아냈다.

전에 벌어졌던 오 장 거리는 자신이 벌린 것이다. 대공은 웃으면서 물러설 수 있었다.

이번에 벌어진 오 장 거리는 대공이 벌린 것이다. 진기를 모아 신법을 펼쳤다. 자신이 쫓고 그가 쫓긴다. 전력을 다한 것 같지는 않지만 어쨌든 그가 힘을 쏟아낸다.

대공에 대한 각인은 지워졌다.

각인을 지우는 것…… 그리 어렵지 않다. 지우겠다고 생각하고 믿으면 끝난다.

사람들은 꿈을 꾼다.

눈을 뜨고 꿈을 꾼다. 눈을 감고 꿈을 꾼다.

이상향을 그리는 몽상이 되었든, 몇 번이고 죽었다가 되살아나는 꿈을 꾸었든 현실과는 동떨어졌다. 그래서 꿈이 현실이 될 것이라고 생각하는 사람은 없다.

목표로써의 꿈도 있다.

절실하게 이루고 싶은 것, 바라는 것…… 이런 이야기를 할 때는 의지가 반드시 곁들여진다.

꿈을 크게 가져라. 그리고 굳센 의지로 꺾이지 말고 견뎌라.

이것이 보통 사람들이 생각하는 꿈이다.

의살도 이와 다르지 않다.

의식을 가진 채 생각으로 조절할 수 있는 꿈을 그린다.

여기까지는 의살이나 몽상이나 똑같다. 다른 점이 있다면 몽상은 곧바로 현현되지 않지만 의살은 의식함과 동시에 현실로 드러난다는 점이다.

물론 의살에도 한계는 있다.

보검을 갖고 싶다. 커다란 저택을 갖고 싶다 등등 물질적인 바람은 현현되는 데 상당한 시간을 필요로 한다. 몽상과 마찬가지로 어쩌면 현현되지 않을 수도 있다.

의살에서 통용되는 것은 정신과 육신에 제한된다. 정신의 영역을 넓힘으로써 육신의 가용성까지 최대한으로 끌어올린다. 마치 알지 못하던 잠력을 모두 끌어내어 쓸 때처럼.

'대공!'

일목 속에서 대공과 겨룬다.

손을 뻗어 그의 옷자락을 낚아챈다. 옷섶을 잡으려고 했는데 슬쩍 스쳐 간다. 그러나 이어진 금나수(擒拿手)로 옷소매를 잡아채는 데는 성공한다.

찌익!

금나수가 옷소매를 찢어냈다.

의살에서는 옷소매를 낚아챘는데, 현실에서는 찢어냈다.

이러한 차이가 생긴 것은 대공의 무공을 정확하게 읽지 못했기 때문이다.

자신이 아닌 남을 어떻게 자로 잰 듯이 읽어낼 수 있겠는가. 더군다나 대공 같은 절정고수를 읽어내는 일인데 완전히 들어맞는다면 그게 더 이상할 게다.

차이가 벌어지는 것은 당연하다.

"쿨룩!"

대공이 거센 기침을 토해냈다.

쒜에엑!

그가 떨쳐 낸 손바람이 칼날이 되어 들이친다.

'일목!'

북풍한설은 십 리에 걸쳐서 맹위를 떨칠 수 있다. 백 리까지 나아갈 수도 있다. 이백 리, 삼백 리까지 위세를 잃지 않고 나아가는 것도 가능하다. 하나 천 리 밖에까지 같은 바람을 이어 갈 수는 없다.

칼날의 날카로움을 죽이는 것은 거리다.

주르륵!

계야부는 뒤로 쭉 물러섰다. 그리고 예기(銳氣)가 흘러갔다 싶은 순간, 재빨리 짓쳐 갔다.

찌이익!

이번에도 일목에서 떠올린 그림과 현실은 약간 어긋났다.

일목에서라면 지금쯤 공세를 떨치고 있어야 하는데, 현실은 대공의 환수(幻手)가 옷섶을 찢어냈다.

실낱같은 차이가 생과 사를 가르는 순간의 승부에서 이만한 차이라면 목숨 서너 개쯤은 날아가고도 남는다.

실제로 그랬다. 대공은 그를 죽일 수 있었다.

옷섶을 찢어낸 것은 살수를 피하기 위한 수단일 뿐, 죽일 능력은 충분하다.

몇 번이고 몇 번이고 대공은 손속을 양보하고 있었다.

"염체가 없군."

계야부가 툭 내뱉고 뒤로 물러섰다.

대공은 쫓아오지 않았다.

"쿨룩! 할 만큼 했나?"

대공에게서 처음으로 들은 말이다.

"됐습니다. 더 이상은 염체가 없군요."

"그럼 됐네."

대공이 고개를 끄덕이며 바위 위에 앉았다.

계야부는 그에게 걸어갔다.

대공을 만난 후 오 장 안으로 들어서기는 처음이다.

대공도 이번에는 물러서지 않았다. 그가 오 장 안으로 들어서는 것을 묵묵히 지켜보았다.

손만 뻗으면 닿을 거리!

대공이 우위에 있지만 계야부가 작심하고 손을 쓰면 큰 위협을 가할 수 있는 거리다.

대공은 좌정한 채 시선까지 돌렸다.

'네가 하고 싶은 대로 해봐라.'

무언의 음성이 귓가에 울렸다.

공격하고 싶으면 하고, 말고 싶으면 마라.

계야부는 공격하지 못했다.

자신의 입으로 그에게 염체없다는 말을 했다. 몇 번의 공격을 이어갔고, 충분히 죽일 수 있음에도 죽이지 않았다. 손속을 교환하는 동안에 목숨을 뺏을 기회가 확실히 보였는데도 손을 쓰지 않았다.

그런 상태에서 계속 손속을 나눌 수는 없었다.

벼룩도 낯짝이 있다고 했다.

아무리 대공만 죽이면 무림에서 할 일이 끝난 것처럼 생각해 왔지만 서로의 무공 차이가 뚜렷하다는 게 드러난 마당에 기습까지 감행할 수는 없었다.

그렇게라도 해서 목적을 달성하는 건 좋다. 하나 그건 너무 비굴하지 않은가. 검을 들고 무림을 횡행한다는 사내자식이 차마 할 짓은 아니지 않은가.

계야부는 대공 앞에 앉았다.

"쿨룩! 벗어났군."

밑도 끝도 없이 불쑥 튀어나온 말이다.

계야부는 그 말을 이해했다.

의살을 알고 있거나 짐작하는 사람이라면 지금 계야부에게 던질 수 있는 가장 적절한 말이다.

"도와주신 겁니까?"

"아니라고는 못하겠지."

"이유를 물어도 됩니까?"

"대답은 자신에게서 찾게."

"선문답 같군요. 어렵습니다."

"모든 건 마음먹기 나름……. 방금 전에 깨달은 것일진대 금방 잊었는가?"

계야부는 평온한 시선으로 대공을 쳐다봤다.

그를 죽이고자 하는 마음은 이미 가셨다.

후일, 대공을 다시 만나는 날에는 어떤 감정으로 대할지 모르지만 지금은 싸울 만한 의사도, 힘도 없다.

싸우지 않으니 평온하다.

적이라고 생각한 사람이지만 담담하게 마주 볼 수 있다.

마음이 평온해지니 대공을 대하는 면도 달라진다. 그를 적으로 간주할 때는 허점을 파악하기에 부심했는데, 이제는 그가 무엇을 얼마만큼 알고 있는지 궁금해진다.

그는 의살을 안다. 자신이 알고 있는 것만큼 알고 있지 않나 싶다. 그러기에 현재 자신이 어떤 상태인지 정확하게 꼬집어 낼 수 있는 것이다.

—벗어났군.

이 말 한마디 속에 모든 것이 함축되어 있다.

대공은 계야부가 자신의 영향력에서 벗어난 사실을 파악해 냈다. 한순간의 깨달음을 읽어냈을 뿐만 아니라 깨달음의 종류까지도 짐작한다.

계야부의 상태를 낱낱이 헤아린다.

모든 것이 마음먹기에 달렸다고도 했다.

대공에게 물을 질문들을 자신의 마음에 물으면 해답을 찾을 수 있다는 뜻이다.

대공이 왜 자신을 도와주었는가?

대공의 낙인을, 무총주의 낙인을 쉽게 지울 수 있는 방법!

대공이 할 일 없는 사람으로 몰아붙이지 않았다면, 암굴로 들이밀지 않았다면 언제 깨달았을지 모를 각성이다.

대공은 그를 각성으로 이끌었다.

마음은 말한다. 그는 적이 아니다. 어떤 이유로 도움을 주는지 모르지만, 나중에는 어찌 될지 모르지만 지금 현재는 적이 아니라 지인의 입장으로 다가온 사람이다.

그는 무총주의 속박을 끊었다.

이것이 그가 한 첫 번째 행동이다.

그는 무총주의 사슬을 끊었다.

두 번째로 행한 도움이다.

첫 번째는 육체적으로 자유를 주었고, 두 번째는 낙인찍힌 기억을 말끔하게 지워주었다. 오라만 풀어준 게 아니라 정신적으로 완전한 자유를 주었다.

대공과 마음껏 싸웠다.

그를 이기지는 못했다. 옷깃도 잡아보지 못했으니 비등했다고 말할 수도 없을 정도로 형편없이 무너졌다. 그래도 억눌림 없이 싸워본 일전이기에 후회 같은 건 남지 않는다.

무총주와도 그렇게 싸울 자신이 생겼다.

무총주는 먼저 선기(先氣)를 쏘아낼 것이다. 암흑마기를 줄줄 풀어낼 것이고, 궁극에는 결정타로써 만반의 준비를 갖춘 소허태기가 뿜어져 나올 것이다.

상상으로 떠올리는 가상의 격전이 아니다. 실제로 현실이 되어 눈앞에 들이닥칠 절정무공들이다.

막으면 살고, 막지 못하면 죽는다.

현실은 아주 단순하다.

그래도 싸울 수 있다.

대공을 만나기 전에는 그럴 수 없었다. 그래야 한다는 건 알지만 하지 못했다. 그렇기에 그런 속박에서 벗어나려고 발버둥 친 것이 아닌가.

그의 무공이 정신무공이 아니라면 억눌린 기억을 풀어내려고 애쓸 필요도 없었다.

지든 이기든 어차피 싸워야 한다. 하면 가진 재주 내에서 최선을 다할 수밖에 없다.

다른 방도는 생각지 않는다.

싸우던가, 얌전히 죽던가.

한데 그는 정신무공을 사용한다. 정신적으로 억눌린 것이 있으면 절대로 위력을 떨쳐 낼 수 없다. 똑같은 상태에서 다른 사람에게 오 푼의 위력을 발휘한다면, 억눌린 상태에서는 일 푼의 힘도 발휘하지 못한다.

그런 상태에서 싸우면 필패다.

싸우기 전에 승부는 이미 결정지어졌다.

중요한 점은 이런 상태를 그도 알고 무총주도 알며, 대공도 안다는 것이다.

어떻게든 확실하게 찍힌 낙인을 지워야 한다.

그 방법을 대공이 일러주었다. 아무도 지울 수 없고 오직 자신만이 지울 수 있는…… 자신 마음속에서 쓰레기를 치우고 새 생명을 꽃피우는 방법을 대공이 가르쳐 주었다.

본인이 본인에게 선포하라.

마음이 마음에게 진정으로 허락하라.

이것이 각성의 전부다. 이것 외에는 존재하는 것도 없고, 있을 수도 없다.

만물이 생성되는 이치는 오직 이것뿐이다.

내가 나무를 보았기에 나무가 존재한다. 하늘을 인식했기에 하늘도 존재한다. 눈앞에 사람이 있어도 먼 곳에 있는 연인만 생각하고 있다면 마주 앉은 사람은 존재치 않는 것이다.

존재한다고, 이룰 수 있다고, 해낼 수 있다고…… 욕망이 원하는 게 무엇이든 모두 이룰 수 있다고 선포하라. 그리고 허락하라. 선포된 것을 깊이 받아들이는 뜻에서 진정으로 허락하라.

무공에 이런 이치를 담으면 의살이 된다.

도인이 이런 이치를 깨달으면 선인(仙人)이 된다.

스님이 이런 이치를 몸에 담으면 부처가 된다.

이것 외에는 있을 수 없다.

무총주를 이길 수 없는가? 소허태기를 감당할 수 없는가?

그럼 마음조차 지워 버려라.

이길 수 있다고 선포하라. 허락하라. 마음 깊이 낙인을 찍어라. 하면 무총주도 이길 수 있다.

아직 그런 수련이 덜되었다.

이치는 깨달았으되 수련이 되지 않았다. 스님이 참선을 하듯, 도인이 도를 닦듯…… 이치를 깨우치기 위해 일목 속으로 침잠해 들어가야 한다. 그리고 진정한 무아를 깨달을 때까지 일목 속에서 수련을 해야 한다.

지금은 무총주에 대한 패배감을 지운 것으로 만족한다. 대공과 손속을 마주칠 수 있었다는 점에서 자족한다.

이것이 끝은 아니다. 이 싸움이 끝난 후에는…… 무엇을 해야 할지 알기에 더욱더 강해질 수 있다.

대공은 그를 할 일 없는 일과 속으로 몰아넣음으로써 아주 간단하게 방도를 일러주었다.

이런 이치는 본인 스스로 깨우쳐야 하는 것이다. 그렇기에 대공은 줄기차게 일정한 거리만 유지했다. 본인 스스로 깨우칠 때까지, 깨우칠 수 있는 환경만 조성해 주었다.

그는 의살을 안다. 알기에 어떤 식으로 악업에서 벗어날 수 있는지도 안다. 어떤 환경으로 몰아넣어야 본인 스스로 깨우칠 수 있는지 안다.

그는 자신이 알고 있는 바를 아낌없이 알려주었다.

그는 적이 아니다.

계야부가 평온한 마음으로 말했다.

“저는 안선의 적입니다.”

“쿨룩!”

“안선도라면 남녀노소 막론하고 죽여왔습니다. 그리고 앞으로도 그럴 겁니다.”

“쿨룩! 쿨룩!”

대공은 기침을 터뜨렸다.

그는 의살을 알기에 기침 정도는 쉽게 가라앉힐 수 있다. 그럼에도 쏟아져 나오는 기침을 억제하지 않는 것은, 기침이 그에게는 그리 큰 고통이 아니기 때문이다.

“안선이 무너지고, 대공을 꺾고…… 안선을 무림에서 지워 버리는 것…… 제가 무림에서 할 일은 거기까지라고 생각합니다.”

“그러시게.”

대공은 부드러운 미소까지 띠면서 말했다.

“그런 점을 알면서 도와주신 겁니까?”

“쿨룩! 쿨룩!”

대공의 심사를 헤아리기가 힘들다.

계야부는 대공이 왜 적 중의 적인 자신을 도왔는지 궁금했지만 궁금증을 덮었다. 대공이 말하고자 하지 않으니 수백 마디를 한들 소용이 없으리라.

“이번 일은 고맙습니다.”

“쿨룩! 그런 말은 염라왕야에게 하게. 정작 목숨을 건 사람은 그 사람이니까. 쿨룩! 다행히 쉽게 끝났지만 목숨을 잃을 가능성이 매우 높았지. 쿨룩!"

"염라왕야……."

자신이 알지 못하는 곳에서 암암리에 몇 가지 일이 벌어졌던 모양이다.

하기는 그러니 무총주를 떨군 것이겠지. 아무리 대공이라고 해도 단신으로 무총주를 떨군다는 건 쉽지 않았으리라.

가슴에 새길 사람이 또 생겼다.

대공의 도움도, 염라왕야의 도움도 잊지 못할 것이다.

그들의 도움은 비단 무총주의 속박에서 풀어준 것에 국한되지 않는다. 그의 의살을 진일보시켰으며, 앞으로 더욱 뻗어 나갈 수 있는 기틀을 마련해 주었다.

나쁜 것은 말끔히 지워 버리고 새로운 바탕을 마련할 수 있으니…… 이제 그는 마음만 먹으면 펼치지 못하는 무공이 없는 것과 마찬가지가 되었다.

무인에 비유하자면 어떤 무공이든 보기만 하면 펼칠 수 있는 경지에 이른 것이다.

이런 도움은 반드시 갚아야 한다.

하나 그렇다고 해서 안선에 대한 적개심마저 없어진 것은 아니다.

북무림 안선도를 몰살시킬 때처럼…… 대공이 계속 안선을 유지하는 한, 안선과의 싸움은 지속된다.

"무림에 오래 있을 생각은 없습니다. 아직은 미흡하나 조만간 찾아뵙기를 앙망합니다."

참으로 힘들게 말했다.

안선이 자신을 끌어들였고, 사약란을 힘들게 하고…… 지난 날, 그리고 앞으로 벌어질 일을 구구절절이 설명한 끝에 최종 칼날을 그에게 겨누겠다고…… 지난 일부터 앞으로 벌어질 일 까지 구구절절이 설명하는 게 도리라는 생각이 들었다.

하나 문득 구차하다는 생각이 든다.

무인이다. 문답무용(問答無用)이라는 말도 있다.

검을 든 무인은 검으로 생각을 말하면 된다.

"그리하게."

대공도 계야부의 마음을 읽었음인가? 여타의 부언 없이 결 론만 쉽게 대답했다.

"영원한 적도, 영원한 형제도 없는 곳이 무림이니…… 허허 허! 싸우게 되면 싸워야지. 쿨룩!"

대공은 의미심장한 말을 흘리며 일어섰다. 그리고 더 이상 할 말이 없다는 듯 휘적휘적 걸어갔다.

정말 이로써 할 일을 마친 겐가? 그는 정말로 자신을 풀어주 기 위해 나타난 건가? 이것이 그가 목적한 바의 전부인가?

너를 막지 않으마. 그럴 생각도 없다. 네가 하고 싶은 대로 마음껏 활개 치거라.

대공의 말없는 뒷모습이 그리 말하는 듯했다.

3

구구구구구!

북방에서 날아온 전서구가 피곤한 날갯짓을 접었다.

"호오! 이놈, 오랜만에 날아왔구나. 어디, 무슨 소식을 물어 왔나 볼까. 날씨도 좋지 않은데 좋은 소식은 고사하고 피곤하 지만 않은 소식이면 좋겠는데 말이야."

익숙한 손놀림이 이어졌다.

전서구 발목에서 전통을 떼어내고, 안에 든 전서를 꺼내 펼 쳤다.

"고우진이!"

그의 음성은 무척 나직했다. 놀라서 얼떨결에 흘려낸 음성 이지만 거의 혼잣말이나 다름없었다.

"흠!"

그는 신음을 삼키며 급히 전서를 손안에 말아 쥐었다.

"먼 길을 날아왔으니 피곤할 게다. 많이 먹어라."

그는 전서구의 머리를 토닥거렸다.

'없다!'

북방에서 날아온 전서가 감쪽같이 사라졌다.

전서구가 도착하는 순간부터 전서가 비목대주에게 전달되 는 순간까지 두 사람이 개입한다.

전서구를 관리하는 사람과 전서의 중요성을 분별하는 사람 이다.

그들 중 한 명이 북방 전서를 숨겼다.

고우진!

결코 방심할 수 없는 이름이다. 이제 막 정체를 드러내기 시작한 마룡(魔龍)이니 잠시도 경계를 늦추지 말아야 한다.

그의 이름을 들었을 때, 한층 강해진 마룡의 모습이 떠올랐다.

그전에도 그는 살성이었다. 단신으로 봉문삼문 중 하나인 봉지를 식은 죽 먹듯 무너뜨렸다.

그런 자가 북방을 다녀왔다.

북해빙궁에서 무엇을 얻었는지는 알 수 없으나 한결 강해진 것만은 분명하다.

전서에는 어떤 정보가 기재되었을까?

'어느 놈이 전서를!'

그는 침착하게 수북이 쌓인 전서 더미를 뒤졌다.

북방에서 날아온 전서는 어디에도 없었다.

구구구구구! 구구구구!

매달 한두 번도 오가지 않던 북방 전서가 뻔질나게 날아들었다.

"허! 제발 이번에는 실속있는 말이 한 구절이라도 들어 있어야 하는데. 쯧!"

전서를 만지는 손길이 침착하다.

그는 언제나처럼 전서를 펼쳤다. 그리고 아무것도 아니라는 듯이, 인상 한 번 찡그리지 않고 수많은 전서 속에 툭 던져 놓

있다.

　‘또!’
　전서가 사라졌다.
　전서구를 담당하는 자는 손대지 않았다. 전통에서 전서를 꺼내기는 했지만 곧바로 수북이 쌓인 전서 속에 던졌다.
　그가 전서를 없애려면 보고함(報告函)을 뒤져서 자신이 던진 전서를 다시 끄집어내야 한다.
　불가능하다.
　전서는 일단 손을 떠나면 두 번 다시 만질 수 없다. 만져서는 안 된다. 그가 보고함에 전서를 던져 넣는 순간, 그는 두 번 다시 그 전서를 만질 수 없는 위치에 선다.
　은밀히 행동한다는 것도 생각하기 어렵다.
　사람들의 이목이 집중된 곳이니 아무리 손속이 빠른 자라도 손을 댈 엄두가 나지 않는다.
　그는 아니다.
　그렇다면 보고함을 운반하는 자?
　비목대주가 전서를 읽기 전에 전서를 취할 수 있는 유일한 인물을 꼽으라면 단연 그다.
　하지만 그 역시 전서를 만질 수 없다.
　전서가 취합되면 보고함은 밀봉된다. 여닫는 곳에 한지가 붙여지고 붉은 인장까지 찍힌다.
　그가 전서를 취하려면 인장이 찍힌 한지를 뜯어내야 한다.

그것도 많은 사람이 지켜보는 앞에서.

그가 전서를 취했다고는 생각하기 힘들다. 그는 단순히 전서를 운반만 했다.

그렇다면 마지막 인물, 비목대주가 취한 것일까?

아니다. 그는 아직 전서를 읽지 않았다. 자신이 직접 봉인을 풀고 전서들을 뒤졌다. 하니 비목대주가 먼저 빼내갈 수가 없다. 보지도 않은 전서를 빼내갈 리가 있겠는가.

전서는 분명히 없다.

다른 전서들은 고스란히 들어 있는데 북방에서 날아온 전서만 소리소문없이 사라진다. 아니, 엄밀히 말하면 고우진에 대한 전서만 사라지고 있다.

그는 보고함을 닫고 흔적이 남지 않도록 봉인을 붙였다.

'혹시…… 초특급 비밀?'

비목대주에게조차 보고가 되지 않는 전서…… 전서구를 담당한 자가 직접 무총주에게 올리는 초특급 전서…… 그런 전서라면 감쪽같이 사라진 이유가 설명된다.

'무총주가 고우진을 눈여겨봤단 말인가.'

그는 보고함을 원래 위치에 올려놓고 슬그머니 물러 나왔다.

구구구! 구구구구!

회색 비둘기가 정겨운 소리를 흘리며 날아들었다.

동나는 전서구를 받아 들고 귀엽다는 듯 머리를 쓰다듬었다.

“먼 길 오느라 수고했다.”

수고는 했는데…… 더 이상 살려둘 수는 없다.

전서구는 돌아갈 곳이 없다. 오기만 하고 가지는 못하는 비운의 전서구다.

그는 비둘기의 머리를 손가락 사이에 끼운 후, 획 꺾었다.

우둑!

뼈마디 부러지는 소리가 울리며 조그만 머리가 뚝 떨어졌다.

동나는 그제야 전서를 꺼내 읽었다.

“고우진?”

그는 고개를 갸웃거렸다.

고우진이 북해빙궁으로 떠난 사실은 알고 있었다.

그는 빙마지체(氷魔之體)가 되고자 한다.

천에 한 명, 만에 한 명도 이룰 수 없다는…… 수세기에 걸쳐서 한 명 태어날까 말까 하다는 빙마지체를 원한다.

한마디로 코웃음 날 일이다.

그가 어떤 기연을 품에 안고 동토로 떠났는지는 알지 못한다. 알고 싶지도 않다. 빙마지체를 얻기 위해 바동거리다가 꽁꽁 얼어 죽는 불쌍한 인생만 그려질 뿐이다.

한데 그가 돌아왔다?

둘 중의 하나, 빙마지체가 되었거나 아니면 포기했거나.

‘빙마지체가 되었군. 그렇다면…… 빙극검형에 빙화참까지 연성했으니…… 빙마의 경지를 뛰어넘은 초인이 되었다는 건

가? 한마디로 빙령초혼마공(氷靈招魂魔功)을 수련했다는 건데…… 이건 위험해졌어. 아주 위험해.'

동나의 이마에 힘줄이 불끈 솟았다.

고우진이 빙마지체가 되지 않았다면 무총에서 초특급 비밀로 다루지 않았을 게다.

전서구를 받는 하급 무인이 모든 단계를 뛰어넘어 곧장 무총주에게 보고한다? 무총주가 직접 신경을 써야 하는 중요한 일이 아니라면 이런 보고가 이뤄질 수 있을까?

고우진이 북해에서 무슨 짓을 했는지 모르지만 지금은 무총주가 챙겨야 할 만큼 급성장한 것만은 확실하다.

좋지 않다.

이번 계획을 수립할 때, 고우진이 빙령초혼마공을 수련한다는 사실은 염두에 두지 않았다.

새로운 변수가 나타났으면 그에 맞는 대응책을 수립하면 그만이다. 하나 이번 경우에는…… 문제는 빙령초혼마공에 대해서 아는 바가 전혀 없다는 점이다.

사일도의 소허태기와 견줄 수 있는 정도인가?

그럴 것이다. 빙령초혼마공은 일교사가 죽을힘을 다해서 얻고자 했던 절학이다. 그것만 수련하면 안선 대공이든 무총주든 상대할 수 있다고 자신했다.

고우진은 주공과 겨룰 수 있다.

옛날…… 무총주와 대공이 겨뤘듯이 빙령초혼마공과 소허태기는 비등하다. 절학 자체로서 우월을 따질 수는 없다. 누가 더 심도 깊게 수련했느냐에 따라서 승패가 갈라질 게다.

불확실성이 존재한다.

싸워서 누가 이길지 모르는 싸움은 하는 게 아니다. 완벽하게 제압할 수 있다고 자신했을 때만 싸우는 게다.

무인들이 들으면 그게 무슨 헛소리냐며 핀잔을 하겠지만, 적어도 책사의 싸움이라면 완벽한 승리를 확신한 후에 시작해야 한다. 이것이 책사의 존재 이유다.

그는 잠시 고민을 하다가 몸을 일으켰다.

쉭! 쉭! 쉭쉭쉭!

량준은 매서운 바람이 휘몰아치는데도 웃통을 벗어 던지고 권법 수련에 열중했다.

땀이 비 오듯 흘러내렸다.

주먹에서 뿜어지는 권풍이 한겨울의 삭풍을 정면으로 타격했다.

쉭! 쒸익! 쉭!

일권필살(一拳必殺)!

권왕의 패왕권은 모든 권법 위에 선다.

그 영광은 량준의 대에서도 끊기지 않는다. 어떤 자와도 싸울 준비가 되어 있으며, 패배를 생각하지 않는다.

무총주? 대공?

결과가 어떻게 나올지 모두가 예측할 수 있는 싸움이라도 그는 마다하지 않을 게다. 그와 싸우고자 나타난 사람이라면 그가 누가 되었든 주먹부터 뻗어내고 볼 위인이다.

"허허허! 열심이군."

량준은 있는 힘껏 주먹을 뻗어내면서 가까이 다가오는 동나를 힐끔 쳐다보았다.

쉭! 쉭쉭쉭!

순식간에 십여 초가 전개되었다.

동나는 커다란 고목에 주저앉아 량준의 연무를 지켜보았다.

량준은 빠르다. 무척 빠르다. 강하다. 무척 강하다. 무식하다. 너무 무식해서 겁을 모른다. 상대를 가리지 않고 무작정 달려들고 보는 뱃심도 이런 면들이 모여서 이뤄졌을 게다.

쉭! 쉬익! 쉭! 쉭!

량준의 손에서 권풍이 연신 쏟아져 나왔다.

그는 패왕권 전 초식을 끝까지 펼쳐 냈다. 시작할 때나 끝날 때나 조금도 흐트러짐이 없는 숨결로 막대한 진력이 소모되는 연공을 끝마쳤다.

"휴우!"

연무를 끝낸 량준이 이마에 흐르는 땀을 쓱 문질러 닦았다.

"가히 일절이군."

동나는 감탄을 숨기지 않았다.

"내가 배우기 전에도 일절이었던 무공이오. 새삼스러울 건 없지 않소. 하하하!"

"그런가?"

"누구요?"

“누구라……”

“싸울 놈이 있으니 내게 왔을 것 아니오. 표정이 심란한 걸 보니 꽤 강한 놈인 것 같은데…… 누구요? 서로 다 알고 있는 이야기, 진 빼지 맙시다.”

“고우진이네.”

“아! 붕지!”

량준은 대뜸 붕지를 들먹였다.

붕지를 무너뜨린 자, 고우진.

중원 무인들이 고우진에 대해서 알고 있는 것은 이것이 모두다. 단신으로 철저하게 붕지를 궤멸시킨 마인이라고 하면 그에 대한 설명이 끝난다.

“그놈은 북해로 가지 않았소?”

“왔네.”

“그럼 빙마지체인가 뭔가가 된 거요?”

“그런 것 같네.”

“제길! 죽을 자리군.”

“……”

“뭐야? 아무 말이 없다는 건 정말 그렇다는 뜻이잖아? 제길! 사실이 그렇더라도 사기 좀 진작시켜 주면 어디가 덧나오?”

“부탁이 있네.”

“여기서 더?”

“수단을 강구해 주게.”

“……?”

"자네가 이긴다면 더 바랄 게 없지만 진다면 어찌 졌는지 알고 싶네. 팔 하나. 팔 하나만 잘라서 보내주길 바라네."

"하하! 그게 뭐 그리 어렵다고. 알았소."

량준은 흔쾌히 승낙했다.

사실 동나가 그를 찾아온 이유는 고우진과 싸우라는 데 있지 않다. 그에게 죽는 건 기정사실이고…… 빙령초혼마공의 위력을 알 수 있는 흔적을 보내달라는 것이 진정한 목적이다.

량준도 무림밥을 먹은 사람, 그 정도는 눈치챘다.

"홍법은 아직도 염불타령일 게고…… 만나면 부처님 안전에 이름 두 자 올려놓으라고 전해주쇼."

"안 보고 가려는가?"

"보면 뭐 하오? 계집애처럼 울고 짤 것도 아닌데."

량준은 벗어놓은 웃웃을 피풍의처럼 휙 둘러 걸쳤다.

"가오."

"가게."

량준은 그렇게 휘적휘적 걸어갔다.

동나는 두 번째 계획에 즉시 착수했다.

량준은 고우진의 절학을 세세하게 파악해 줄 터이지만, 근본적으로 고우진을 제거해 줄 사람이 있어야 한다.

정말로 그런 놈의 등장은 예상치 못했다.

세상에! 빙마지체를 터득한 놈이 있을 줄이야!

사일도는 소허태기를 수련하기 위해 이십 년을 기다렸는데,

놈은 몇 달 만에 빙마지체가 되어 다시 나타났으니…… 세상
이란 정말 인력으로 움직이는 데는 한계가 있는 것인가.

그의 머릿속에 몇몇 사람이 후딱 스쳐 갔다.

예상치 못한 초절정고수가 등장했기 때문에 대응책을 세우
기도 만만치 않다.

'빙령초혼마공의 적수라…….'

당장 생각나는 사람은 주공 사일도다.

주공의 소허태기라면 빙령초혼마공을 상대할 수 있다. 더군
다나 무총주의 연공실에서 터득한 소허태기에는 대자연의 열
양지기(熱陽之氣)가 내포되어 있어서 인간의 노력으로는 연성
할 수 없는 거력을 심어준다.

고우진의 빙령초혼마공이 어느 정도인지 알 수 없지만 주공
이 진다고 보지는 않는다.

그래도 주공과 싸우게 할 수는 없다.

불확실성!

조금이라도 불확실한 일은 벌이지 말아야 한다. 확실하
게…… 거센 강풍이 휘몰아쳐도 근본 뿌리를 놓지 않는 거목
처럼 모든 일을 든든하게 처리해야 한다.

고우진을 어떻게 처리할까?

예상치 않았던 자이니만치 이번 일에 가담시키지 않은 자를
써야 한다.

모든 사람이 제각각 할 일이 있다.

적이고 아군이고 머릿속에 들어 있는 모든 사람이 자신의

역할을 충실히 해주었을 때, 주공의 계획은 완성된다. 어느 한 사람만 잘한다고 되는 게 아니다. 모두가 잘해야 한다. 그래야 비로소 무총주를 눕히고 천하를 거머쥐는 역천지계가 이루어진다.

대공을 비롯해서 동정호의 오대고수까지 고우진을 상대할 만한 자들은 모두 계획에 포함되어 있다.

하면 누구를 고우진에게 보내야 한단 말인가.

'계획에 없던 자라야 한단 말이지. 계획에 들어 있지 않은 자…… 애초부터 제외했던 자…….'

잠시 생각을 이어가던 동나의 눈빛에 생기가 감돌았다.

"그들을 잊어버리고 있었군. 후후후! 역시 세상이란 얻고자 하는 자에게 힘을 주는 법."

중원에는 절대강자이면서 세상 돌아가는 일에는 관심을 두지 않는 은자들이 있다.

그중에서도 고우진을 상대할 정도로 지극에 이른 무인이라면…… 승도유(僧道儒) 삼성(三聖)을 꼽을 수 있다.

그들이라면 고우진을 상대할 수 있다.

도가의 벽운도인과는 안면이 없다. 유가의 일휴문사와도 일면식이 없다. 그들을 안다고 해도 워낙 부평초처럼 떠도는 사람들인지라 현재 어디 있는지 찾을 길이 없다.

다행히도 또 한 사람이 남아 있다.

불가의 성오존자! 그라면 어떻게 해볼 수 있을 것 같다.

성오존자는 만인의 추앙을 받는 사람이다. 그는 하루라도 호생지덕을 베풀지 않으면 입안에 가시가 돋는다. 그렇기에 그가 가는 곳에는 항상 사람들이 들끓는다.

성오존자를 찾는 건 어렵지 않다.

'성오존자! 됐어!'

홍법은 높은 절벽 위에 앉아서 멀어져 가는 량준의 뒷모습을 쳐다봤다.

"아미타불! 아미타불! 아미타불!"

불호가 절로 새어나온다.

이것이 량준과 나누는 마지막 인연이라는 것쯤은 쉽게 짐작할 수 있다. 그렇지 않았다면 절대로 이렇게 뒤도 돌아보지 않고 떠나갈 량준이 아니다.

그의 무운을 빌어준다.

그래도 변하는 건 없을 것이다. 동나가 시켜서 가는 길이라면 틀림없이 마지막 길이다.

"아미타불! 아미타불!"

저벅! 저벅!

등 뒤에서 발자국 소리가 들려왔다.

뒤돌아보지 않아도 동나라는 것을 짐작한다.

'내 용처(用處)가 닿았는가.'

십일영자는 사일도에게 목숨을 맡겼다. 언제 어느 때든 목숨을 원하는 날, 내어주겠다고 다짐했다.

그날이 온 겐가.

량준과 함께라면 그리 나쁜 건 아니다.

"아미타불!"

홍법은 불호를 외우며 일어섰다.

"소림으로 가주게."

뒤로 바싹 다가선 동나가 말했다.

"소림으로……."

홍법은 쉽게 대답하지 못했다.

소림에서 파문당한 몸이다. 중원 어디든 갈 수 있는 자유의 몸이지만 소림사만은 들어갈 수 없다. 본인도 가기 꺼려지지만 소림사 역시 그가 오는 것을 달가워하지 않는다.

파문당한 자가 어찌 사문에 발길을 들여놓으랴.

동나는 홍법의 마음을 안다는 듯 그의 어깨를 툭 치며 말했다.

"고우진이 나타났네."

"고우진!"

"변수 중의 변수지. 그가 다시 나타난다는 걸 전혀 예상하지 못했으니…… 후후후! 빙마지체라니…… 믿어지는가?"

"그럼 량준은?"

"고우진과 싸우러 가는 길이지. 십중팔구…… 아니, 십중십 돌아오지 못할 게야. 하지만 고우진이 얼마나 강해져서 돌아왔는지는 알게 되겠지."

"아미타불!"

"소림사에 들어서라는 게 아니네. 성오존자를 만나주게."

“……”

홍법은 더 말을 하지 못했다.

동나의 뜻을 읽었다.

성오존자에게 고우진을 막아달라는 부탁을 해야 한다. 활불(活佛)인 존자에게 사람을 죽여달라고 청을 올려야 한다. 그것도 파문된 제자가 존장 중의 존장인 어른에게.

“가주게.”

동나는 재론의 여지가 없다는 듯 단호하게 말했다.

동나는 약은 자다.

십일영자 중 태반이 죽은 지금, 동나는 한 사람의 힘이라도 아쉬운 판이다.

그런 입장인데도 자신만은 끝까지 곁에 두었다.

그를 사용할 용처가 없었던 것은 아니다. 량준 대신 그를 보냈어도 된다. 사일도를 대신해서 죽은 석지 대신에 자신에게 죽으라고 했어도 할 말이 없다.

그런데도 그는 자신을 곁에 두었다.

그와 성오존자의 관계를 알기 때문이다.

언젠가 한 번, 성오존자를 크게 이용해야겠다는 생각을 전혀 하지 않았다고 하면 거짓말이다.

다른 사람은 감히 할 수 없는 청이지만, 그는 할 수 있다. 아니다. 그도 장담하지 못한다. 존자의 손에 피를 묻히는 일인데, 존자의 뜻에 반하는 일인데 승낙하겠나. 그래도 말은 건네

볼 수 있다.
　이것이면 그의 용처는 끝난다.
　성오존자를 움직이려고 시도는 해봤으니 된 게다.
　“휴우!”
　홍법은 불호 대신 한숨을 내쉬었다.
　사문에…… 존자에게…… 정말 못된 죄를 짓는다.

第百五十六章
파악(把握)

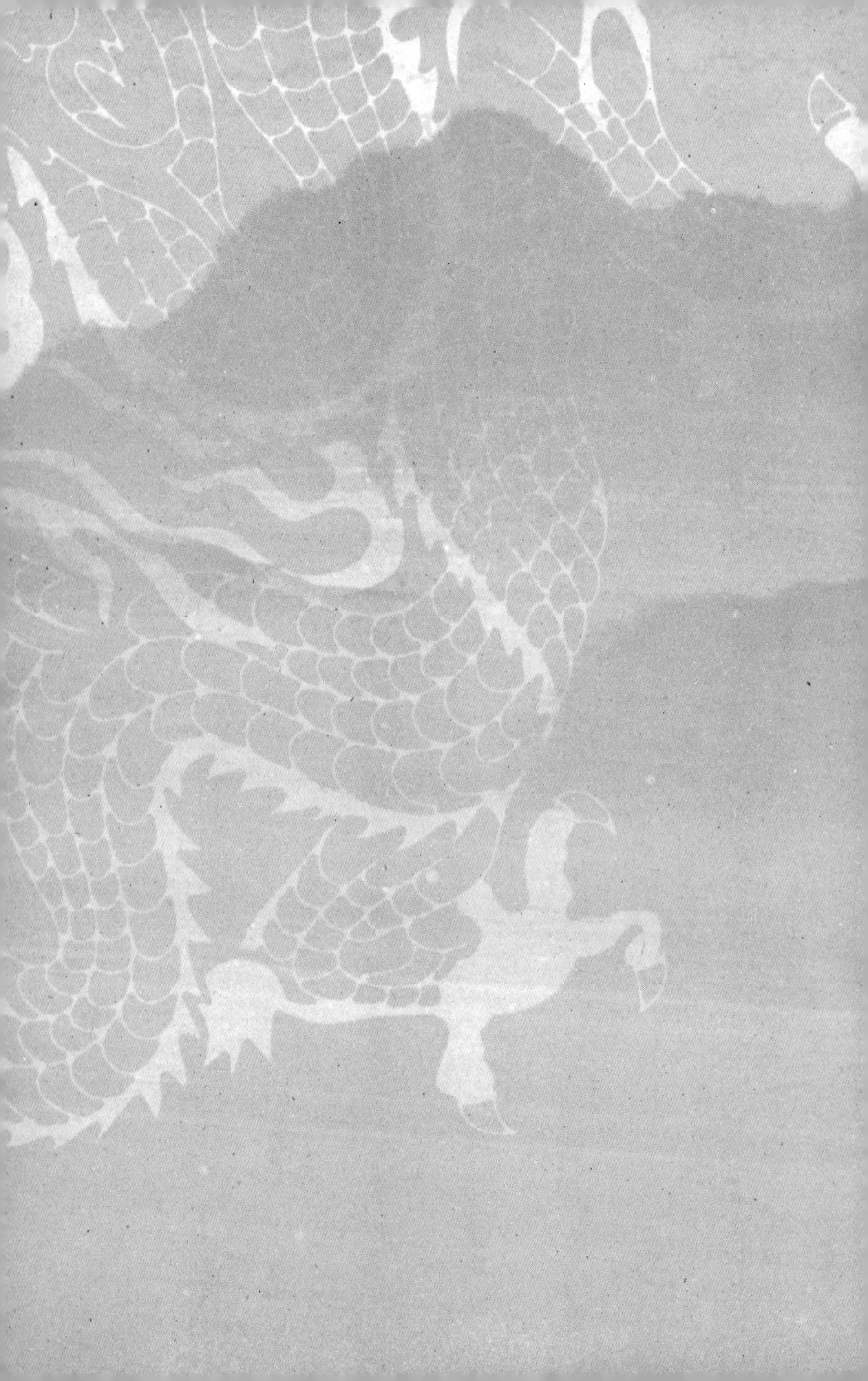

군웅들의 기세가 시간이 지날수록 험악해진다.

사태는 누가 봐도 정면충돌 양상이다.

군웅들의 세(勢)는 좀처럼 줄어들 기미가 보이지 않는다. 더불어서 그들의 자신감도 하늘을 찌른다.

처음에는 범 한 마리와 개 한 마리의 싸움이었다. 그것이 범 한 마리와 개 열 마리의 싸움이 되었다. 개의 숫자는 점점 불어난다. 범 한 마리와 개 백 마리, 이백 마리, 삼백 마리…… 천 마리!

이제는 범도 무사할 수 없는 지경이 되었다.

싸움이 벌어지면 많은 희생이 따를 것이다.

군웅들 중 많은 사람들이 목숨을 놓으리라. 하나 그들의 죽

음은 가치를 지닌다. 범의 기력을 빼앗아서 다른 개들로 하여
금 공격할 수 있는 빌미를 제공한다.

결국은 범도 물려 죽는다.

지금 양상이 꼭 그렇다.

시각랑, 금룡대, 걸왕…… 일당백의 살성들이 늘어서 있지
만 결국은 전멸하고 말 것이다.

"죽는 건 기정사실이고…… 어디서 어떤 모습으로 죽느냐
가 관건이네. 제길! 나중에 옹기종기 모여 앉아서 술잔을 기울
이며 옛이야기를 나눌 줄 알았는데……."

추위걸이 푸념했다.

"후후후! 어차피 시각랑을 벗어날 때는 개 아니면 도였어.
안 그래? 언제까지 개처럼 살 수 없다고 생각해서 뛰쳐나온 거
아냐? 이제 와서 후회는 말자고."

고봉이 시각랑들을 쓸어보며 눈을 부라렸다.

"누가 후회한답니까? 그냥 해본 소린데 그렇게 쌍지팡이 짚
고 나설 건 뭐요?"

"추위걸."

"귀 안 먹었수다."

"너 많이 컸다."

"내가 늦게 들어가서 막내가 되긴 했어도 나이는 좀 많지 않
소."

"추, 위, 걸!"

"너무 핍박하지 마쇼. 어차피 죽을 목숨 아니오."

“어휴! 저걸 그냥!”

고봉은 주먹만 불끈 쥘 뿐 예전처럼 후다닥 달려들지 못했다.

그들은 이제 시각랑이 아니다.

시각랑의 틀을 유지하고 있지만 상하 관계라거나 명령 체계는 무너진 지 오래다. 대신에 그들 사이에는 명검보도도 끊을 수 없는 끈끈한 정이 흐른다.

“쯧! 대수는 지금 뭐 하고 있는지 몰라.”

서악정이 만도를 만지작거리며 말했다.

“무총주에게 걸려들었으니 쉽지는 않을 거야.”

담위민이 말했다.

“그거 말이오, 그 무총주에게 걸려들었다는 부분이 나는 영 이해되지 않더라고. 겉보기에는 멀쩡한데 뭐가 걸려들었다는 건지, 누가 족쇄를 채운 것도 아니고…… 난 도대체 이해할 수 없던데, 어떻게 걸려든 거요?”

“의살이라잖아.”

“그 말은 알고…….”

“정신무공이라잖아!”

“아, 그 말도 아는데 그래서 뭐가 어떻게 걸려든 거냐고요?”

“이런! 정신으로 억압당했대잖아!”

“그러니까 그 말도 아는데, 정신으로 억압당했으면 미치거나 입가에 침을 질질 흘린다거나 뭐 이상한 행동이라도 있어야 하잖소? 한데 대수는 아무렇지도 않았는데…….”

“그만! 네가 모른다는 것 알았으니까 그만하자, 응?”
“거참…….”
서악정이 여전히 알 수 없다는 듯 머리를 긁적거렸다.

사약란은 침착하게 상황을 살폈다.
무총을 떠나올 때까지만 해도 몰랐던 사실들을 새로 알았다. 할아버지와 계야부가 서로 만났다는 사실도 이들을 만난 후에야 알게 되었다.
계야부가 할아버지에게 포획되었다?
무림에서 이 사실을 아는 사람은 거의 없다.
무총은 물론이고 소식이 정통하기로 소문난 개방이나 하오문도 그 사실만은 모른다.
계야부는 시각랑이나 금룡대와 같이 움직이지 않는다.
그는 외로운 늑대처럼 홀로 떨어져서, 무림과는 전혀 상관없는 유람 비슷한 것을 즐기고 있다.
계야부가 왜 그런 행동을 할까?
궁금하기 이를 데 없다. 하나 그 이유를 알 수 있는 방법은 없다.
그 어떤 자도 계야부 곁에 얼씬거릴 수 없다.
정체를 알 수 없는 자들, 혹은 무공이 너무 극강해서 도저히 상대할 수 없는 거목이 계야부를 지키고 있다.
하면 그들은 또 누구인가?
이 세상에서 어떤 조직이 그만한 고수들을 배출해 낼 수 있는가?

염라왕야의 모습이 보이다.

투살진기로 악명을 떨친 하위미도 계야부 곁을 지킨다.

그 두 사람만 해도 상대하기가 벅차다. 그들을 뚫고 들어가서 계야부를 만나기란 하늘의 별 따기다.

계야부는 도대체 뭘 하고 있는 것일까?

무림은 그 답을 찾지 못했다. 찾을 방도도 없고, 너무나 막강한 자들이 지키고 있기에 찾을 엄두도 내지 못한다.

시각랑이나 금룡대 주위에는 군웅들이 구름처럼 모여든다. 계야부 곁에는 개미조차 얼씬거리지 않는다.

전부 그럴 만한 이유가 있는 것이다.

계야부 뒤에 할아버지가 있다.

할아버지와 계야부 사이에 어떤 거래가 있는 것일까?

할아버지는 손자의 항거에도 미동조차 하지 않았다. 무총에서 그 난리가 벌어져도 눈썹 한 올 까딱하지 않았다. 무전각주가 죽고 호법원주가 죽어도 일절 간여하지 않는다.

그러면서 아무런 관계도 없을 것 같은 계야부 곁에 있다.

계야부 곁에 있는 것이 무림에서 벌어지는 이 모든 사건들보다 훨씬 중요하다는 뜻이다.

도대체 계야부가 가진 건 뭘까?

의살?

의살이 천하와 바꿀 만큼 소중한 것인가? 아니면 이 정도 소란으로는 무총을 어찌할 수 없다는 자신감인가.

계야부는 그녀의 남편이다.

이 세상에 그 누구보다도 그를 잘 안다고 생각한다.

아니, 잘 모르는 건가? 그가 의살을 수련한지도 몰랐고, 북지단에서 만났으면서도 알아보지 못했고, 속정은 있는 줄 알았는데 아내를 눈앞에 두고도 아는 척도 하지 않은 무정한 사내이니 그러고도 부부 사이라고 할 수 있을까?

어쨌든 그를 웬만큼은 안다고 생각하는데, 그래서 하는 말인데…… 아무리 생각해도 할아버지가 관심을 가질 만한 사람은 아니다. 세상이 평온할 때라면 몰라도 지금처럼 어수선할 때는 오히려 귀찮은 존재에 속한다.

할아버지와 계야부 사이에 자신이 파악하지 못한 모종의 일이 벌어지고 있다.

계야부 주위에는 할아버지 외에도 초극강고수들이 따라붙었다고 한다.

모두 다 이름만 들으면 알 만한 사람들이다.

그들이 워낙 강해서 감시조차 제대로 할 수 없는 실정이다. 개방이 감시를 포기했고, 하오문도 눈과 귀를 닫았다. 무총 역시 이 부분에 대한 소문은 흘러나오지 않는다.

계야부에게 중원 무림을 뒤흔들 만한 무엇인가가 있다.

그것이 의살인가?

그렇다. 계야부가 신병이기를 가진 것도 아니고, 장보도(藏寶圖)를 지닌 것도 아니며, 신공절기를 창안한 것도 아닌 바에야…… 그가 가진 것 중의 제일은 의살이다.

의살이 중원의 모든 고수를 잡아당기고 있다.

'가만! 이건!'

사약란은 무심히 생각을 이어가다가 깜짝 놀라 벌떡 일어섰다.

중원이 무주공산(無主空山)이다.

중원의 주인이라고 할 수 있는 사람들이 모두 계야부 곁에 모여 있다. 아주 가까이 있지 않은 사람도 계야부와 떨어져서 생각할 수 없는 위치에 있다.

계야부를 종기라고 생각하면…… 그만 쏙 뽑아내면 초극강 고수들이 줄줄이 따라 올라온다.

무총주가 없는 무총은 공성(空城)이나 다름없다.

물론 무총은 거대한 거목이다. 땅속에 단단히 뿌리를 박은 거목, 살아 있는 생명체다. 무총주가 없더라도 자잘한 일쯤은 스스로 알아서 버텨낸다.

그렇기에 모두들 무총주가 없을 때도 있을 때처럼 두려워한다.

아주 잠깐 동안 가까운 곳으로 출타하는 것과는 차원이 다르다. 상당한 기간 동안 무총에 신경을 쓰지 않고 계신다. 할아버지의 눈은 오로지 계야부만 쳐다보고 있다.

그래도 사람들은 무총에 할아버지가 계신 것처럼 착각한다.

이런 일이 무림 전반적으로 일어나고 있다.

동정호의 오대고수는 수족 하나 놀릴 입장이 아니다. 그들도 오직 계야부만 쳐다보고 있기 때문에 없는 사람처럼 취급

해도 상관없을 것이다.

안선도 마찬가지 입장이다.

무총주가 계야부에게 목을 매고 있다면 안선 대공 역시 계야부 주변 어딘가에 있으리라.

중원은 무주공산이 되었다.

그들이 제자리로 돌아오면 언제든지 본연의 위치를 찾겠지만…… 지금 현재로서는 취하는 사람이 임자인 빈 땅이 되었다.

삼일천하가 될지, 십일천하가 될지…… 운이 없으면 일일천하로 끝나겠지만 어쨌든 주인 없는 땅을 주워 삼킬 수 있는 좋은 기회가 주어졌다.

동나는 이 기회를 놓치지 않을 것이다.

본격적으로 무총을 칠 것이며, 그러기 위해서는 미끼로 내놓은 시각랑과 금룡대를 최대한 이용할 게다.

중원의 눈이 자신들에게 쏠린 틈을 타서 무총을 빼앗는다.

이 계획은 무총에서 사라진 오라버니가 그 어느 곳에도 나타나지 않은 것과 맥을 같이할 게다.

오라버니는 무총을 빠져나오지 않았다.

'아직도 무총 안에 있어!'

무총의 핵심 인사들을 암암리에 제거하고 있으며, 자신의 사람으로 바꿔치기하는 중이다.

아니다. 그 정도로는 너무 약하다.

오라버니는 근본적으로 무림을 뒤집으려고 한다. 무총을 취하는 게 아니라 무너뜨리고자 한다.

본단을 비롯해서 동서남북 각 지단을 무력화시켜야 한다.

안선이 넘볼 수 있는 정도면 좋다.

무총이 겨우 이 정도야? 그럼 기다릴 것도 없잖아? 당장 들고일어나도 단숨에 찍어 누를 수 있겠어.

구파일방이나 오대세가까지 가세시키면 더 좋다.

안선이 움직이는군. 조금 더 기다려 볼까? 아냐, 더 기다리면 안선에게 주도권을 빼앗길지도 몰라. 지금 당장 무총을 해산시키고 옛 영광을 되찾아야 해.

하나 가장 큰 걸림돌은 역시 무총주다. 무총주가 살아 있는 한 삼일천하든 십일천하든 무총을 건드린 조직이나 사람은 혹독한 대가를 치러야 한다.

그 점을 알고 있기에 그에 대비한 수도 쓴다.

무총주의 신변에 이상이 있다는 소문이 흘러나올 것이다.

무총주가 죽었다고 하면 아무도 믿지 않을 터이니 운공 중에 주화입마를 당해서 상당한 내상을 입었다는 정도로 말이 돌 것이다.

그 정도만 해도 들고일어나기에는 충분하다.

완전한 무총주는 상대할 수 없지만 상처 입은 호랑이를 상대할 사람은 몇몇 있다.

소문이 터짐과 동시에 무총 대 안선의 싸움이 시작된다. 구파일방과 오대세가도 제 몫을 차지하려 할 것이고, 주위를 에워싸고 있는 군웅들도 명성과 세력을 얻고자 할 것이다.

무림은 총체적인 난국 속으로 빠져든다.

그때, 사일도가 휘황찬란한 횃불을 들고 일어선다.

무림의 구심점이 되는 것이다.

하나 여기에는 문제가 있다. 사일도는 무총과 안선을 단번에 휘어잡아야 한다. 구파일방과 오대세가도 다시 둥지 속으로 돌려보내야 한다. 그만한 힘을 가지고 나타나야 한다.

무총, 안선, 구파일방, 오대세가를 제외하고 어디서 그만한 힘을 얻을까?

'세외(世外)!'

그렇다! 오라버니가 무총 본단에서 주요 인물들을 암살하고 있으리라는 생각은 그를 아주 적게 본 것이다.

오라버니는 세외에 있다.

그가 구축한 세력들을 아우르고 있을 것이다.

중원에 시신이 산이 되어 쌓일 즈음, 철마군단이 유유자적 질주해 오리라.

그때는 무총도 없고, 안선도 없다.

구파일방과 오대세가, 그리고 무림 중소문파들도 명맥을 이어가는 데 만족해야 한다.

무림이 완전히 새로운 판으로 갈아치워진다.

그래도 남는 문제는 있다.

정말 강한 사람들…… 할아버지를 비롯해서 초극강을 이룬 절정고수들을 어떻게 상대하느냐 하는 점이다.

궁극적으로 그 문제를 해결해야 뜻이 이루어진다.

사약란은 고개를 살래살래 흔들었다.

오라버니의 생각을 읽지 못하겠다. 아니, 동나의 생각을 읽지 못하겠다. 초극강고수들을 어떻게 상대하려는지 방법을 수립해 놨을 텐데, 짐작조차 되지 않는다.

그럼 다시 처음으로 되돌아가 보자.

오라버니가 무총에 없다면…… 무총을 뒤흔들 사람은 누구인가. 안선이나 무림 군웅들이 무총이 겨우 이 정도에 불과하냐고 생각하게 만들 사람은 누구인가?

'우리!'

사약란은 여기까지 생각을 하자 벌떡 일어나지 않을 수 없었다.

동나가 자신들에게 그토록 공을 들인 이유가 여기 있었다.

시각랑, 금룡대, 걸왕…… 이들은 막강한 세력이다. 무림 군웅들과 대판 싸울 수 있는 고급 무인들이다.

지금 전력으로 무림 군웅들과 부딪치면 양쪽 모두 크게 상한다.

아무 이득도 없는 싸움을 벌이면서 희생만 크다.

여기서 이득이란 물론 동나의 관점에서 봤을 때를 말한다. 그의 입장에서는 무림 군웅과 시각랑이 싸워봤자 정말로 티끌만 한 도움도 되지 않는다.

하면 그에게 이득이 되는 싸움이란 무엇일까?

무총과 싸워야 한다. 그래서 시각랑이나 금룡대가 무총을 초반에 재기 불능일 정도로 산산조각 내어야 한다. 군웅들이 보기에도 '무총이 뭐 이래?' 하는 생각이 들어야 한다.

마침 군웅들은 거대한 세력을 형성하고 있다.

이만한 세력이라면 누구와 싸워도 지지 않을 것 같다는 오만까지 생기는 판이다. 이들 앞에서 무총이 허무하게 무너지면 군웅들은 당장 자신들이 최고인 양 생각하기 쉽다.

자신들은 이들과 싸우지 않는다.

지금은 군웅들과 일촉즉발의 상태인 것처럼 보이지만, 곧 무총에서 무인들이 들이닥칠 것이다.

지금 동나는 그런 일을 꾸미고 있다.

아니, 일은 모두 꾸며져 있다. 이제 남은 것은 움직임뿐이다. 꾸며놓았던 일이 정상적으로 시행되도록 지켜보는 것만 남았다.

사약란은 자신들의 위치를 살폈다.

서지단은 움직이지 않는다.

서지단주의 사망으로 지단 전체가 뒤숭숭한 판이다. 그런 마당에 무인을 내보내 옛 군사였으며 무총주의 손녀인 사약란을 친다는 발상은 쉽게 할 수 없다.

북지단 역시 이 판에서는 빠진다.

그들은 금룡대주의 무공을 알고 있다. 비록 대주의 신분이지만 무공만큼은 내외단주와 비교해도 손색이 없다는 사실을 안다. 또한 장족의 발전을 거듭한 금룡대의 무공도 만만하게 볼 것이 아니다.

금룡대를 치려면 북지단 총인원 중 절반 정도는 나서야

한다.

그러고도 승리를 장담하지 못한다.

금룡대와 정면으로 부딪친다면 승산은 얼마든지 가져올 수 있지만, 불행히도 금룡대가 그런 싸움을 원치 않는다.

금룡대는 치고 빠지는 작전에 능하다.

그들이 외곽을 돌면서 약한 곳만 칠 경우, 북지단은 막대한 손해를 감수해야 한다.

얼마나 피곤한 싸움이 될지 눈에 선히 보인다.

그렇다고 해서, 싸움이 힘들다고 해서 천하의 악도를 눈앞에 두고도 치지 않는 것은 아니다.

문제는 근본적으로 북지단이 금룡대를 악인으로 보지 않는다는 점에 있다.

금룡대가 한 일이 무엇인가? 그들은 안선도를 처단했다. 북지단에서 명단만 파악해 놓고 각 문파의 체면을 생각해서 처리하지 못하던 안선도를 처단했다.

그런 과정에서 온갖 욕도 얻어먹었다.

마인, 살인마…… 온갖 오명을 뒤집어썼고, 지금도 태양 아래 나서지 못한 채 그늘 속에서만 살고 있다.

그들은 오늘도 안선도를 친다.

도대체 그들을 격살할 이유가 무엇인가?

북지단은 나서지 않는다.

하면 남은 것은 동지단과 남지단이다.

그들 중에서 한 곳이 자신들을 목표로 움직이고 있다.

멀지 않았다. 지금 이 순간에도 거대한 무력(武力)이 질풍노
도처럼 치달려 오고 있다.

싸움은 자신들의 승리로 끝날 것이다.

그래야만 한다. 그래야 동나의 계획이 먹힌다. 군웅들이 무
총을 우습게보고 확 달려들어야 한다.

물론 군웅들 중에도 동나의 입김을 쏘인 자들이 있으리라.
무총 지단이 시각랑에게 무너지는 순간, 그들의 속삭임이 빛
을 발할 것이고, 군웅들은 여지없이 넘어가리라.

'무총과 싸우면 안 돼!'

사약란은 두 손을 꽉 움켜쥐었다.

2

걸왕이 표식을 남겼다.

표식은 걸개들의 눈에 띄었고, 가을 들판에 불을 지핀 것보
다 더 빠르게 중원 전역으로 퍼져 나갔다.

—동지단과 남지단의 움직임을 파악하라!

—약간의 움직임도 즉시 보고하라.

그 결과, 놀라운 사실이 발견되었다.

동지단과 남지단에서 각각 상당수의 무인들이 실종되었다.
그뿐만이 아니다. 움직이지 않을 것으로 생각했던 북지단과

서지단에서도 많은 무인들이 흔적없이 사라졌다.

이들은 지극히 은밀하게 움직였다.

언제 움직였을까? 알지 못한다. 어디로 갔을까? 그 역시 알지 못한다. 다만 그들이 있어야 할 자리에 있지 않다는 사실만은 분명하게 확인되었다.

무총 무인들을 직접 겨냥하여 살펴보지 않았다면 발견하지 못했을 움직임이다.

하면 어떤 사람들이 사라졌나?

사라진 무인들 사이에 공통점은 없다.

일단의 무리가 한꺼번에 사라진 게 아니다. 각 대, 각 조에서 한두 명씩…… 휴가를 얻어 고향에 갔거나 폐관수련 중이라고 생각하면 딱 알맞을 만큼 몇 명씩만 사라졌다.

북지단의 경우 호법원에서 두 명이 자리를 비웠다. 내단에서는 일곱 명이, 외단에서는 여덟 명이 없어졌다.

내단 안으로 더 파고들어 가서 인명원, 비화원, 공집원에서 몇 명씩 사라졌느냐를 따지면 인원은 더 적어진다. 겨우 한두 명에 불과하기 때문에 주의를 기울일 정도도 아니다.

하나 북지단 전체로 따지면 열일곱 명이나 되는 무인들이 자리를 비웠다.

서지단도 같은 경우다.

동지단과 남지단은 수가 조금 많다. 북지단, 서지단에 비해서 갑절은 된다. 지단 전체로 보면 거의 마흔 명 가까이 되는 무인들이 사라졌다.

아마도 북지단이나 서지단에서도 거의 비슷한 사람들이 준비되었을 것이다. 그러던 것이 막상 움직일 시점이 되자 절반 가까운 사람들이 눌러앉은 게 아닐까?

'금룡대를 향해서 검을 들 수 없다'가 이유일 수도 있다. '사 군사를 칠 수 없다'는 것이 이유로 작용했을 수도 있다.

어떤 이유에서건 북지단이나 서지단에서는 준비된 인원 중의 절반 이상이 움직이지 않았다.

그래도 무총 전체로 보면 거의 백이십여 명이 움직인다.

이런 움직임은 즉각 밀마로 남겨졌고, 결왕들의 눈에 띄었다.

'백이십 명……'

사약란의 눈빛이 반짝였다.

이른바, 산집(散集)이다. 백이십 명은 제각각 뿔뿔이 흩어져서 움직인다.

움직이는 동선(動線)도 다르고 의도나 목적도 다르다.

그렇기에 이들에게서 어떤 공통점을 찾아낸다는 것은 무리다. 이들이 무엇을 하는지, 최종 목적지가 어디이며, 어떤 의도로 움직이는지 알 도리가 없다.

완벽한 흩어짐이다.

이들은 길을 걷는다. 산을 타기도 하고, 배에 몸을 싣기도 한다.

많은 것을 본다. 씨름도 보고, 투계(鬪鷄)도 구경하고, 산적들도 만난다.

그들 중에서 힘깨나 쓸 만한 자들을 추려낸다.

처음부터 막강한 전력으로 이동하는 것이 아니라 길을 걸으면서 점점 세를 불리는 형국이다.

모은 자들이 반드시 절정고수일 필요는 없다. 그저 약간 싸움만 할 줄 아는 자들이면 된다.

시각랑을 에워싸고 있는 군웅들보다도 약한 자들이다.

하면 왜 이런 자들을 끌고 오는 것일까?

원래 이런 방법은 군(軍)에서 사용했다.

적이 침입하였으나 막을 병력이 없을 때, 급히 적을 막으러 달려가면서 눈에 띄는 사내는 모두 끌고 간 것에서 유래된다.

군에 징용된 자들은 병기만 사용할 수 있으면 되었다.

무림도 마찬가지다. 이런 식으로 끌어모은 자들에게 크게 기대할 것은 없다.

허장성세(虛張聲勢), 겉보기에만 요란하면 된다..

그렇다고 무시할 수도 없다. 맹탕들 사이에 섞여 있는 백이십 명의 살검은 눈에서 불이 솟구치게 만든다.

백이십 명의 무총 무인들은 자신들 주위에 인벽(人壁)을 둘러쳤다.

이성이 있는 사람이라면, 약간이라도 도의라는 것을 아는 사람이라면 검을 들지 못하게 만드는 비열한 수법이다.

백이십 명의 무총 무인들이 사용하는 수법이 바로 이것이다.

그들이 자신들 앞에 나타났을 때, 그들의 수는 거의 천여 명을 넘어설 게다.

무총 무인이 한 명당 열 명씩만 규합해서 나타나도 천여 명인데, 그 정도는 충분히 해낸다. 아니, 훨씬 더 많이 끌어모을 수 있다. 대략 이천여 명이나 삼천여 명쯤 모인다고 봐야 한다.

자신들을 둘러싸고 있는 군웅들만 한 집단이 또 하나 새로 나타나는 셈이다.

자신들은 이들과 싸운다.

무총 무인의 이름으로 나타난 새로운 무리는 형편없이 무너질 것이다. 추풍낙엽(秋風落葉)이라는 말이 무색할 정도, 썩은 짚단 베어지듯 쓰러지리라.

중간중간에 스며 있는 백이십 명의 무인들은 날카로운 손속을 드러낼 터이다.

하나 그들 역시 시각랑을 상대하기에는 무리다.

다만, 그들이 진공(眞功)을 드러냄으로써 얻는 효과가 있다. 이천인지 삼천인지 모를 무지렁이 집단을 손속이 놀라운 무총 고수들로 탈바꿈시키는 효과가 나타난다.

사람들이 우르르 쓰러진 후, 한 명이 번뜩 무공을 발휘하는 일이 지속될 것이다.

모두들 죽으러 온다.

역시 생각한 대로다.

'산집이란 말이지, 산집……. 동나…… 산집에는 치명적인

허점도 있는데…….'

산집은 오합지졸의 집합체다.

그렇기 때문에 결속력이 약할 뿐만 아니라 서로에 대해서도 아는 바가 없다. 다시 말해서 시각랑이 그들 사이를 파고들어 그들의 일부가 되어도 알아채지 못한다.

산집을 치는 것이 아니라 허점을 이용하여 빠져나가는 도구로 쓰면 막을 방도가 없다.

동나는 이 점도 고려했을 것이다.

어떤 식인가?

지금 이 순간에 가장 좋은 방법은 산집을 건드리지 않고 몰래 빠져나가는 것이다.

빠져나가기로 작정하면 군웅들 틈바구니라도 헤집지 못할까.

'정반(正反)의 연속…….'

동나와 수 싸움에 들어갔다.

생각을 정반에서 끝낼 것인가? 하면 군웅들 사이로 빠져나가면 된다. 정반정에서 끝내야 하나? 사약란이 동나의 계획을 알아채고 군웅들 사이로 빠져나간다는 사실까지 고려했다는 뜻이다. 하면 함정은 군웅들 사이에 펼쳐져 있다.

정반정반인가?

이러면 다시 산집으로 뚫고 나가야 한다.

생각을 어디서 멈추느냐, 동나가 자신을 어디까지 읽었느냐에 따라서 함정이 달라진다.

‘호호호!’

사약란은 속으로 웃었다.

동나는 수 싸움을 하지 않는다. 그는 완벽한 계획이 아니면 실행에 옮기지 않는다. 그런 사람이 확률이 절반밖에 안 되는 수 싸움을 이어갈 리 없다.

정반합(正反合)이다.

함정은 산집에도, 군웅들 사이에도 펼쳐져 있다. 어디로 뚫고 들어가든 단번에 그들의 포위망에 휘감기게 된다.

그들 사이에 자신들을 알아보는 자가 심어져 있다.

그녀가 동나의 생각을 어디까지 읽든 간에, 어느 순간에 생각을 중단하더라도 함정은 여전히 존재한다.

방법은 딱 하나, 증발!

여기에도 문제가 있다.

동나는 이 방법 역시 생각했다. 그래서 그녀가 증발하지 못하도록 군웅들 곳곳에 백인망(百人望)을 세워두었다.

백 명마다 한 명씩 시각량만 쳐다보는 눈길을 둔다.

그들은 성(城)의 망루(望樓) 역할을 한다.

멀리서 움직임을 지켜보고 군웅들에게 방향만 가리켜 준다.

그들을 소리소문없이 제거하지 않는 한, 증발이란 꿈에서조차 기대할 수 없다.

‘해달라면 해줘야지.’

드디어 움직일 순간이 왔다.

시각랑은 무림에 나온 이후, 줄기차게 살수 수업을 쌓아왔다. 금룡대도 마찬가지다. 북지단에서 계야부를 만난 이후부터 그들의 삶은 살수의 삶으로 바뀌었다.

결왕들은 원래부터가 살수다.

살수로 치면 중원 최대의 살수들이 모여 있다.

이제 대상만 정하면 되는데…… 누가 백인망인지, 누가 동나에게 포섭당한 군웅인지 알 길이 없다.

"족히 백 명은 될 거예요. 가세요."

사약란은 결왕들에게 말했다.

백인망이 누구인지는 직감으로 알아내야 한다. 그러다 보면 잘못 파악하고 엉뚱한 사람을 죽이는 경우도 일어날 게다.

상관없다. 그런 식으로라도 눈을 제거해야 한다.

결왕들에게는 백 명 정도 될 거라고 말했지만 이 역시 정확한 말이 아니다.

백인망은 족히 삼사백 명은 된다.

그렇다고 해서 그들을 모두 죽일 필요는 없다. 그들 중에서 지극히 일부, 삼사십 명만 제거해도 백인망에 구멍이 뚫린다.

망루 중에 서너 개가 무너졌다고 보면 된다.

이제 남은 것은 결왕들의 직감이 얼마나 뛰어나느냐, 과연 지극히 일부라도 제거할 수 있느냐이다.

사약란은 그 점만은 굳게 믿었다.

결왕들은 군웅들 깊숙이 파고들었다.

백인망을 형성하고 있는 자들은 위험이 도사린 지역에 있지 않다. 가급적이면 위험으로부터 멀리 떨어져 있다.

지금 같은 경우에는 시각랑 일행으로부터 멀리 떨어진 곳이라고 보면 된다.

외곽 중의 외곽이면서 시각랑 일행을 모두 관찰할 수 있는 곳.

고지대!

걸왕들은 고지대로 올라섰다.

그곳에도 많은 군웅들이 들끓었다. 그러나 그들 중에서 얼굴이 알려지지 않은 걸왕들을 주시하는 사람은 없었다.

"비켜."

조용한 음성이었지만 길을 막은 무인은 얌전히 길을 비켰다.

걸왕들의 풍모가 범상치 않았기 때문이다.

누더기 옷을 벗고 말끔한 무복으로 갈아입은 걸왕은 어디로 보나 당당한 장부의 기개를 풍겨냈다. 무위도 상당히 높아 보여서 일파를 이끄는 장문인쯤으로 짐작하게 만들었다.

걸왕들은 각기 흩어져서 군웅들 틈을 헤집고 다녔다.

그렇다고 해서 멀리 떨어진 것도 아니다. 백인망을 제거할 때는 방어망을 무너뜨린다는 개념에서 한 귀퉁이를 집중적으로 치는 것이 중요하다.

여덟 명이 멀어야 오 장 정도 거리를 띄운 채 천천히 걸었다.

‘긴장을 늦추지 않는 놈!’

결왕들이 찾고자 하는 자다.

시각랑 무리로부터 멀리 떨어진 곳은 잔바람조차 불지 않는 무풍지대다. 어떤 싸움도 벌어지지 않는 곳이고, 유시(流矢)조차 흘러가지 않을 곳이다.

그런 곳에서 긴장할 필요는 없다.

아니, 있다. 긴장을 늦추지 않는 무리가 있다.

군웅들의 우두머리로 새삼 부각되고 있는 일단의 무리는 팽팽하게 당겨진 긴장을 늦추지 않는다.

마인들을 어떻게 처리할까?

그들은 눈에 핏발을 곤두세운 채 긴장감을 늦추지 않는다.

또 다른 무리가 있다.

우두머리로 부각되지도 않았으면서 항상 시각랑 무리를 쳐다보는 무리다.

바로 결왕들이 죽여야 할 자들이다.

‘저기!’

결왕이 한 명을 찾아냈다.

그는 언덕 위에 앉아서 천천히 움직이는 마차를 쳐다보고 있다.

잠시 눈길을 돌려 하늘을 쳐다본다. 또 눈길을 돌려 군웅들을 지켜본다. 하나 곧 마차를 쳐다본다.

틀림없이 백인망이다.

백인망이 아니어도 상관없다. 하루의 거의 대부분을 지켜보는 데 사용하는 이런 무리는 증발하는 데 방해가 된다.

'처리 대상!'

걸왕은 한 사내를 마음속에 낙인찍은 후 자리를 떴다.

날이 어두워지기 전에 또 다른 백인망을 찾아야 한다.

암습은 소리없이 이루어졌다.

"저 친구는 하루 종일 저기 앉아서 뭘 하는 거야?"

"저놈들이 도망가나 안 가나 감시하나 보지 뭘."

"잠도 안 자나?"

"잠이 뭐야, 밥 먹는 것도 못 봤는데."

"뭐라도 갖다 줘야 되는 거 아냐?"

"배고프면 알아서 먹겠지. 한두 살 먹은 어린아이인가."

"쯧! 아마도 저놈들에게 가까운 사람을 잃은 모양이군. 마음 같아서는 대번에 쫓아가서 도륙 내고 싶을 텐데."

"흐흐흐! 며칠만 참으라고 해. 이제 곧 공격이 시작될 것 같은데."

"흐흐흐! 그래, 우린 술이나 마시자."

군웅들은 유독 특이한 행동을 보이는 그를 내버려 두고 술을 마시기 시작했다.

그는 원래 티를 내지 않는 사람이었다. 늘 조용했고, 시비에 간여하지 않았으며, 기분 나쁠 만한 일에도 씩 웃고 마는 마음이 넉넉한 사내였다.

그런 그에게도 원한이 있었던가?

그는 앉은 자리에서 꿈쩍도 하지 않고 시각랑만 노려보았
다.

그런 사내들이 한두 명이 아니었다.

싸움을 예감한 탓인지 오늘 따라서 그런 사내들이 유독 많
이 눈에 띄었다.

그들은 밤새도록 꼼짝도 하지 않았다.

히히힝!

말이 길가에 난 풀을 뜯어 먹다가 문득 생각난 듯 머리를 높
이 들며 울음을 터뜨렸다. 그리고 또 정적이 이어졌다. 말은
다시 길가에 머리를 처박고 이제 막 돋기 시작한 풀잎을 뜯어
먹었다.

사람이 오가지 않는다.

해가 중천에 걸렸건만 말과 마차만 덩그러니 놓여 있을 뿐,
사람이라고는 그림자도 비치지 않는다.

"이상한데?"

군웅들 중의 한 명이 고개를 갸웃거렸다. 그때!

"엇! 이 사람, 죽었잖아?"

"여기! 여기도 죽었다!"

"암습이닷!"

평온하게 번지던 정적이 일시에 깨어졌다.

밤새도록 마차만 쳐다보고 있던 자들이 속속 죽은 시신으로
확인되었다.

일부는 땅에 앉아 있었다. 일부는 서 있었고, 또 일부는 나무 위에 올라가 노골적으로 망을 봤다.

그들 모두가 죽었다. 아니, 죽은 채 발견되었다.

언제, 누구로부터 어떻게 당한 것일까?

그들은 피 한 방울도 흘리지 않았다. 죽기 직전에 행했던 모습 그대로 딱딱하게 굳어졌다.

"마혈을 제압당한 후, 사혈을 찍혔다!"

누군가 사인을 발견해 냈다.

귀신이 곡할 솜씨!

군웅들이 두 눈 시퍼렇게 뜨고 있었는데, 귀신처럼 다가와 사람을 죽이고 사라졌다.

군웅들은 비로소 자신들이 어떤 자들을 상대하고 있는지 알아채고 몸을 부르르 떨었다.

"살수라더니……."

누군가 중얼거렸다.

군웅들의 마음을 가장 정확하게 설명해 주는 말이었다.

"가만! 그럼 저건……!"

한가롭게 풀이나 뜯어 먹고 있는 말들, 황야에 버려진 마차처럼 생기가 전혀 느껴지지 않는 마차…….

"어서 가봐!"

누군가 소리쳤고, 몇몇 무인이 쾌속하게 신형을 쏘아냈다.

"없다!"

“없어! 사라졌다!”

거의 같은 말들이 동시에 울렸다.

시각랑은 사라지고 없다. 금룡대도 사라졌다. 사약란과 악소화도, 그리고 오목과 사색신녀, 사사표풍도 감쪽같이 증발해 버렸다.

“언제…… 누구 이상한 거 본 사람 없어?”

“찾아! 이놈들 놓치면 안 돼!”

명령하는 사람이 행동하는 사람이다. 명령을 내림과 동시에 자신부터 신형을 쏘아낸다.

수많은 사람들이 물샐틈없이 에워싸고 있었다. 그런데 포위망을 뚫고 도주했다. 군웅들은 도주한 사실조차도 모르고 있다가 다음날에서야 알게 되었다.

이 사실이 무림에 퍼지면 포위망을 구축했던 사람들은 정말 한심한 위인들로 전락한다.

군웅들은 가을철 메뚜기처럼 파다닥 날아올랐다.

3

등하불명(燈下不明)!

사약란은 멀리 도주하지 않았다. 군웅들 틈에 섞여서 그들이 움직이는 모습을 면면히 지켜봤다.

“사방 백여 리를 샅샅이 뒤지고 있습니다.”

선검문(仙劍門) 문주가 공손하게 말했다.

선검문…… 상당히 고명하게 들리지만 실은 창건한 지 일 년도 되지 않는 신흥 문파이다.

선검문주 역시 그리 고명한 편은 되지 못한다.

한 지역의 패주 역할도 하지 못하고, 이리저리 바람 부는 대로 부평초처럼 흔들리는 삼류무인이다.

그런 자가 정말로 군웅들과 함께 시각랑을 치고자 했겠는가.

그는 싸우고 싶은 마음이 없다. 참전에 의의를 두어서 문파의 이력(履歷)을 높이고자 했을 뿐이다.

군웅들 속에는 의외로 이런 자들이 많다.

무예를 높여서 무명(武名)을 쌓는 것에는 관심이 없다. 무공을 재물을 얻는 도구라고 생각한다. 적당하게 이름을 날리고, 적당하게 문도를 받아들이면 된다.

하나 그런 사람도 일류고수가 되고픈 꿈은 있다.

상승절기를 수련할 기회가 없어서 이렇게 된 것이지, 그런 기회만 주어진다면 마다할 사람이 없으리라.

혜천검보(慧天劍譜)라면 그를 능히 일류고수의 반열에 올려줄 것이다. 선검문을 진실한 패주로 만들어줄 것이고, 이런 자리에 참석할 때도 남의 눈치를 살피기보다는 좀 더 앞장서서 적극적으로 싸우려고 들 것이다.

사약란이 혜천검보를 기술하며 말했다.

"수색이 얼마 동안이나 지속될 것 같나요?"

"글쎄요…… 한 사나흘 정도?"

아니다. 더 오래 걸릴 것이다. 지금 상황은 그리 간단하지 않다.

군웅들은 이미 하나의 조직으로 묶여졌다.

암암리에 명령을 내리는 자와 받드는 자가 생겼다. 군웅들을 이끄는 자도 있다. 지금은 몇몇 고수가 서로 숙의하며 결정을 내리고 있지만 곧 일인이 주도하는 체제로 전환될 것이다.

그러기 위해서는 온갖 음해(陰害)와 누명, 추방, 암살 같은 지저분한 일도 이루어진다.

어쨌든 그렇게 권력을 쥐는 자가 나타난다.

아니, 이미 군웅들을 기반으로 하는 권력이 형성되기 시작했다.

권력을 쥔 자들…… 그들에게는 군웅들이 세상에서 둘도 없는 보물이다. 자신들에게 두 번 다시 주어지지 않을 기회를 제공해 주었으며, 부와 영광도 안겨줄 사람들이다.

그러니 그들이 뿔뿔이 흩어지도록 내버려 두지 않을 게다.

사약란이 말했다.

"사나흘 정도……. 수색에 참여할 생각인가요?"

"아무래도 그러는 편이 의심을 사지 않을 것 같아서……."

"사나흘이면 늦어요. 그때가 되면 떠나고 싶어도 못 떠날 거예요. 떠나지 못할 이유가 반드시 생길 거예요. 떠나려면 지금 떠나고, 그렇지 않으면 두 발에 족쇄 채울 각오를 하세요."

“사태가 그렇게나…….”

선검문주는 심각한 일이라도 생긴 듯 미간을 찌푸렸다.

사실 아무것도 아니다. 그냥 떠나기만 하면 되는데, 아주 자잘한 일을 가지고 고민한다.

“이거 어떻게 할까요?”

사약란이 해천검보를 들어 보였다.

순간, 선검문주의 눈가에 탐욕이 물들었다.

“떠, 떠나지요, 당장.”

“의심 사지 않게 조심해서.”

“그야 두말할 여부가 있소.”

선검문주는 서둘러 자리를 떴다.

“뭐 하러 이런 자들에게 몸을 의지하는 겁니까?”

부사영이 못마땅한 표정으로 말했다.

그들이 본격적으로 움직였다면 지금쯤 아무리 못해도 이백 리는 벗어나 있을 것이다.

막말로 해서 선검문이라는 허울 좋은 문파쯤은 시각랑 중의 단 일인만 나서도 초토화시킬 수 있다.

사약란의 신출귀몰하는 병법을 못 믿는 바는 아니지만 너무도 상식에서 어긋난 행동이기 때문에 묻지 않을 수 없었다.

“문득 이런 생각이 들었어요. 나 같으면 백인망을 펼쳐 놓았다고 두 발 뻗고 잘 수 있을까?”

"흠!"

"결론은 알죠?"

"살수가 움직이면 백인망은 부서질 것이고…… 흠! 부서지는 모습을 본 자가 있다?"

"두 겹, 세 겹의 눈길. 그런 눈길을 벗어나는 데는 선검문만한 가림막도 없어요."

"흠!"

부사영은 고개를 끄덕였다.

시각랑도 이런 병법을 종종 사용했다.

사약란처럼 병법이 어떻고 하는 건 아니다. 그런 건 알지도 못한다. 다만 본능적으로 어떻게 하면 적진을 벗어날 수 있는지 깨달았고, 써먹었을 뿐이다.

농부나 유랑자로 변복하여 움직이는 것.

떠돌이 행상 속에 일원이 되어 스며드는 것.

적의 눈을 가리기 위해 전혀 다른 사람으로 변장하는 것은 너무 많이 써먹어서 모르는 사람이 없다.

누가 어떤 식으로 변장하느냐.

그런 관점에서 살펴보면 지금 자신들의 모습은 아주 좋다.

선검문 같은 문파는 평소의 자신들이라면 거들떠보지도 않았을 게다. 그러니 좋다. 그런 문파와 손속을 섞는다는 자체를 생각할 수 없는 판인데 그들에게 몸을 의지한다는 건 더더욱 있을 수 없다.

아주 좋은 방편이다.

한 가지 또 이해할 수 없는 게 있다.

어제만 해도 사약란은 정면충돌을 예상했다. 시각랑과 금룡대의 모든 행동을 싸움에 집중시켜 왔다. 언제 어디서 누가 공격해도 가장 효율적으로 막고, 칠 수 있는 진형을 유지시켰다.

한데 하루아침에 계획이 바뀌었다.

잠복이라…….

왜 이런 방법을 쓰는 것일까?

부사영은 자신들에게 미래가 있다고 생각하지 않는다. 그것은 다른 시각랑들도 마찬가지다. 조만간 어느 들판에서 시신이 되어 버려질 것이라고 생각한다.

아마도 그 생각은 맞을 것이다.

금룡대도 같은 생각을 한다.

지금은 무공 낮은 군웅들이 에워싸고 있어서 긴장감이 덜하지만 곧 무총의 대대적인 공격을 받게 될 터이고…… 무총이 아니더라도 구파일방, 오대세가의 공격이 시작될 게고…… 그들이 가만히 있는다 해도 안선만은 움직일 것이고……

전후좌우 어디를 살펴봐도 빠져나갈 구멍이 없다.

계야부는 동나에게 자신들을 맡기며 당분간 아무도 모르는 곳에 숨겨두라고 했다.

잠복해서 힘을 기른다는 것이 목적이었다.

한데 동나는 그러지 않았다. 자신들을 전면에 내세웠다. 자신들로 하여금 군웅들을 끌어오게 만들었다.

미래는 없다.

언제 누구 손에 죽느냐가 남아 있을 뿐, 죽음은 분명하다.

그런 판에 갑자기 잠복으로 이동 형태가 바뀌었다.

사약란이 잠복하고자 한다면 틀림없이 성공할 것이다. 군웅들과 싸울 일도 없을뿐더러 안선의 감시망에서도 감쪽같이 사라질 공산이 크다.

그래 봤자 희망이 생기는 건 아니다.

시각랑이나 금룡대에게 희망은 없다. 그러기에는 너무 많은 사람을 죽였다. 북무림 전체가 원수나 마찬가지인데 어찌 두 발을 뻗고 잘 수 있으랴.

지금은 안전할 수 있겠지만 큰 의미는 없다.

사약란이 무엇 때문에 정면충돌에서 잠복으로 생각을 바꿨는지 궁금할 뿐이다.

그녀에게 물을 수는 없다.

그들은 수하를 이끌어봤기 때문에 상관의 고충을 이해한다.

상관이 어떤 행동을 결정할 때마다 사사건건 이유를 묻는다면 피곤하기 짝이 없다.

적을 앞에 둔 상황에서는 더욱 그렇다.

이럴 때는 무조건 믿고 따라야 한다. 속으로는 이해하지 못할지라도 믿는 척해줘야 한다. 아니, 억지로라도 믿어야 한다. 그래야만 결정적인 순간에 섶을 지고 불구덩이 속으로 뛰어들라고 해도 거침없이 뛰어들 수 있다.

모두 묵묵히 경계만 섰다.

"하하하! 끝까지 같이하지 못해서……."

"바쁜 일이 있으면 가야지요. 먼저 가십시오. 나중에라도 힘을 보태주십시오."

군웅들은 선검문주를 흔쾌히 놓아주었다.

있어봤자 큰 힘도 되지 못할뿐더러 괜히 생색이나 내려는 사람이 제 발로 간다니 오히려 고마웠다.

선검문은 고작 다섯 명이 왔다. 문주 한 명에 문도가 넷인 조촐한 원정대다.

이제는 이런 자들까지 나서는구나 하고 못마땅했는데…… 돌아가는 인원은 상당히 많아서 근 사십여 명에 이르는 것 같다. 그동안 문도들이 한 명, 두 명 더 모여든 것 같다.

사십여 명이라면 그럭저럭 힘이 될 수도 있는데…… 나중에 보자는 인사를 했으니 잡을 수도 없고…… 군웅들은 잘 가라고 손을 흔들어주었다.

"저 이제 그 검보는……."

"수색이 백 리에 걸쳐서 펼쳐졌다고 했으니 딱 이백 리만 벗어나면 줄게요."

"믿겠습니다."

"믿으세요."

"혹시라도 약속을 어기면 저도 생각이……."

사약란은 혜천검보를 내밀었다.

"혜천검식은 모두 십팔 초로 이루어져요. 여기에는 십육 초
만 기술했어요. 마지막 결정체, 이 초식은 이백 리를 벗어나면
기술해 주죠. 됐나요?"

"하하! 소저를 못 믿어서 한 말이 아니었는데."

선검문주는 겸연쩍어했지만 혜천검보를 사양하지는 않았
다.

그녀가 신속한 탈출 대신 귀찮은 방법을 택한 것은 자신의
판단을 확인하기 위해서였다.

일단 백인망은 확인되었다.

결왕들이 죽인 자들은 동나가 심어둔 간자들이다. 그들이
죽음으로써 포위망이 너무도 쉽게 뚫렸다는 게 증거다.

백인망의 뒤에서 지켜보는 자들도 확인했다.

그들은 선검문 같은 문파는 안중에도 없으면서 굳이 떠나는
사람들을 찾아와 배웅했다.

물론 그들이 발견한 사람은 보잘것없는 무인과 촌스러움이
덕지덕지 붙어 있는 아낙들뿐이다.

그들은 군웅들 중 일부로 위장했다.

선검문보다도 강하고 군웅들을 이끄는 자들보다는 한참 모
자라는 정도의 위치에서 편안하게 주위를 살폈다.

"심계가 깊은 사람들이에요."

악소화가 말했다.

그녀의 관언찰색은 계야부로부터 의살의 기본을 전수받은

후부터 세상에 나타난 적이 없는 특이한 능력, 그녀만의 독특한 경지를 향해 치달리는 중이었다.

전에는 얼굴의 모양과 혈색, 미세한 표정 변화를 읽는 것에 그쳤다. 하나 지금은 몸속에 내재된 기혈의 흐름까지 감지한다. 내공의 정도만 파악하는 게 아니다. 내공의 성질, 정사(正邪)의 구분까지 거의 정확하게 파악한다.

선검문을 배웅한 사람들이 어느 정도의 무공을 지녔는지는 모두 다 감지해 냈다. 심계가 깊은지 얕은지는 그녀보다도 사약란이 더 정확하게 파악한다.

악소화가 말했다.

"저 사람들, 언니하고 같은 기운이 풍겨요."

사사표풍을 쳐다보며 한 말이다.

"나?"

사사표풍이 느닷없는 지적에 놀란 듯 되물었다.

"네, 언니하고 같은 기운이 풍겨요."

"나하고 같은 기운이라면……."

"겉으로 드러난 기운은 전혀 다르지만…… 내재된 기운이 같아요. 아마도 기본공을 같이 배우지 않았나 싶네요."

"기본공? 그런 걸 알아볼 수 있단 말이야?"

"어떤 기본공을 배우느냐에 따라서 인성(人性)이 달라질 수 있거든요. 그런 면에서…… 언니와 같아요. 이건 장담할 수 있어요."

사사표풍은 사약란을 쳐다봤다. 마침 사약란도 그녀를 쳐다보는 중이었다.

두 사람의 눈길이 허공에서 얽혔다.

사사표풍과 기운이 같다면…… 저들은 무총이다. 십일영자를 공격해서 막대한 희생을 일으켰을 뿐만 아니라 사일도를 치기까지 한 무혼이다.

사부의 제자들이 동나를 위해서 일한다?

이건 뭔가 이상하다.

얼마 전, 사부님은 무혼들에게 집합을 명했다. 그들에게 맡겨진 임무를 완수하라고 밀명을 내렸다.

사사표풍은 그럴 수 없었다.

사약란을 칠 수도 없었고, 다른 사람들을 해하기도 싫었다. 그래서 거부했고, 일력광겸과 일장 격돌을 벌였다. 그리고 그 결과, 피붙이나 다름없던 일력광겸을 자신의 손으로 죽였다. 아니, 일력광겸이 그녀의 검에 목숨을 디밀었다.

이는 명백히 사부님을 배신하는 행동이다.

당연히 사부님의 징치가 예상된다. 다른 무혼을 시켜서 암살을 명할 수도 있다. 아니, 사부님 같으면 배신자를 남의 손에 맡기지 않는다. 당신이 직접 나서서 처리한다.

언젠가 사부님을 만나게 될 것이다. 그리고 그날, 목숨을 잃을 것이다.

그 정도의 각오를 하고 사약란 곁으로 왔다.

한데 다른 무혼들도 자신과 같은 생각을 했단 말인가? 사부님을 배신하고 동나와 손을 잡았다고?

이를 믿으란 말인가?

한 명, 두 명도 아니고 무수히 많은 자들이 군웅들 속에 섞여 있는데…… 차라리 악소화의 말을 믿지 않았으면 않았지 그들이 무혼이라는 사실만은 믿을 수 없었다.

사약란의 미간이 심하게 찌푸려졌다.

저들이 무혼이라는 사실은 틀림없다.

인간이 하늘을 머리에 이고, 땅을 발로 딛고 산다는 사실만큼이나 악소화의 판단도 진리처럼 믿을 수 있다.

저들이 틀림없이 무혼이라면 일이 도대체 어떻게 돌아가는 것인가?

'그런 거였나?

사약란은 입술을 잘끈 깨물었다.

그녀의 기운 변화가 악소화에게 읽힌다는 점을 알지만 격동하는 마음을 다스릴 수 없었다.

악소화가 아니었다면 앞으로도 모르고 있었을 일! 세상에서 오직 한 명뿐인 특이한 능력의 소유자가 아니었다면 감쪽같이 속아 넘어갔을 일!

대역천지계?

할아버지를 무너뜨리고 천하를 쟁패한다?

모두 웃기는 소리다. 오라버니와 동나는 한 번도 할아버지를 배신한 적이 없다.

지금 중원에서, 그리고 무총에서 벌어지는 모든 일은 할아버지가 꾸민 일이다.

아마도 오라버니의 역천지계는 성공할 듯싶다.

할아버지가 암암리에 묵인하고 지원해 주고 있는데 성공하지 못한다면 천하에 다시없는 바보다.

이렇게 무총의 후계자가 정해지는 것인가?

그렇다면 자신이 할 일은 없다.

이 아수라장에 시각랑과 금룡대를 집어넣는다면 흔적도 없이 녹아버린다.

아무것도…… 아무것도 할 것이 없다.

사약란은 주위를 쓸어봤다.

마차를 떠날 때까지만 해도 싸울 상대가 동나였는데, 이제는 적이 없어졌다.

할아버지가 후계자를 정하는 싸움, 오라버니에게 무림을 물려주는 싸움에서 자신이 무엇을 하랴.

그래도 할 일은 있다.

시각랑을 보존시킨다. 금룡대를 안전하게 피신시킨다. 걸왕들, 그리고 오목을 비롯해 세 여자…… 이들을 이 싸움이 끝날 때까지 지켜내야 한다.

이것이 그녀의 싸움이다.

지금 상황으로 보면 이들은 영락없이 죽은 목숨인데, 과연 살려낼 수 있을까?

오랜만에 계야부가 생각났다.

그는 남편인데, 어찌 된 영문인지 얼굴이 기억나지 않는다. 평생 한 번도 만나보지 않은 사람처럼 낯설게만 느껴진다. 그의 따스한 입김이 귓불을 스친 게 한두 번이 아니건만 어떤 느낌인지 전혀 기억나지 않는다.

그래도 그를 생각한다.

그는 이 싸움과는 전혀 다른 싸움을 하고 있다.

할아버지, 그리고 절정고수들과 함께 의살을 가지고 다툰다.

그를 도와줄 힘은 더더욱 없다. 지금 자신에게 주어진 일을 해내기도 벅찬 판이다. 그래도 이번 일을 해내면 그가 활짝 웃을 것 같다는 예감은 든다.

'그 사람, 왜 이렇게 낯설지?

낯선 것은 계야부만이 아니다.

예전에는 사내가 가까이 있으면 사내만의 독특한 냄새가 맡아지곤 했는데, 요즘은 그런 적이 없다.

아무 느낌도, 냄새도, 감정도 일어나지 않는다.

선검문주가 말을 건네왔다.

"이백 리를 벗어났는데요."

"아, 그래요?"

"나머지 초식은?"

"적어드릴게요. 주세요."

무심히 혜천검보를 받아 들던 사약란의 눈길이 악소화에게 향했다.

악소화가 그녀를 쳐다보고 있었다. 그녀의 격동을 모조리 감지해 낸 듯 착잡한 표정으로 쳐다봤다.

사약란은 살짝 고개를 흔들었다.
‘나중에.’
악소화도 고개를 미미하게 끄덕였다.
‘그래요. 나중에 이야기해요.’

第百五十七章

빙화(氷花)의 살(殺)

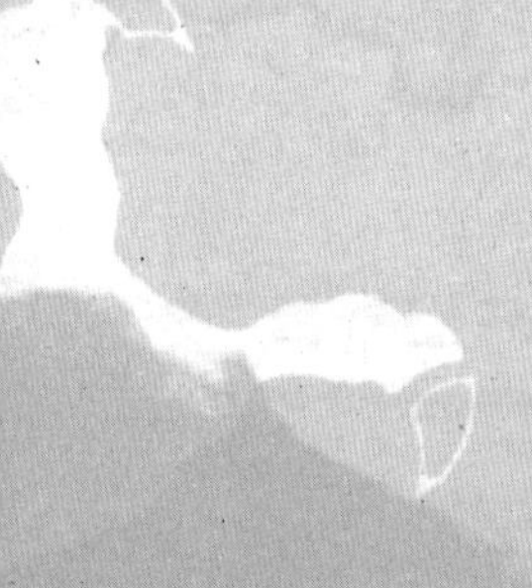

1

“시원하군. 아주 시원해. 역시 중원이 좋긴 좋아.”

고우진은 가슴을 드러내고 매섭게 몰아치는 한설을 온몸으로 맞이했다.

올해는 유난히 춥다.

사람들은 백 년이래 가장 추운 겨울이라고 말한다.

그래도 고우진에게는 시원하기만 하다. 중원이 아무리 춥다 한들 북해빙궁의 추위에 비교할 수는 없다. 잠시라도, 눈 한 번 깜짝하는 순간이라도 방심이라는 덫에 걸려들면 여지없이 목숨을 잃고 마는 악마의 숨결을 너희가 어찌 알겠는가.

시원하게 느껴지는 것이 아니다. 진정으로 시원하다.

“이런 날씨가 시원하단다. 미친놈 아냐?”

“쉿! 피 냄새가 풀풀 풍기는데 말조심하라고.”

“에이, 설마 듣겠어?”

“무인들은 개미 기어가는 소리도 듣는다더라. 조심해.”

고우진의 귓가에 속삭이는 소리가 들려왔다.

괜찮다. 귀여운 인간들이 부러움을 견디지 못하고 내뱉는 중얼거림 정도는 얼마든지 들어줄 수 있다.

하나 그렇지 못한 사람도 있다.

“중원에는 쥐새끼가 많네요.”

한기가 풀풀 풍기는 여인이 눈초리를 사납게 치켜뜨며 말했다.

“놔둬. 저 정도 말도 못해서야 이 삭막한 세상을 무슨 낙으로 사나. 안 그래?”

고우진이 숙덕거리던 사람들을 쳐다보았다.

그들은 사색이 되어 벌벌 떨었다.

귀엽다. 절대적인 힘 앞에 무력화되어 버린 인간 군상들이 귀엽게 느껴진다.

그런데 여인은 그렇지 않았나 보다.

쒜엑!

여인의 소맷자락 속에서 빙검(氷劍)이 불쑥 튀어나왔다.

검끝은 정확히 세 사내의 목에 걸렸다.

주루룩!

핏물이 흘러내렸다. 그리고 방금 전까지만 해도 두런거리던 사내들의 입술에서 핏기가 싹 가셨다.

툭! 데구루루!

몸에서 분리된 머리가 싱겁게 나뒹굴었다.

비명도 없다. 흘러나온 피도 극소량이다. 머리를 베어내는 순간, 혈을 막아 피의 분출을 막아버렸다.

"쯧!"

고우진이 헛바람을 쳤다.

"독하지 않으면 장부가 아니랬어요."

여인이 한기를 풀풀 풍기며 말했다.

"그래, 그래, 독해야 장부지. 그런데 넌 장부가 아니잖아? 장부도 아닌데 왜 그리 독하누?"

"절 원망하는 건가요?"

"아니, 아니, 원망하는 게 아니라 이런 사람들은 굳이 죽일 필요가 없다는 뜻이지."

고우진은 손을 휘휘 내저었다.

북해의 빙화는 그에게 천고의 기연인 빙마지체를 만들어주었다.

만들어준다? 그렇다. 그 표현이 딱 적당하다.

음양합일(陰陽合一), 내공전이(內功轉移), 건곤전도(乾坤傳導)…… 이런 모든 총체적인 결정체가 그녀와의 합궁(合宮)이다.

그는 아무것도 하지 않았다. 북해제일화로 불리는 북해의 빙화를 품에 안고 즐기기만 했다.

격정의 회오리가 머리끝부터 발끝까지 녹였다.

몇 날 며칠이 흘렀는지 감각이 없다. 세상이 어떻게 돌아가는지, 아침에 뭘 먹기는 했는지 아무 의식도 없다.

모든 것이 혼몽한 가운데 그의 몸은 빙마지체가 되었다.

그녀가 수련한 빙화참은 그가 알고 있는 빙화참이 아니다. 북해 동토의 살기를 고스란히 받아들인 죽음의 무공이다.

그녀는 빙화참을 수련한 많은 여인들이 그렇듯이 가장 강한 빙극검형의 주인공을 기다렸다.

그녀 앞에 빙극검형을 수련한 많은 무인들이 선을 보였다. 그러나 그녀를 만족시키지는 못했다. 그녀가 바라는 빙극검형은 훨씬 높은 경지에 있어야 한다.

고우진은 그녀를 만족시켰다.

그가 지닌 빙극검형은 동토의 살기를 머금지는 못했지만 무공 본연의 경지는 타의 추종을 불허한다.

그는 빙극검형과 빙화참을 한 몸에 지녔다.

상식적으로 도저히 일어날 수 없는 일이 일어났다.

북해의 빙화가 그에게 안긴 것은 당연하다.

한데 여기서 골칫거리가 생겼다.

건곤전도는 혼자만 생기는 게 아니다. 받아들이는 게 있으면 주는 것도 있다.

그녀 덕분에 빙마지체를 이룬 것은 고맙지만…… 그녀 역시 빙마지체가 되었다. 자신이 알고 있던 빙극검형이 그녀에게 넘어가 그녀의 소유물이 되었다.

그녀는 추위를 먹고 자란 진정한 빙마지체다.

반면에 자신은 인위적으로 만들어진 가짜 빙마지체다.

빙마지체가 되면 빙마의 경지를 뛰어넘는 초인이 된다지만 진정한 초인은 자신이 아니라 그녀다.

대공에게 감쪽같이 속았다.

만일 대공이 이런 사실을 알면서도 그를 북해빙궁에 보낸 것이라면…… 정말 속았다. 대공이 완성하고자 했던 빙마지체는 자신이 아니라 북해빙화다.

같은 무공을 펼쳐도 상당한 차이가 난다.

그녀와 정면으로 손속을 부딪친다면 도저히 승산이 없다. 가짜가 아무리 맹위를 떨쳐도 진짜를 상대하기에는 역부족이다.

자신을 만들기 시작한 것은 이교사다. 이교사가 북해빙궁주와 연합하여 말도 안 되는 짓거리를 했다. 그 덕분에 자신이 창조되기는 했지만, 생존 가능성이 거의 없는 죽음의 경기였다.

그것을 이용한 것은 일교사다.

북해빙궁과 인연이 깊은 일교사는 그의 경지를 정확히 읽었다.

붕지를 몰살시킨 무공? 후후! 개나 물어가라지.

일교사도 그 정도는 할 수 있다. 할 수 있으면서 건방진 풋내기의 기고만장함을 용인해 주었다. 마음껏 날뛰어보라고 호랑이가 득실거리는 산에 풀어놓았다.

모두에게 철저히 이용당했다.

불행 중 다행이라면 얼음 같은 북해빙화가 그의 수중에 있
다는 점이다.

그녀는 순종적이다.

심기를 상하는 일만 없다면 그가 하는 일을 적극적으로 밀
어준다.

지금과 같은 경우, 그는 그녀를 칭찬해야 한다. 자신을 위해
서 검을 써준 그녀이기에 아주 고맙다며 활짝 웃어야 한다.

'제길!'

고우진은 속으로 툴툴거렸다.

천하제일의 무인이 되고자 했거늘, 천하제일빙녀의 노리개
가 되어버린 팔자라니.

그는 쓴웃음을 흘리며 생각했다.

'나도 곱게 죽지는 못하겠어.'

열사(熱砂)의 뜨거움이 작열한다.

동토에서 살아온 빙화에게는 약간의 더위도 지옥 같은 화염
일 텐데, 하물며 사막의 뜨거움이니 고통인들 오죽할까.

빙화는 낯빛이 하얗게 질려 연신 땀을 흘렸다.

'후후후!'

그는 웃었다.

빙화에게도 약점이 있다.

그녀는 동토에서만 강하다. 하나 자신은 사막에서 태어나
자란 몸이기에 뜨거움에 익숙하다. 동토뿐만 아니라 사막에서

도 강한 빙마지체다.

기회가 닿는다면…… 이곳에서 빙화를 제거한다.

그녀는 우물(尤物)이다. 그녀의 살결을 만져 보면 찰떡처럼 철썩철썩 달라붙는다. 그녀의 웃음을 보면 뼈가 녹신녹신 녹아들고, 그녀와 입맞춤이라도 하면 꿀을 빨아들이는 맛과 향이 느껴진다.

중원에는 천하제일미 사약란이 있다지만 빙화 역시 그녀에 비해 조금도 손색이 없다.

하나…… 그녀의 노예가 되어 살 수는 없는 노릇이다.

그녀만 없다면, 그녀가 사라진다면 빙마지체는 자신뿐이다. 빙화참과 빙극검형을 능수능란하게 구사하는 유일한 인물이 된다. 그뿐만이 아니다. 그녀만 없다면 북해빙궁 삼천 궁도의 주인이 된다. 일국(一國)의 주인이 된다.

고우진은 그녀를 사막 중심으로 이끌었다.

"후욱!"

그녀는 가쁜 숨을 토해냈다.

더운 김이 훅 풍겼다.

일 년 열두 달, 얼음 속에서만 살아온 사람이 폭염 속에서 얼마나 버틸 수 있을까?

얼음이 녹고, 눈이 녹듯이 천천히 해빙된 게 아니다. 얼음에 얼려놨던 생선을 용광로 속에 팍 던진 것 같은 느닷없는 환경 변화 속으로 밀어 넣었다.

"여긴 좀 더워."

"그늘도 없군요."

"사막이 처음이지?"

"네."

"사막이란 곳이 있다는 말은 들었나?"

"들었어요."

"후후! 삶을 거부하는 죽음의 땅이지."

'너도 곧 죽을 거야.'

"준비된 사람은 살려주는 용서의 땅이기도 해요."

'한마디도 지지 않는군.'

고우진은 웃었다.

아무려면 사막을 알면 누가 더 많이 알까? 몽골에서 태어나 몽골에서 자란 자신이 더 잘 알지 얼음 굴에서 생활해 온 얼음 여인이 더 잘 알까.

"조금만 참아. 곧 끝날 거야."

"네, 곧 끝나겠죠."

'바보…… 네 목숨이 곧 끝난다는 말이다. 후후!'

고우진의 바람은 이루어지지 않았다.

사박! 사박! 사박……!

멀리서 모래를 밟으며 까마득한 점이 나타났다.

점은 하나가 아니었다. 두 개, 세 개로 늘어나더니 곧 십여 개가 되었다.

'제길!'

고우진은 툴툴 웃었다.

낙타 행렬이다. 상인 행렬인 듯싶은데…… 저런 게 나타나면 물과 음식을 얻을 수 있다. 지금까지 야금야금 소모시켜 온 기력을 한꺼번에 되살릴 수 있다.

빙화를 태워 버릴 좋은 기회인데, 이렇게 놓치는 건가.

점은 확실히 낙타 행렬의 모습을 드러냈다.

그들은 약속이라도 한 듯 고우진과 빙화를 향해 다가왔다.

아마도 사막에 웬 사람들이 걸어오니 방향을 바꿨지 않나 싶다. 그렇지 않으면 낙타 길도 아닌데 이리 올 리가 없다.

빙화를 태울 기회는 사라졌다.

고우진은 빨리 포기했다.

"후우! 다행히 사람들이 나타나서……."

"제가 뭐라고 했어요. 준비된 사람은 살려주는 용서의 땅이라고 했잖아요."

"뭐?"

"사막이 가로막지 않았다면…… 휴우! 그만하죠."

빙화가 말을 하다 말고 말문을 닫았다.

'치잇!'

고우진은 혀를 찼다.

자신의 생각이 옳았다.

북해빙궁 사람들에게 사막은 천형의 땅이다. 보통 사람들이 참을 수 있는 더위도 그들은 참지 못한다. 하물며 태양이 이글거리는 사막을 건넌다는 것은 감당하지 못할 일이다.

그래서 빙궁은 중원으로 진출하고 싶은 욕망을 억누르고 북해에만 머물렀다.

빙화도 그런 점을 안다.

아는 사람이 중원으로 들어서면서 사막을 준비하지 않는다는 건 있을 수 없는 일이다.

그녀가 '준비' 운운한 것이 그런 말이다.

낙타를 타고 다가오는 행렬은 사막을 건너기 전에 미리 준비시켜 놓은 것이다.

이런 여자를 죽이려고 했으니.

자칫 기력이 쇠잔했다 싶어서 손이라도 썼으면 큰일 날 뻔하지 않았나.

낙타 행렬이 점점 가까이 다가왔다.

"고생 많으셨습니다."

"우선 목부터 축이시지요."

낙타에서 내린 사람들이 빙화에게 극진히 인사했다.

고우진의 낯빛은 흙빛이 되었다.

일교사, 삼교사, 사교사, 오교사, 칠교사, 구교사!

십교사 중 그가 알고 있는 여섯 명!

'이것들이!'

고우진은 분노했지만 현실은 냉정했다.

태양을 가리는 양산(陽傘)이 펼쳐졌다. 낙타 두 마리를 연결시켜서 만든 가마도 대령되었다. 마실 물도 목욕을 할 정도로

풍부하게 가져왔다.

전왕 칠교사가 황상을 염두에 두고 편의를 제공한 게 아닐까 싶을 정도로 모든 게 넘쳐흘렀다.

이 모든 게 빙화를 위해 준비된 것들이다.

"수고했네."

일교사가 고우진을 쳐다보며 씩 웃었다.

'이것들이!'

고우진은 콧김을 씩씩 불어냈지만 그가 할 수 있는 건 아무것도 없었다.

모두 일 장에 때려죽이고 싶다.

빙마지체가 된 그는 그러고도 남을 능력이 있다.

일교사의 진신무공이 어느 정도인지 모르지만 투살진기에 당하기 전에도 그는 염두에 둔 적이 없다. 하물며 지금은 더더욱 그렇다. 일교사 정도는 단숨에 눕힐 자신이 있다.

다른 자들이 손을 합친다고 해도 우습게 보인다.

하나 단 한 사람, 빙화만큼은 어쩔 수 없다. 그녀가 손을 쓰면 죽은 목숨이 된다.

분하지만, 속은 게 확실하지만 지금은 참는 수밖에 없다.

"하하하! 빙화, 이 사람들과 안면이 있는 줄은 몰랐는데."

"모르는 게 그것뿐이 아닐 거예요."

빙화가 활짝 웃으며 말했다.

몽골에서 벗어나 모납산(母納山)으로 들어서자 백여 명에 이르는 고수가 그들을 맞이했다.

"말씀하신 대로 준비해 놨습니다."

눈빛이 심유하게 가라앉은 자가 포권을 취하며 말했다.

전왕은 그에게 고개만 까딱거렸다. 하나 빙화에게 고개를 돌렸을 때 그의 표정은 세상에서 가장 자상스런 할아버지의 얼굴이 되어 있었다.

"오늘은 여기서 쉬시지요."

"그럴까요?"

"방해되지 않도록 인근 십 리를 비워두었습니다."

'인근 십 리를 비워둬?

고우진은 눈살을 좁혔다.

그는 전왕의 돈을 갈취한 적이 있다. 무공으로는 자신을 능가할 사람이 없다고 생각했던 때인지라 누구를 협박한다는 게 일상사처럼 여겨질 때였다.

그때 상당히 많은 돈을 갈취했다고 생각한다.

한데 인근 십 리를 비워?

아예 사람이 오가지 못하도록 길목을 통제할 뿐만 아니라 십 리 안에 있는 사람들에게는 은자를 주어서 잠시 집을 비우도록 만들었다는 말이지 않나.

그는 이런 대접이 있다는 소리를 들어본 적이 없다.

돈은 칠교사와 구교사가 조달한다. 팔교사도 소문난 거부라고 하니, 이 자리에는 없지만 그도 일조를 했으리라.

돈으로 해결하지 못하는 일은 삼교사와 오교사가 해결한다.

그들이 가진 군부(軍府), 관부(官府)의 권력이면 대역죄인도 살릴 수 있다.

명을 받고 동원된 백여 명의 고수도 처음 보는 자들인데, 한마디로 놀랍기만 하다.

강하다!

다른 말이 필요없다.

이들이 안선의 주축이다. 안선의 숨은 힘이며, 진정한 실체이며, 세상을 움직이는 그림자다.

그가 본 십교사는 오합지졸이었다. 사리사욕에 눈이 어두워 서로를 물고 뜯는 늑대들이었다.

틈을 보이면 죽는다. 같은 안선이라고, 같은 교사 반열에 있다고 해서 방심을 하면 그 순간 물어 뜯긴다.

긴장, 긴장, 긴장!

십교사들은 그렇게 살아왔다.

한데 빙화를 중심으로 함께 모인 십교사는 전혀 다른 면모를 보여준다.

빙화 앞에서는 사리사욕이 없다. 오직 그녀만을 받들어 모시는 일에 전심전력을 다한다. 그녀를 위해서라면 자신의 모든 것을 내줄 수 있다는 진심까지 비친다.

빙화, 도대체 그녀는 누구란 말인가!

고우진은 자신과 살을 섞기까지 한 여인이 새삼스럽게 보였다.

'후후후! 그렇단 말이지.'

그렇다면 방법이 있다.

빙화를 완전히 손에 넣는다. 밤일을 지금보다 더 열심히 해주고, 비위도 맞춰주고, 심기 거슬리는 행동은 삼가하고…… 그렇게 이인자의 위치를 지키다 보면 일인자가 될 기회도 생긴다.

'후후후!'

고우진은 생각을 바꿨다.

궁금하다. 정말 궁금하다. 그래서 묻지 않을 수 없다.

"대공이 되는 건 포기한 건가?"

"대공? 무슨 말인지 모르겠군."

"우리 서로 다 아는 처지에 그런 식으로 말하지 말고…… 대공이 되고 싶지 않았다면 왜 빙정을 그런 식으로 내둘렀겠어. 후후! 결국 남 좋은 일만 만들고…… 이런 걸 두고 닭 쫓던 개 지붕 쳐다본다고 하는 건가?"

"말조심해라."

"해라? 하하하! 일교사, 내 아무리 이빨 빠진 호랑이라지만……."

"후후후! 아직도 주제를 모르는군."

"……!"

"호랑이라. 네가 호랑이였다고? 하하! 잘 들어둬. 넌 호랑이였던 적이 없어. 조금 큰 고양이 정도라면 모를까."

"이거 왜 이러시나. 그럼 고양이한테 그리 빌빌거렸단 말이야? 후후후! 예전에는 쥐구멍만 찾던 자가 이렇게 당당한 걸 보니, 믿는 구석이라도 생긴 모양이지?"

일교사는 한참 동안 고우진을 쳐다봤다.

고우진도 눈길을 피하지 않았다. 일교사는 담담하게 쳐다보지만 그는 눈에 핏발을 곤두세우고 노려보았다.

너 정도는 지금이라도 죽일 수 있어!

그의 눈빛에서는 일교사를 무시하는 강한 살기가 넘쳐흘렀다.

"잘 듣게."

한참 만에야 일교사가 입을 열었다.

"이 시대는 내 것이 아니야. 내 것으로 만들려고 발버둥 쳐봤지만 너무 거리가 멀어."

'포기!'

고우진의 눈빛이 반짝 빛났다.

일교사는 대공을 꿈꾸던 자였다. 대공을 몰아내고 안선을 거머쥐려고 했다.

무림에서 명성을 날린 적도 있고, 북해빙궁에 가서 빙궁주와 인연을 나눈 적도 있지만 그의 일생을 요약하자면 안선 대공이 되기 위해 발버둥 친 여정이었다고 말할 수 있다.

그런 사람이 대공의 꿈을 접었다.

자신이 북해로 갈 때만 해도 그는 여전히 꿈을 꾸고 있었는데, 얼마 되지 않은 짧은 기간 동안에 사람이 확 바뀌었다.

그는 더 이상 대공을 노리지 않는다.

완전히 지웠다. 티끌만 한 욕심조차도 남기지 않고 깨끗이 욕념을 지워 버렸다.

그동안 도대체 무슨 일이 있었던 것인가?

일교사가 말을 이었다.

"그건 자네도 마찬가지지. 이 시대는 자네 것이 될 수 없어. 그런 생각이 있다면 빨리 떨쳐 내야 할 것이야. 야망을 버리느니 죽음을 택하겠다고 말할 수도 있겠지. 그러면 그리하던가."

"무엇이오?"

"……"

"무엇이 일교사로 하여금 이리 말하게 만든 것이오?"

그는 처음으로 일교사에게 정중히 말했다.

일교사는 이미 패장이다.

그는 두 번 다시 영욕의 무대로 오르지 못한다. 오를 만한 의기가 완전히 꺾여 버렸다.

고우진은 일교사와 같은 의지를 갖고 있기에 그의 마음을 읽을 수 있었다.

"후후후! 그것 보게. 아직도 모르고 있지 않나. 나보다도 더 많이 알아야 할 자네가…… 후후!"

'더 많이?'

"한 가지만 더 말해준다면…… 자네는 덫에 걸린 쥐새끼나 마찬가지일세. 빙마지체? 하하하! 생각해 보게, 빙마지체를 깰 수 있는 사람이 누구인지. 그런 사람 중에 누가 옆에 있는지."

'빙화!'

고우진은 부들부들 떨었다.

일교사는 그런 그를 내버려 두고 빙화의 뒤를 쫓아 객잔 안으로 들어섰다.

2

'빌어먹을!'

자신도 모르게 육두문자가 튀어나온다.

고우진은 강하다. 강해도 너무 강해서 앞을 가로막을 엄두조차 나지 않는다.

량준은 고우진을 보는 순간 질리고 말았다.

붕지를 궤멸시킨 작자이니 강할 것은 예상했다. 북해빙궁의 무학을 수련했으니 한기가 풀풀 날릴 것도 짐작했다. 일수마다 뼈를 에이는 한기가 스며 있으리라.

고우진은 정말 그렇다.

자신이 생각했던 것보다 훨씬 강하다는 점이 문제일 뿐, 머릿속에 그렸던 그의 모습에서 크게 다르지 않다.

'사람이 너무 많아.'

량준은 자신에게 스스로 자위했다.

고우진은 강하지만 싸울 수 있다. 어차피 죽기를 각오하고 달려왔으니 싸우지 못할 까닭이 없다.

다만 지금은 아니다. 고우진 곁에는 정체를 알 수 없는 고수들이 득실거린다.

빙화(氷花)의 살(殺) 115

안선의 고수들일 게다.

자신이 인정할 정도의 고수라면 최소한 안선주(眼線紬)는 능가해야 한다. 그렇다면 교사다. 아니…… 교사들이 이렇게 우르르 모여 있을 리 없으니 교사 정도 되는 비밀 고수들일 게다.

그런 자들이 득실거리는 한 싸울 수 없다.

'그래, 지금은 때가 아냐.'

량준은 주먹을 불끈 움켜쥐었다.

너무 억세게 움켜쥔 탓에 손톱이 손바닥을 파고든다. 몸 전체에서 부르르 경련이 일어나기도 한다.

아니다. 지금 싸울 수 없다는 것은 치졸한 변명일 뿐이다. 고우진이 무서워서, 그가 너무 강해 보여서, 싸우면 죽을 것이 확실하기에 겁이 난 게다.

어차피 죽을 목숨인데 상대가 많으면 어떻고 적으면 어떤가.

그와 직접 싸우지 못할 것이 염려되는가? 그렇다면 지금 당장 나서도 아무 상관이 없다. 고우진같이 피 맛을 즐기는 자는 먹잇감을 남에게 양보하지 않는다.

죽음…… 죽음 따위는 염두에 두지 않는다. 동나의 부탁을 받는 순간부터 이미 삶은 끝난 것이라고 생각했다.

정작 두려운 것은 고우진과 맞서는 것이다. 그에게 일초반식조차 사용해 보지 못하고 죽을까 봐 그게 겁난다. 권법으로 천하를 통일한 권왕의 패왕권이 너무 무기력하게 무너질까 봐

겁이 난다. 몸서리쳐지도록 무섭다.

그는 무너지듯 주저앉았다.

객잔에 불이 꺼졌다.

고우진을 마중 나왔던 사람들 중에 대부분이 돌아갔다.

사실 몇 명이 돌아가고 얼마가 남았는지 알지 못한다. 그런데는 관심도 없다.

그는 마음을 가라앉히고 또 가라앉혔다. 조금이라도 들끓으려는 기색이 생기면 가차없이 싹을 잘라 버렸다.

무심(無心), 무심, 무심…….

수많은 싸움을 거쳤고, 피가 말리는 지독한 싸움도 여러 번 거쳤지만 지금처럼 긴장된 적은 없다.

죽음은 긴장의 대상이 아니다. 하니 죽음에 대한 생각은 지운다.

패배는 당연하다. 고우진과 싸워서 이길 가능성은 거의 전무하다. 하니 승패에 대한 욕심도 버린다.

생각하는 것은 오직 하나, 사력을 다해서 패왕권을 펼치는 것이다.

몇 초식이나 쓸 수 있을까?

가격? 가격은 꿈도 꾸지 않는다. 옷깃도 스치지 못할 처지에 가격까지 바란다는 건 욕심이다.

스치는 것만으로도 좋다.

오 초를 넘기면 성공이요, 십 초를 넘기면 여한이 없다.

그렇게 생각하자. 오 초만 뻗어낼 수 있다면 성공이다. 운이 좋아서 십 초까지 뻗어낸다면 세상에 태어난 보람이 있다.

딱 여기까지!

'나란 인간의 용도가 이것이다. 오 초! 오 초면 된다!'

불끈 쥔 주먹이 부르르 떨렸다.

삐걱!

객잔 문이 열리며 고우진이 나타났다.

그를 수행하는 자들은 보이지 않는다. 어제 시동(侍童)이나 시녀(侍女)들도 꽤 따라붙었는데, 너무 이른 아침이라서인지 아무도 나서지 않는다.

그가 뒷짐을 지고 여유있는 걸음걸이로 걸어왔다.

'고우진!'

량준은 일어섰다.

객잔을 나선 고우진은 한눈도 팔지 않고 곧장 그에게 다가온다.

그런 점으로 미루어 자신을 지켜보고 있었으며, 싸울 수 있는 상대라는 것을 알아챈 것 같다.

자신이 있다는 사실은 어제저녁부터 안 것 같다.

객잔 주위에는 사람은커녕 동물들조차도 얼씬거리지 않는다. 얼마나 많은 무인들이 동원되었는지 모르지만 오가는 길목을 철저히 차단하고 있었다.

비록 자신은 포위망이 구축되기 전에 뛰어들었기에 지근거

리까지는 다가설 수 있었지만…… 그래도 이만한 방어막을 구축했다면 낯선 존재가 누구인지, 왜 왔는지, 왜 머물고 있는지 누군가는 살피러 왔어야 한다.

아무도 오지 않았다.

낯선 자가 존재한다는 사실을 알면서도 경계하지 않은 것은 그만한 대책이 갖춰졌다는 뜻이다.

고우진이 직접 지켜보고 있고, 상대할 작정이라면 어떨까? 그래도 다가와서 누군지 파악하려고 할까? 아니다. 그런 경우라면 전적으로 고우진에게 맡겼으리라.

저벅! 저벅!

고우진은 산책이라도 하듯 천천히 다가왔다.

량준은 일어나서 두 주먹을 불끈 움켜쥐었다.

마음의 준비는 끝났다. 아니, 준비가 끝나지 않았어도 이제는 어쩔 수 없다.

싸우는 일!

남은 것은 그 한 가지밖에 없다.

고우진이 피식 웃으며 지척까지 다가왔다.

"쯧! 그렇게 힘들면 오질 말아야지."

"고맙소."

"고마워? 뭐가?"

"쓰레기들을 보낼 수도 있었는데 직접 와주어서."

량준은 두 주먹을 우두둑 소리 나게 꺾었다.

"아! 그게 고마운 건가? 난 내 손으로 죽이고 싶었을 뿐인데.

그것도 고마운 거군. 인사, 받아주지."

"말한 김에 부탁 하나 더 합시다."

말이란 묘한 것이다. 침묵을 지키며 생각만 할 때는 온갖 번뇌가 치밀었는데, 말을 쏟아내기 시작하자 죽는 걱정, 패하는 걱정 등등 온갖 걱정이 말끔히 사라졌다.

고우진이 귀찮다는 듯 미간을 찌푸렸다.

"당신도 당신이 수련해 낸 무공을 시험하고 싶을 터, 최강의 무공으로 날 짓이겨 주시오."

"……."

고우진이 말을 하지 않고 빤히 쳐다봤다.

"부탁이오."

"곧 죽을 놈이 별…… 어서 손이나 써."

고우진의 말이 끝나기 무섭게 허공에서 찬바람이 울렸다.

쒜에엑!

량준은 어느새 허공으로 솟구쳤다. 두 주먹은 패왕권을 줄줄이 뻗어내 사 초식까지 연이어 펼쳐 냈다.

"한 대 맞으면 가겠군."

고우진이 장난스럽게 말하며 물러섰다.

'성공!'

오 초만 넘기면 성공이라고 생각했는데, 오 초는 이미 넘겼다. 이제는 대성공을 향해 치달린다.

쒜에엑! 쒜엑!

두 주먹에서 우렛소리가 울렸다.

육 초, 칠 초…….

고우진을 잡지는 못했다. 옷자락도 스치지 못한다. 실력 차이가 현격하게 나서 도무지 꼬리를 잡을 수 없다. 싸우기 전부터 예상은 했지만 훨씬 강하고 빠른 자다.

"후후후! 안에 있는 놈들에게서 십일영자라고 들었어. 사일도의 오른팔이라며? 넌 권법의 달인이라더라. 그래서 궁금했는데, 겨우 이 정돈가?"

고우진이 주먹을 피하며 비아냥거렸다.

그러거나 말거나 량준은 최선을 다했다. 마지막 한 올의 진기까지 두 주먹에 모두 끌어모았다. 그리고 아낌없이, 일말의 후회도 남지 않도록 모두 퍼부었다.

쏴아아아아!

천둥, 번개, 강풍이 한꺼번에 몰아쳤다.

패왕권은 강함을 위주로 한다. 빠르고 강하다. 가로막는 것은 무엇이든 부숴 버리며 지나간다. 그래서 패왕권이다. 잔재주로 돌아가는 게 아니라 무지막지한 힘으로 뚫고 지나간다.

쒜에엑!

패왕권이 고우진을 향해 쏟아졌다.

고우진의 미간이 꿈틀거렸다.

'승부!'

십 초식은 넘기지 못했다. 이제 겨우 팔 초식이다. 한데 고우진이 벌써 싫증을 내고 있다. 패왕권이 겨우 이 정도라면 오래 끌 것도 없다고 생각한다.

량준의 짐작은 옳았다.

스읏!

고우진이 손을 들어 올렸고, 손바닥에서 푸른 옥색…… 아니, 서리를 잔뜩 머금은 하얀 운무가 출렁거렸다.

쒜엑!

고우진은 손바닥으로 패왕권을 정면으로 후려쳤다.

량준도 이런 결과를 짐작했다. 하얀 운무가 출렁일 때, 고우진의 장법이 부딪쳐 온다는 사실을 직감했다. 그래서 아낌없이 모든 진기를 쏟아부었다.

따악!

량준은 두부 주먹으로 철판을 후려친 듯한 느낌이 들었다.

무엇을 후려친 것일까?

주먹은 단단한 철판에 가로막혔다. 너무 단단해서 부서지지 않는다. 전신 진기를 쏟아부었지만 흔적도 새겨놓지 못했다. 철판은 그대로인데 주먹이 아프다.

'졌어!'

새삼스러울 건 없다. 진다는 것은 싸움이 벌어지기 전에 알고 있었다. 다만 이제 목숨이 끊어진다는 사실을 '졌다'라는 말로 표현할 뿐이다.

빠각!

송곳 같은 힘이 주먹 뼈를 으스러뜨렸다.

"크윽!"

량준은 저미한 신음을 흘렸다.

그의 주먹은 바위도 으스러뜨린다. 웬만한 쇠망치는 비교도 되지 않을 정도로 강력한 파괴력을 발휘한다.

그런 주먹이 산산조각 났다. 그리고,

퍼억!

가슴 한복판에서 둔중한 울림이 울렸다.

죽음에도 색깔이 있다면 어떤 색일까?

피를 상징하는 빨간색? 병자들에게서 느껴지는 회색? 심연 깊숙이 가라앉는 듯한 검은색?

량준은 짙은 갈색을 봤다.

산천초목이 짙은 갈색으로 물든다. 완전히 어둠에 잠기지도 않고, 형체를 분명하게 보여주지도 않고, 안개에 갇힌 듯한 느낌도 아니면서 허공에 붕 뜬 듯한 부유감을 느끼게 한다.

'됐어. 절정무공…… 빙마지체의 현신에 당했어.'

동나가 부탁한 일을 끝마쳤다.

"그것참……."

농부는 이리저리 눈치를 살피며 량준에게 다가섰다.

모든 게 량준이 말한 것과 똑같이 이루어졌다.

자신에게 일을 부탁한 량준은 죽었다. 그가 생전에 말했던 것처럼 맞아 죽었다.

시신의 상태가 그가 말한 대로다.

동태처럼 온몸이 꽁꽁 얼어붙어 죽었다. 얼마나 딱딱하게 얼어붙었는지 말랑말랑한 살점이 꼭 나무때기 같다.

농부는 준비해 온 도끼로 팔을 찍어냈다.

딱! 딱!

도끼로 팔을 잘라내는데 장작 패는 소리가 난다.

팔을 잘라내도 피가 흐르지 않는다.

농부는 놀라지 않았다. 이런 사실 또한 사내가 죽기 전에 미리 알려준 것과 같다.

"그것참…… 피까지 얼어붙어 있을 거라더니 정말 그러네. 이렇게 죽을 줄 알면서도 피하지 않다니, 거참…… 무인이란 알다가도 모르겠단 말이야."

자신 같으면 백 번이라도 피한다.

빤히 죽을 줄 알면서, 어떻게 죽을지까지 알면서 그 자리로 기어드는 놈은 멍청이다.

농부는 잘라낸 팔을 두꺼운 헝겊에 감쌌다.

사내는 이 팔을 어떤 유생에게 가져다주라고 했다. 중간에서 한시라도 지체하면 살겁(殺劫)을 당할 것이라고 협박했다.

그 말도 맞을 것이다. 사내가 한 말이 모두 맞아들었지 않은가.

"가져다주면 황금 닷 냥을 준다고 했으니……."

농부는 부리나케 움직였다.

'량준!'

한 사내…… 사일도가 죽은 량준을 쳐다봤다.

량준의 잘린 팔은 뼈와 살과 피가 선명하게 얼어 있다.

농부의 도끼질은 투박하기 이를 데 없고, 고우진의 살공은 정교하기 짝이 없다.

"흐음!"

사일도는 신음을 흘리며 상처를 살폈다.

빙공도 빙공 나름인가? 사람의 살과 뼈와 피를 단숨에 얼려버리는 살공이 존재하다니. 이것이 정말 인간의 무학인가? 인간이 이룰 수 있는 경지인가?

더욱 기가 막힌 것은 고우진이 빙공의 최고수가 아니라는 점이다.

빙궁의 빙화!

기세는 고우진보다 약해 보이지만…… 천만에! 그녀야말로 빙궁 최고의 고수다.

사일도는 멀리서 본 것만으로도 여인과 직접 손속을 맞댄 것 같은 충격을 받았다.

그녀의 빙공은 소허태기의 극성이다.

그녀는 빙마지체를 이뤘으며 북해의 절학을 한 몸에 섭렵했다. 더군다나 그녀의 성취는 고우진 정도는 가볍게 밟고 넘어갈 정도로 지고하다.

고우진…… 량준을 일장에 얼려 죽였지만 그 정도는 감당해 낼 수 있다. 소허태기를 사용하면 막상막하, 용쟁호투의 싸움이 될 것이라고 생각한다.

고우진과 그 정도이니 북해빙화와 맞부딪치면 영락없이 당한다.

그는 고우진을 노리고 왔다.

가능하면 량준이 희생당하기 전에 고우진을 처리할 심산이었다. 어차피 그는 처리해야 하는 인물이니까. 그리고 빙마지체가 된 그를 처리할 수 있는 사람은 자신밖에 없으니까.

아니다. 솔직히 말하면 회유라는 것을 해보고 싶었다.

빙마지체와 소허태기가 한 몸으로 어우러지면 할아버지의 태공을 무너뜨리는 게 한결 쉬워진다.

한데 고우진 곁에 빙화가 있다.

빙화의 존재는 정말 예상 밖이다.

동나는 큰 실수를 저질렀다. 그는 대업을 벌이면서 고우진이라는 존재를 간과했다. 뿐만 아니라 할아버지가 직접 손을 써야만 하는 상대가 출현할 것도 예상하지 못했다.

북해빙화의 등장은 장말 뜻밖이다. 아니, 그녀라는 존재가 세상에 있다는 사실조차도 알지 못했다.

그녀는 고우진의 배우자가 되어 나타났다.

겉으로는 고우진을 보필하고 있지만 실은 그를 전면에 내세우고 암암리에 중원을 살피고 있는 것이리라.

그만한 무공을 지닌 여인이 별 볼 일 없는 사내의 배우자 노릇에 만족할 리 없다. 더군다나 수시로 중원 침습을 염두에 두고 있는 빙궁의 여인이니 말할 것도 없다.

아주 재미있게 되었다.

"이 정도면 감당하겠는데……."

그는 량준의 시신을 보며 중얼거렸다.

스웃!

손끝에 소허태기를 모았다. 그리고 일지를 쏘아내어 잘린 팔의 한가운데, 팔뼈를 건드렸다.

파아앗!

꽁꽁 얼어붙은 피가 뜨거운 불길에 녹았을 때처럼 분수가 되어 솟구쳤다.

한 번 솟구치기 시작한 핏줄기는 멈출 줄 모르고 줄줄 흘러내렸다.

지법(指法)으로 쏘아낸 소허태기가 팔만 녹인 게 아니라 몸 전체를 녹여 버렸다. 꽁꽁 얼어붙은 피와 살과 뼈를 생전처럼 온존하게 돌려놓았다.

이번 지법에 그는 팔성의 공력을 사용했다.

고우진과 싸운다면 전력을 다해야 할 것이고, 그도 전력을 다한다고 가정하면 평수(平手)가 된다.

누가 이길지는 싸워봐야 안다.

분명한 것은 북해빙화에게는 아직 상대가 안 된다는 점이다.

그녀와 싸우기 위해서는 십이성에 이른 소허태기가 필요하다. 겨우 팔성밖에 터득하지 못한 소허태기로는 그녀는 물론이고 할아버지의 상대도 되지 못한다.

그렇다. 아직 할아버지와 정면 승부를 벌일 입장이 아니다. 그래서 모습을 드러내지 않고 은밀히 일을 진행시키고 있는 것이다. 물론 할아버지는 화가 머리끝까지 치밀겠지만 자신을 찾을 수 없으니 어쩌지는 못한다.

　그러면서 조금씩 일을 진행시켜 나간다.

　모두 예상했던 바다.

　하나 이제 사정이 달라졌다. 뜻밖이지만 북해빙화가 나타났다.

　그녀는 화(禍)인가 복(福)인가?

　천적이 나타났다고 해서 반드시 나쁜 것만은 아니다.

　맞수가 강하면 강할수록 이쪽도 강해진다. 강한 상대를 이기기 위해서는 어떻게든 방법을 찾지 않을 수 없다.

　사일도가 지금 그런 입장이다.

　할아버지에 대비한 방책을 세워놨지만, 빙화에 대한 방책은 없다. 지금쯤 동나가 머리에 쥐가 나도록 지혜를 짜내고 있겠지만…… 그 정도로는 어림없다.

　사일도는 천적을 만난 맹수가 그러하듯이 본능적으로 자신이 어떤 행동을 취해야 하는지 감지해 냈다.

　역시 무림을 휘어잡기 위해서는 진정한 강자의 모습을 보여줘야 한다. 무림은, 무림인들은 진정한 강자의 모습에서 매혹되고 감탄하며 복종한다.

　그때까지 조금 시간이 있을 것이라고 생각했는데…… 아니다. 생각을 잘못했다. 지금이 바로 진정한 무위를 보여줄 때다. 십이성에 이른 소허태기를 보여주어야 한다.

　문제는 그가 아직 십이성에 이르도록 소허태기를 수련해 내지 못했다는 것이다.

'후후후! 그런가. 그래서 빙화가 내 앞에 나타난 건가?

그는 웃었다.

마치 천지신명이 굽어살피사, 자신을 위해서 일을 착착 진행시켜 주는 것 같지 않은가.

소허태기를 십이성까지 끌어올리기 위해서 앞으로 두 가지 일을 더 벌여야 한다.

빙화가 마침 이때 나타난 것이다.

쉬익!

사일도는 신형을 띄웠다.

3

고우진은 눈을 치켜떴다.

"누구냐?"

그의 눈길에 비친 사내는 막강하다. 자신조차도 승부를 장담할 수 없을 만큼 강하다.

그 자신이 강자이기 때문에 강자를 단번에 알아봤다.

"사일도. 들어봤을 게다."

미공자가 씩 웃었다.

웃음이 무척 해맑다. 아니, 싱그럽다.

"사일도."

고우진도 피식 웃었다.

웬 놈이 살기를 쏘아내기에 량준 같은 놈인 줄 알고 달려왔더니, 훨씬 큰 대어(大魚)다.

아니다. 대어라고 할 수 없다. 사일도는 량준같이 죽으려고 온 놈이 아니다. 그는 자신을 잡기 위해 살기를 쏘아냈다. 다시 말해서 낚시질을 하려고 왔다.

"내가 걸려든 건가?"

"그렇다고 봐야겠지."

"꽤나 자신있는 모양이군."

"사실 자신있으니까."

"소허태기?"

"소허태기를 아는가?"

"그렇군. 무총주가 결국 손자를 택했군. 후후! 손자가 이길지 손녀가 이길지 궁금했는데. 역시 계집보다는 사내에게 맡겨야 안심이 된다 이건가."

"물속도 한 길밖에 보지 못하는 눈으로 세상을 모두 아는 듯이 말하는군. 섣부른 입은 닫는 게 좋아."

두 사람은 서로가 최상의 강적이라는 점을 인식했다.

누구도 방심할 수 없다. 실낱같은 차이가 두 사람을 이승과 저승으로 갈라놓으리라.

츠웃!

고우진의 양손에 한기가 어렸다.

츠으으웃!

사일도 역시 소허태기를 극성으로 끌어올렸다.

그의 얼굴이 붉은색을 칠해놓은 듯 발갛게 상기된다. 양손은 껍질을 벗겨놓은 것처럼 새빨갛다.

"이렇게 죽으면 억울할 텐데…… 우리 정도 되면 막상막하의 승부는 피하고 싶어지지 않나? 그런데 달려든다? 이판사판 둘 중 한 명은 죽자고 달려들어? 후후후! 뭐가 무총의 사 공자로 하여금 이리 급하게 만들었을까?"

"죽어서 지켜보면 될 일, 너무 궁금해하지 마라."

"크크크!"

두 사람은 손만 뻗으면 가격할 수 있는 위치에 섰다.

누구든 먼저 선공을 취하면 목숨을 끊을 수 있다. 그만한 거리이며 피할 틈을 주지 않을 자신도 있다.

문제는 상대의 역습이다.

자칫 동귀어진(同歸於盡)이라도 당하면 이보다 억울한 일이 없다. 하니 상대만 격살하고 자신은 온전히 빠져나갈 수 있는 기회를 잡아야 한다.

이것이 두 사람에게 공통적으로 주어진 과제다.

두 사람은 서로를 노려보며 빙빙 돌았다.

특별하게 서로를 증오할 일은 없다. 서로에게 관심을 가진 적도 없다. 적수라고 생각한 적은, 이렇게 목숨을 걸고 싸우게 될 것이라고는 더더욱 생각해 본 적이 없다. 그저 오다가다 동냥귀로 서로에 대한 이름자만 들었을 뿐이다.

예상치 못했던 자를 만나서 티끌만치도 생각해 본 적이 없는 싸움을 한다.

쒜엑!

고우진이 선공을 취했다.

소허태기가 중원제일의 무공이라고 하지만 북해, 죽음의 땅에서 제왕으로 군림하는 빙마지체는 감당할 수 없을 것이라는 자부심이 선공을 취하도록 만들었다.

탁! 타탁! 타타탁!

고우진은 가볍게 간이나 보자는 심정으로 일초를 내뻗었는데…… 그게 싸움의 시작이다.

두 사람은 거센 바람을 일으켜 얌전한 바다에 파도를 만들었다. 폭풍을 일으켰고, 거대해진 힘으로 서로를 할퀴었다.

타타타타탁!

순식간에 이십여 초가 교환되었다.

손과 손이 뒤엉켰다. 발과 발이 교차되었다.

병기를 들지 않은 육장이지만 어느 쪽이나 일격을 당하면 끝장이라는 사실을 잘 알고 있었다.

두 사람은 초수를 늘려갈수록 인상을 찡그렸다.

상대가 주는 압박이 예상외로 강하다. 빙공(氷功)의 최고봉과 열양지공(熱陽之功)의 최고봉이 한 치의 여유도 주지 않고 목덜미를 물기 위해 달려든다.

파앗!

고우진의 미간에 검푸른 선이 세로로 쭉 그어졌다.

빙공을 극성으로 끌어올린 현상이다.

진정한 빙마지체는 옥처럼 푸른빛을 띨 터이지만 그는 영약으로 만들어진 몸이기에 빙마지체의 진정한 기운을 담아내지 못한다. 육신이 빙마지체의 기운을 이기지 못해서 균열을 일으킨 것이다.

물론 이러한 균열이 그를 당장 죽음으로 몰아넣거나 폐인으로 만들거나 하지는 않는다. 오히려 빙마지체를 일으키면 일으킬수록 육신의 적응도가 높아져서 검푸른 기운이 옅어질 게다.

그런 면에서 사일도는 상당히 유리하다.

그는 진정한 소허태기를 얻었다. 비록 편법으로 동생의 몸으로 일차 정화를 시킨 다음에 거둬들였지만, 그래도 그는 순수한 열양지기를 지녔다.

'이거군!'

그는 틈을 발견했다.

극성에 이른 빙마지체가 무서운 것은 빙공의 강함에 있지 않다. 빙령초혼마공의 영활함에 있다.

빙마지체가 순수할수록 빙령초혼마공은 영기(靈氣)를 띤다.

얼음의 영령이 혼을 부르는 마공이 빙령초혼마공이다. 얼음의 강함이 아니라 얼음의 영령이 움직인다.

슈웃!

흡인신공(吸引神功)!

빙령초혼마공이 소허태기를 빨아들인다.

소화시키려는 의도는 아니다. 빨아 당겨서 뿔뿔이 흐트러뜨린 다음에 조각조각 내어 죽이려는 의도다.

'후후! 승부!'

사일도는 일장을 쭉 내뻗었다.

고우진이 원하는 대로, 빙령초혼마공이 부르는 대로 자신의 모든 것을 활짝 열어주었다.

쏴아아아!

소허태기가 거침없이 빠져나간다.

팔성에 이른 소허태기가 세상을 용광로처럼 뜨겁게 달궈 버린다.

"후후!"

고우진이 소리 내어 웃었다.

긴박함이 극에 달한 상황에서 웃음을 흘렸다는 것은 그만큼 승리에 대한 확신이 크다는 뜻이다. 승리에 대한 직감이 웃음을 흘리게끔 만들어 버렸다.

퍼엉!

손과 손이 부딪쳤다.

빙령초혼마공과 소허태기가 처음으로 충돌했다.

소허태기는 부수며 밀고 나가려는 쪽이고, 빙령초혼마공은 흡인하여 무력화시키려는 입장이다.

서로의 이해관계가 맞아떨어졌다. 남은 것은……

"크윽!"

고우진이 짤막한 비명을 흘리며 주춤 물러섰다.

두 사람 사이에 남은 문제는 누가 더 정확한 판단을 했느냐 하는 것이다. 두 사람 모두 자신의 무공을 철저히 믿고 있지만 어느 쪽이 더 우위에 있냐는 것이다.

결과는 사일도의 승(勝)!

퍼억! 퍽퍽퍽!

고우진은 겨우 한 발 물러섰을 뿐인데, 그사이 무려 일곱 타나 터져 나왔다.

육신을 덮친 파도는 머리끝부터 발끝까지 흠씬 적셔 버렸다.

터억!

사일도의 공격이 끝났을 때, 고우진의 육신은 뼈가 없는 문어가 되어 흐물거렸다. 그리고 길가 한 귀퉁이에 쓰레기처럼 풀썩 처박혀 버렸다.

죽음이라는 게 으레 그렇지만, 그야말로 찰나라는 순간에 삶과 죽음이 결정되었다.

"휴우!"

사일도는 긴 한숨을 불어 쉬며 소매를 들어 이마를 닦았다.

실로 간발의 승부였다. 소허태기가 일성이라도 낮았다면 오히려 빙마지체에게 당할 뻔했다.

그는 고우진의 시신을 쳐다보며 중얼거렸다.

"빙화와는 절대로 싸우면 안 되겠군."

*   *   *

빙마지체가 형성되는 데 가장 중요한 것은 빙극검형이다.

빙극검형은 오직 사내만이 수련할 수 있다. 사내라고 아무나 수련할 수 있는 것도 아니다. 태어나는 순간부터 빙공에 의해 선택을 받은 자만이 수련해 낼 수 있다는 무공이다.

빙극검형을 수련한 사내는 빙화참을 얻을 수 있다.

누구나 얻는 건 아니다. 빙화참을 얻을 수 있는 자격이 생겼다는 뜻이다.

그렇게 해서 빙극검형과 빙화참을 모두 얻은 자는 빙령초혼마공을 얻는다.

이것이 북해빙궁 무학의 종점이다.

여기에서 깊이 생각해 볼 것이 있다. 빙령초혼마공이 북해빙궁 무학의 종점이라면 그 무공은 천하무적이어야 한다. 북해빙궁이 중원의 침습을 노린다면 최소한 그 정도의 무학은 지니고 있어야 하지 않겠나.

한데 빙령초혼마공은 절대무적이 아니다.

북해빙궁 자체적으로도 빙령초혼마공을 최우선으로 여기지 않는다. 무공은 부가적으로 따라오는 것이지 빙궁에서 추구하는 바가 아니다.

그럼 빙궁이 추구하는 가장 높은 경지는 무엇인가?

빙마지체다.

영약으로 급조된 빙마지체를 말하는 게 아니다. 순수하게, 북해의 빙토가 안겨준 고난을 온몸으로 받아낸 진정하면서도 완전한 빙마지체를 말한다.

무공? 무공 같은 것은 수련할 필요가 없다.

진정한 빙마지체가 되는 순간, 일거수일투족이 가공할 절학으로 변신한다.

살심을 품으면 살공이 전개된다.

활심을 품으면 죽은 자도 살려낸다.

빙궁 무학의 결정체라는 빙령초혼마공은 자연스럽게 습득된다.

하나 진정한 빙마지체는 북해빙궁의 천 년 역사이래 딱 한 번 등장했을 뿐이다.

인간이라는 그릇은 빙마라는 존재를 담기에는 너무 연약하다.

수십 번, 수백 번에 걸쳐서 기재를 구하고 연공을 시켰지만 돌아오는 결과는 늘 똑같았다.

차디차게 얼어붙은 시신.

결국 빙마지체라는 가공할 신체는 요원한 꿈으로 간주되었다.

아니다. 그럴 수 없다. 빙마지체가 어떤 것인데 이렇게 무너지게 내버려 둔단 말인가. 절대로 그럴 수 없다. 어떻게든 빙마지체를 현현시켜야 한다.

그때부터 빙궁주를 비롯하여 빙궁 모든 문도의 꿈은 빙마지체의 현현으로 집중되었다.

"고우진이 죽었습니다."

"봤어."

"소허태기입니다."

“겨우 팔성이야.”

“뿌리를 뽑아야 하지 않겠습니까?”

“왜?”

“……?”

“사일도는 무총에 칼을 겨눴어. 무총을 치는 중이라고.”

“그건 그렇습니다만…….”

“적의 적은 벗이라는 말도 못 들었나 보지? 생각 좀 하고 살아. 말을 할 때는 생각한 후에 하고.”

“…….”

“일교사부터 만난다. 가.”

“알겠습니다.”

북해빙화는 거침없이 움직였다.

이제 속박은 끊어졌다.

빙궁은 빙마지체를 만들기 위해 방편을 사용했다.

인간이라는 그릇이 최고의 빙공을 담아내기에 부족하니 담아낼 수 있는 상태로 바꿔야 한다.

빙공 자체를 바꿀 수는 없다. 바꾸려면 인간을 바꿔야 한다.

손댈 주체는 명확하다.

하면 인간을 어떻게 바꿔야 하나?

빙공이라는 얼음덩이를 담을 수 있도록 한 겹 보호막을 둘러치면 되지 않을까? 두 명의 인간을 겹쳐 놓은 상태라면 동토의 매서움을 받아낼 수 있지 않을까?

칼날을 처음 받을 사람은 희생양이다.

그는 전신으로 빙마지체를 일궈낼 터이지만 곧 산산조각 나
고 만다.

이런 정도의 일을 해낼 소모품일지라도 보통 사람으로는 엄
두를 내지 못한다. 최소한 빙극검형과 빙화참을 모두 수련해
낸 절대 기재는 되어야 한다.

즉, 사내다.

사내는 어차피 순음지기를 지닐 수 없기 때문에 온전한 빙
마지체가 되지는 못한다. 하나 빙마지체의 완성을 위해서 농
도를 낮춰줄 수는 있다.

바로 고우진의 역할이다.

그는 얼음 굴에 내던져졌고, 빙마지체가 되었다.

물론 그가 받아낸 한독(寒毒)은 고스란히 빙화에게 전달되
었다. 그렇지 않았다면 벌써 얼음덩어리가 되어 죽었으리라.

그는 자신이 얻은 것을 고스란히 빙화에게 넘겨주었다. 한
데 그는 이런 행위를 오히려 빙화가 자신을 도와주었다고 생
각한다. 빙화가 순음지기로 한독을 누그러뜨렸다고 생각한다.

고우진은 약은 듯하지만 상당히 멍청한 자다. 무리(武理)의
무(武) 자도 언급할 자격이 없는 무식한 자다. 어쩌다가 운 좋
게 무공을 수련할 수는 있었지만 그 이상 나아가지는 못한다.

고우진은 얼음 굴에서 상당한 성취를 이뤘다.

비록 자신이 얻은 것들 대부분을 빙화에게 넘겨주었지만 한
독이 남긴 흔적은 그의 무공을 진일보시켰다.

확실히 그의 무공은 빙토를 밟을 때보다 배는 강해졌다.

그는 이런 상태를 빙마지체로 안다. 자신이 빙마지체를 이룬 것으로 착각한다.

빙마지체…… 빙마! 얼음의 신!

신(神)이라는 말은 그렇게 함부로 붙이는 것이 아니다.

팔성의 소허태기에게 쩔쩔맬 정도로 나약한 것이 아니다. 사일도 정도는 한 손으로 상대할 수 있을 만큼 강한 무공이며, 중원을 능히 오시하고도 남을 거력이다.

그럼에도 불구하고 고우진을 낭군으로 받들어 모셨다.

음양전도(陰陽顚倒)를 이뤘기 때문이 아니다. 빙마지체 앞에서 합궁(合宮)이나 정조 같은 것은 하찮은 세상사에 지나지 않는다.

약속 때문이다.

어차피 고우진은 곧 죽을 몸이었다.

본인은 모르고 있었지만 한독이 빠져나간 껍데기 육신은 점점 말라비틀어져 가다가 종내는 뼈만 남긴 채 숨을 거둔다.

얼음 굴에서 나와 숨을 거두기까지 딱 반년이 걸리는데, 그 기간 동안 빙화는 충실히 그를 보살펴 준다.

빙마지체를 이뤄준 대가라고 보면 된다.

한데 고우진이 죽었다. 죽어가는 사람을 돌보느라 허송세월할 기간마저 앞당겨 주었다.

사일도는 좋은 일을 해주었다.

이제 거침없이 짓쳐 나가면 된다.

'호호호!'

빙화는 웃었다.

사일도의 속내야 불 보듯 빤하다.

모닥불에 물을 부으면 당연히 꺼진다. 물도 증발하지만 불도 꺼진다. 수화(水火)가 직접 맞닥뜨려서 양쪽 모두 온전한 경우는 있을 수 없다.

하나 중간에 금(金)의 성질을 깔아놓으면 이야기가 달라진다.

불로 달궈진 철판에 물을 끼얹으면 더욱 뜨거워진다. 물을 철 주담자에 담아놓고 불을 지피면 팔팔 끓는다.

무공도 이와 같은 이치로 서로 상승작용을 끌어낼 수 있다.

곤오신공(琨鳥神功)!

빙마지체를 곤오신공으로 가로막고 소허태기를 이끌면 서로 상잔하는 대신 서로의 성질을 극으로 끌어올린다.

빙마지체도 강해지지만 소허태기도 강해진다.

그녀는 더 이상 강해질 필요가 없지만 사일도는 단숨에 십이성의 소허태기를 얻을 수 있다.

그가 한달음에 달려와서 고우진을 척살한 이유가 짐작된다.

자신은 중원에 뿌리를 내리려고 왔는데, 중원인이라는 자는 그런 자신을 이용하여 무공을 완성시키려고 한다는 게 우습지 않나.

이해할 수는 있다.

사일도는 그만큼 절박하다.

그는 무총주를 상대할 수 없으면서도 난을 일으켰다.

바보가 아닌 이상 그에게 어떤 수가 준비되어 있을 것이라는 건 쉽게 읽을 수 있다.

그가 준비한 암수…… 그것은 그가 준비했지만 성패는 하늘이 만들어준다. 하늘이 도와주면 계획한 대로 진행될 것이고, 그렇지 않으면 실패한다.

이런 마당에 빙마지체가 등장했다.

그의 계획에 방해가 될 새로운 존재가 불쑥 나타났다.

한달음에 달려오지 않을 수 없었을 게다.

또 다른 면도 있다. 빙화를 잘만 이용하면 자신이 모든 주도권을 쥘 수 있는 입장에 올라설 수 있다고 생각했으리라.

"호호호호!"

빙화는 소리 내어 웃었다.

사일도는 조만간 그녀를 찾아온다. 그리고 그녀가 어떤 조건을 내걸더라도 모두 수용한다. 소허태기를 극성으로 이끌기 위해서라면 중원의 반을 달라고 해도 줄 것이다.

"호호호호호!"

그녀의 웃음소리가 중원 땅을 흔들었다.

第百五十八章
명국(名局)

소리없이, 흔적도 없이 이동한다.

말은 쉽지만 결코 쉬울 수 없다. 그것도 사람 수가 서른 명을 넘어가면 아무리 조심해도 흔적을 남기게 마련이다.

지켜보는 눈은 매섭다.

천하에서 가장 날카로운 눈들이 찰나의 순간조차 놓치지 않으려고 신경을 바짝 곤두세우고 있다.

사약란이 속여야 할 사람들은 눈에 보이는 사람들만이 아니다. 보이지 않는 곳에서 말없이 지켜보는 사람들을 속이는 것이 더 어렵고 힘들다.

그래도 숨어야 한다.

오라버니가 할아버지의 뜻을 받들어서 난을 일으킨 것이라면…… 이런 싸움에 끼어들면 개죽음밖에 돌아올 것이 없다. 어떤 사연이 있든 간에 이런 싸움은 피해야 한다.

이것은 그녀의 본능이었다.

오랜 세월 동안 무림을 지켜본 경험이 있다. 무림을 상대로 계획을 수립하고, 행동에 옮겼다.

그녀에게는 상황을 읽을 수 있는 힘이 있다.

악소화는 그런 그녀를 파악했다.

'진심!'

사약란이 시각랑을, 금룡대를, 걸왕들을 안전한 곳으로 빼내려고 한다는 사실만은 진실이다.

사약란은 세상에서 가장 머리 좋은 여자 중의 한 명이다. 그렇기 때문에 그녀가 관언찰색, 그리고 심상으로 읽을 것까지 예상해서 표정 관리를 하고 있을 수도 있다.

그녀는 충분히 그러고도 남는다.

그녀가 나쁘다는 뜻은 아니다. 적어도 군사라는 칭호를 가진 사람이라면 그런 정도는 해낼 수 있어야 한다.

사약란이 그런 식으로 표정 관리를 했다면 그녀를 읽을 수 있는 방법은 없다.

악소화는 겉으로 드러난 사약란만 읽는다.

'정말 진심이야.'

심중에 다른 생각을 품고 있든 말든, 사약란이 진심으로 자신들을 위하고 있다는 사실만은 느껴진다.

악소화는 누군가가 자신을 쳐다보면 살짝 고개만 끄덕였다.

　종남산에서 악소화가 보여준 능력은 계야부의 능력 못지않게 신기하다. 세상에 나타난 적이 전혀 없는 새로운 능력이면서, 부러울 정도로 뛰어나다.

　무인 개개인으로서는 그리 탐나지 않는 능력이지만, 문파를 이끌거나 집단으로 무리 지어서 움직이는 무인들에게는 그야말로 천금 같은 능력이다.

　이들은 모두 그런 능력을 봤다.

　악소화가 고개를 끄덕인다? 하면 섶을 지고 불 속으로 뛰어드는 행동도 거리낌없이 할 수 있다.

　그들은 사약란의 말에 순응했다.

　예전에는 이렇듯 누구에게 점검받는 행동 따위는 하지 않았다. 그녀가 한마디만 하면 그것이 곧 계야부의 명령으로 생각하고 받들어 모셨다.

　사약란의 지혜가 남달리 탁월하니…… 실제적으로는 그녀가 곧 그들을 이끄는 우두머리였다.

　한데 잠시 떨어져 있던 기간 동안에 무언가가 변질되었다.

　아니, 변질되었다는 표현은 좀 그렇다. 서로 간에 생각하는 점은 달라지지 않았다. 시각랑은 아직도 그녀를 계야부의 아내로 생각하며 절대적인 충성을 보인다. 그녀도 시각랑이나 오목, 사색신녀 등을 자상한 눈으로 쳐다본다.

　변한 것은 아무것도 없어 보인다.

　하지만 분명히 변한 게 있다. 그것이 무엇인지는 알지 못하지만 알게 모르게 서먹서먹한 기운이 감지된다.

선검문주를 떼어놓고, 산을 넘고 물을 건넜다. 논둑길도 걸었고 길 없는 야산도 탔다.

살수 집단이나 마찬가지인 그들에게는 그리 어려운 일이 아니다.

다만 왜 이렇게 움직여야 하는지 그 이유만은 궁금하다. 주위에 몰려든 군웅들과 일장 드잡이질을 벌일 것으로 생각했다가 뒤로 쑥 빠진 꼴인데, 아직 영문도 모른다.

그래서 그들은 악소화를 쳐다봤고, 악소화는 묵묵히 따르라는 표시를 보냈다.

"가가께서 심공을 전수해 주셨다고?"

"네, 사모."

악소화는 사약란을 정중히 받들었다.

그녀는 계야부를 사부로 생각하지 않는다. 그의 곁에 있기 위해서 사제지간이라는 인연을 맺었을 뿐이다.

그것이 후회막급이다.

지금 일이 이렇게 진행될 줄 알았다면 절대로, 하늘이 무너져도 절대로 사제지간의 인연만은 맺지 않았을 게다.

사약란을 언니라고 부르고 싶다. 하나 그녀는 엄연히 사모다.

"믿음이 대단한가 봐?"

"네?"

"호호호! 놀라기는."

악소화는 얼굴을 붉혔다.

자신이 암암리에 고갯짓, 턱짓을 한 걸 지켜본 듯하다.

이토록 창피한 노릇이 또 어디 있는가.

그녀는 무언가 말을 하려고 했다. 어찌 된 연유인지 자초지종이라도 말해야 한다고 생각했다. 하나 말하지 못했다. 그녀는 입을 여는 대신 눈앞을 뚫어지게 쳐다봤다.

사약란도 악소화에게서 고개를 돌려 전면을 쳐다봤다.

그곳…… 길가에 사람이 앉아 있다. 먼 길을 걸어온 듯 온몸에 먼지가 뿌옇게 쌓여 있고, 신발을 벗어서 탁탁 터는 모습에서는 지친 기색이 역력하다.

동나…… 그가 씩 웃으며 말했다.

"제가 때맞춰 온 건지 그쪽이 맞춰온 건지…… 어쨌든 정확히 맞춰왔군요. 좀 오래 기다릴 줄 알았는데."

사약란은 미간을 좁혔다.

상황이 또 달라졌다.

동나가 내민 팔 한 짝은 많은 말을 해준다.

잘린 지 꽤 오래된 것 같은데 아직도 꽁꽁 굳어 있는 모습이 마치 처음부터 돌덩이를 쪼아 만든 것 같다.

'상당한 무공!'

'이것이 인간의 무공이란 말인가!'

꽁꽁 얼어붙은 팔을 보고 기가 질리지 않는다면 거짓말이다.

모두들 잘린 팔에서 눈을 떼지 못했다.

사약란은 팔을 쳐다보지 않았다. 눈길은 먼 허공을 좇아 북방으로 치달렸다.

'오라버니가⋯⋯.'

사일도⋯⋯ 중원에 피바람을 불러일으킨 장본인이 느닷없이 북방에 나타났다.

그는 량준의 죽음을 지켜봤다. 수하의 죽음을 보면서 고우진의 무공을 정확하게 파악했다. 그리고 상대할 수 있다는 생각이 들자 불쑥 달려들어 척살했다.

오라버니는 비열한 무인이 아니다.

수하를 죽음으로 몰아넣더라도 꼭 죽어야만 하는 자리로 밀어 넣는 분이다.

그런 오라버니가 사마(邪魔)들이나 하는 짓을 했다.

그것은 중요하지 않다. 고우진을 척살했다는 사실이 중요하다. 그를 죽인 이유는 뻔하다. 빙화를 이용하여 소허태기를 완성시키고자 하는 욕망이다.

이 또한 정인군자하고는 먼 행동이지만⋯⋯ 지금은 그런 점을 논할 때가 아니다.

오라버니의 이런 행동은 일관성이 없다.

오라버니가 할아버지의 명을 받든 것이라면 절대로 빙화와 연수(聯手)할 리 없다. 명을 받들다가 불현듯 전권을 휘어잡고 싶은 욕망이 생겼다면 모를까⋯⋯ 이해할 수 없는 행동이다.

아니, 이해할 수 있다.

오라버니는 할아버지의 명을 받은 것이 아니라 정말로 난을 일으킨 것이다.

연공실에서 있었던 일이 진실이다.

오라버니는 동생이 수련해야 할 절학을 가로챘다. 그리고 난을 일으켰다.

그 이상도 그 이하도 아니다.

'그러면 그들이 왜……? 우리가 군웅들과 싸웠다면 그들이 할 일은 무엇이었을까?'

문득 무혼이 생각난다.

군웅들 속에 숨어 있던 무혼, 그리고 백인망은 어찌 된 것인가. 그들 때문에 오라버니가 할아버지의 명을 받고 있다고 생각했거늘…… 그게 아니었던가?

그렇다면 오라버니는 정말 큰일 났다.

할아버지가 손을 쓰기 시작했다.

무혼이 자신들 주위에 배치된 데는 이유가 있다. 설혹 군웅들과 싸우게 되는 일이 있더라도 예정된 대로 승부가 나지 않게끔 만들겠다는 의지다.

시각랑을 치기 위해 온 것이 아니라 돕기 위해서 왔다.

굳이 빠져나오지 않았어도 자신들은 무조건 산다. 두 손 놓고 군웅들의 공격을 고스란히 맞아도 산다. 무혼들이 대신 싸워줄 뿐만 아니라 탈출구까지 열어준다.

무혼들은 군웅들을 영웅으로 만들어줄 생각이 없다. 그렇다고 시각랑을 영웅으로 만들 생각도 없다. 하나 굳이 선택해야 한다면 시각랑을 선택한다.

그래서 그들이 왔다.

오라버니의 계획을 무산시키면서 무총을 보존하는 일석이조의 수단이다.

물론 할아버지의 반격은 이것으로 끝이 아니다.

자신들 곁에 무혼을 보냈다는 것은 깊이 생각해 볼 문제다.

비중이 낮은 곳에 무혼을 보냈다. 하면 훨씬 비중이 높은 곳, 오라버니가 직접 수단을 부리는 무총 사안에는 훨씬 강한 고수를 보냈다는 뜻이 된다.

오라버니는 정말 큰일 났다.

동나가 만사 제쳐 놓고 부리나케 달려온 것도 이런 분위기를 감지했기 때문이다.

동나가 먼저 입을 열었다.

"소저."

"조용히! 조용히 하세요."

"허허! 이거 모양새가 좋진 않지만 그래도 사 공자께서는……."

"조용히 해요."

"소저, 한시가 급한 일인지라……."

"이 사람, 한 번만 더 말하면 목을 쳐주시겠어요?"

사약란이 부사영에게 말했다.

부사영은 눈을 번뜩였다.

그는 동나를 안다. 동나도 그를 안다. 부사영이 수련한 타사인은 동나의 권유로 전수된 것이다.

물론 그때는 부사영이 검산의 사우(死雨)인지 몰랐을 때다. 그가 타사인을 단숨에 제압할 수 있는 일촌사의 전인이라는 것을 알았다면 그에 대한 대우가 상당히 달라졌을 것이다.

어쨌든 과거는 강물처럼 흘러간 것……. 동나는 부사영의 눈빛에서 살기를 읽었다.

'충성스런 개.'

소리 내어 입 밖으로 흘리지는 않았지만 동나의 표정에서 그만한 말을 읽어내기는 어렵지 않았다.

부사영을 모욕하기 위해 그런 생각을 한 것은 아니다. 사약란의 등 뒤에 장승처럼 떡 버티고 있는 모습을 보면 그런 생각을 하지 않을 수 없다.

파앗!

부사영의 눈빛이 반짝였다.

'입 다물라. 베고 싶지 않다.'

부사영의 뜻이 읽혔다.

동나는 입을 다물고 말았다.

'제길! 모두 읽혔군. 밑천이 환히 드러났어. 허허허!'

사약란은 밤새도록 하늘만 쳐다봤다.

입은 굳게 다물었다. 몸은 목석처럼 딱딱하게 굳었다. 눈은 별빛처럼 반짝였다.

오라버니의 모든 계획, 아니, 동나의 모든 계획이 손에 잡히듯이 읽혔다.

무총을 치는 사람들은 안선이다.

정확하게 말하면 안선도 중에서 신분이 발각되어 이미 처단되었다고 알려진 죽은 자들이다.

중원 천하에서 오라버니가 빼돌릴 세력은 오직 그들뿐이다.

그들은 기꺼이 오라버니의 뜻에 동조했으리라.

안선의 원래 목적이 무엇인가? 무총을 무너뜨리는 것이지 않나. 한데 무총의 손자가 그 일에 앞장서겠다는데 따르지 않을 이유가 어디 있으랴.

오라버니는 근 이십여 년에 걸쳐서 그런 자들을 모았다.

무총이 단숨에 지리멸렬하는 것도 무리는 아니다.

한쪽은 오랫동안 숨어서 지켜본 사람들이고, 다른 한쪽은 어떤 속옷을 입는지까지 환히 노출시킨 상태다.

싸움이 될 리 없다.

그들을 잘 활용하면 할아버지의 손발을 끊는 정도는 얼마든지 가능하다.

싸우는 게 아니다. 죽이는 것이다. 오로지 상대를 죽이는 것에만 목적을 둔다. 공정하든 사악하든 수단 방법을 가리지 말고 숨을 끊기만 하면 된다.

무총에서 배척되고, 안선에서 버려지고, 문파에서 잊힌 그들은 오직 정의라는 기치 아래 목숨을 내던진다.

그들이야말로 진정 중원을 사랑하는 무인들이다.

동귀어진? 동귀어진이라는 말을 쓰면 안 된다. 그들은 영예로운 결사(決死)만 생각한다. 하니 무서울 게 없다. 자신보다

두 배, 세 배 강한 무인과도 싸울 수 있고, 죽이는 것도 가능하
다.

오라버니가 그들을 썼다면 무총 무인들의 무공을 샅샅이 파
악해 주었을 게다. 장단점은 물론이고 파해법까지 알려주었을
지도 모른다. 또 준비한 세월이 오래이니 무총 비급만 건네주
었어도 상당한 고수가 탄생한다.

무총을 상대할 만한 무인이 누굴까 하고 늘 궁금했는데 이
제야 의문이 풀렸다.

지금쯤 할아버지는 그들을 도륙하고 있으리라.

할아버지의 성격상 칼을 뽑았다 하면 뿌리째 뽑을 터이
니…… 오라버니와 뜻을 같이한 자들은 한 명 남김없이 몰살
당하리라.

중원에는 바람이 불지 않는다.

낯선 시신이 발견되었다는 소문도 없고, 싸움을 목격했다는
목격자도 없다.

바람은 시각랑과 금룡대가 몰고 다닌다.

모두들 자신들을 쳐다보고 있는 동안 할아버지는 조용히 반
도들을 쓸어내고 있었다.

할아버지의 움직임을 왜 까마득히 몰랐을까?

은밀히 움직였다고는 하지만 이토록 몰랐을 수가 있나?

할아버지는 계야부와 붙어 다닌다. 찰싹 달라붙어 있다고
해도 과언이 아닐 정도다.

그런 모습이 방심을 유도했다. 할아버지는 의살에 관심있을

뿐, 무총은 등한시한다고 생각했다. 또 사실 할아버지는 그렇게 행동했다. 다만 밀명을 내렸을 뿐이다.

동나도 할아버지의 반격을 예상했으리라.

동나에게는 반격에 대비할 열쇠가 준비되어 있었다. 물론 그 중심에는 오라버니가 있어야 한다.

'그것이었나.'

오라버니는 북방에 있으면 안 된다. 지금 중원에서 싸움 한복판에 있어야 한다.

오라버니가 자리를 비운 사이, 할아버지의 급습이 시작되었다. 그리고 동나가 평생에 걸쳐서 준비한 모든 노력이 한순간에 물거품이 되었다.

그러면 오라버니는 왜 이런 바보짓을 했을까?

애써 일궈놓은 것들을 모두 버리고 왜 새로운 것을 찾아서 북방으로 달려갔을까?

빙마지체, 그리고 소허태기.

절대무를 구비한 자는 계략을 필요로 하지 않는다. 준비나 보조 세력도 상관치 않는다.

할아버지가 바로 그런 절대무를 지니고 있다.

오라버니는 빙마지체의 등장에서 절대무를 본 것이다. 소허태기를 극성으로 연마할 수 있는 길을 찾아낸 것이다.

오라버니는 다 된 밥에 코를 빠뜨렸다.

절대무에 대한 동경이 아무리 강렬하다고 해도 지금 이 시점에서 방향을 틀면 안 된다. 그건 계략을 짜는 사람이나, 계략을 시행하는 수장이나 할 도리가 아니다.

동나로서는 땅을 치고 통곡할 노릇이다.

'오라버니, 현명하시던 오라버니는 어디 갔나요. 연공실에서 제게 한 일이 첫 번째 우행(愚行)이었어요. 그렇게 저를 몰라요? 정히 소허태기가 탐이 나셨으면 그냥 달라고 말하실 것이지. 그랬으면 백 번이라도 드렸을 것을.'

밤하늘을 쳐다보는 눈에 눈물이 고였다.

오누이 간의 정이 이렇게 끊어진다.

이승에서의 인연이 이렇듯 허무하게 무너진다.

'할아버지께 검을 겨눈 것이 두 번째 잘못이고…… 이번 잘못은 더 크네요. 왜 이런 바보짓을 한 거예요. 도무지 오라버니 같지 않아요. 어쩌다가 이리되신 거예요. 흑! 이제 오라버니는 살길이 끊어졌어요. 어쩌죠?'

그녀는 기어이 눈물을 왈칵 쏟아냈다.

사약란은 날이 밝은 후에야 동나와 마주 앉았다.

"거짓말하지 마요."

"여부의 말씀."

"오라버니는 할아버지를 상대해야 해요. 할아버지라는 거목을 쓰러뜨리지 않으면 무총을 뭉갰다고 할 수 없어요. 그 방법이 뭐죠? 아직도 진행 중인가요?"

"진행 중입니다. 그리고 죄송하지만 무총주님은 쓰러집니다."

　동나는 단정적으로 말했다.
　그렇다면 대단한 함정이다. 동나가 이토록 자신있게 말한다면 할아버지라도 방심하지 못한다. 할아버지의 무공과 능력을 세세하게 파악하고 있는 지인이 파놓은 함정이기 때문이다.
　“그게 뭐죠?”
　“허허허! 참으로 곤란하신 질문. 그 점에 대해서는 아직 진행 중이라는 말씀밖에는 드릴 말이 없군요.”
　“적어도 거짓말은 아니군요.”
　“하하하!”
　“좋아요. 가는 길이 다르니 묻지 않죠. 그럼 이제 말해보세요. 왜 절 찾아왔나요?”
　“주위를 물리쳐 주시지요.”
　동나가 주위를 쓸어보았다.
　가장 가까이 있는 사람이 악소화로 두 걸음 정도 떨어져 있다. 부사영이 세 걸음 정도 떨어져 있고, 다른 사람은 일부러 두 사람이 자유롭게 대화하도록 멀찌감치 물러나 있다.
　“제게만 할 말이 뭐죠? 호호호! 궁금하네요.”
　“아주 중요한 일입니다. 소저도 아시다시피 이미 공자님은 돌아오지 못할 길을 가셨습니다. 허허! 공자님이 가실 줄 알았으면 량준은 보내지 않는 건데…….”
　“용건만 말하죠.”
　“휴우! 제게 모든 걸 제자리로 돌려놓을 비책이 있습니다.”
　“제자리로?”

“소저께서 도와주시면 얼마든지 가능합니다.”

“말해봐요. 뭐죠?”

“죄송하지만 외인이 들어서는 안 될 말이라…….”

“그럼 됐어요. 가봐요.”

“……!”

“오라버니가 제게 한 행동을 잊은 건 아니죠? 호호호! 저라고 무총주에 대한 욕심이 없겠어요? 소허태기를 수련하고 싶은 마음이 없을까요?”

“소저, 소허태기는 소저의 몸에 악영향을…….”

“말할 거예요, 갈 거예요?”

사약란이 말허리를 잘랐다.

동나가 물끄러미 사약란을 쳐다봤다.

그의 얼굴이 평온하게 가라앉았다.

방금 전까지만 해도 흙과 물이 뒤섞인 흙탕물이었는데, 이제는 흙이 가라앉아 맑은 물이 되었다.

신색이 무척 평온해 보인다.

“소저, 죽어주십시오.”

“호호호! 그 말일 줄 알았어요. 그걸로 되는 건가요?”

“소저만 죽어주시면 공자는 다시 부름을 받습니다.”

“할아버지를 모르시는군요.”

“아뇨. 너무 잘 알기에 드리는 말씀입니다. 무혼을 소저 주변에 심어놨다는 건 소저의 안위를 걱정했다는 뜻. 아! 물론 제 계획을 무너뜨린다는 측면도 없지 않아 있지만 그보다는 소저를 염려하는 마음이 더 컸을 겁니다."

동나는 무서운 말을 했다.

사약란에게 차기 무총주는 당신 것이라는 말을 하고 있다.

"하지만 소저께서 세상을 등지시면…… 그분은 절대 혈육을 버릴 분이 아니죠. 이건 내기를 해도 좋습니다."

동나가 자신있게 말했다.

"알았어요. 생각해 보죠."

"후후후! 지금 생각하고 말고 할 일이 아닙니다. 지금 죽어주셔야겠어요."

"자신있나요?"

"괴물들이 있으니 반반."

동나의 눈길이 악소화를 향했다.

그가 이토록 심한 말을 하는데도 악소화는 눈썹 한 올 까딱하지 않는다. 이미 사실을 알고 있다는 뜻이다. 뿐만이 아니다. 세 걸음 정도 떨어져 있는 부사영도 옅은 웃음을 흘리고 있다.

이들은 이미 이런 사태를 예견했고, 준비까지 끝냈다.

"허허허! 소저와 저…… 누가 우위인지 알고 싶었는데…… 소저가 위군요."

사약란은 고개를 저었다.

상황이 동나를 이 지경으로 몰아넣었다. 상황이 어쩔 수 없이 패할 자리로 끌어들였다. 패할 줄 알면서도 마지막 한 수가 적진에 있는 적장을 죽이는 일이기에 오지 않을 수 없었던 것이다.

"오라버니의 수하들…… 안선도, 맞죠?"

"허허허!"

"그들을 그토록 오랜 세월 동안 숨겨놓다니. 대단해요."

"주공! 주공! 아! 주공!"

동나는 마지막으로 사일도를 원망했다.

그가 바보짓만 하지 않았다면, 무총주의 반격을 효율적으로 막아냈다면…… 맡겨진 자리에서 맡은 일만 제대로 해냈어도 이토록 비참하게 무너지지는 않을 것인데.

쒜엑!

동나가 쾌속하게 우수(右手)를 떨쳐 냈다.

쒜엑!

다른 파공음도 울렸다. 동나가 떨쳐 낸 소리보다 한층 강하면서도 빠른 울림이다.

척!

기다란 오 척 장검이 동나의 머리를 둥실 띄워 올렸다.

2

무아(無我)를 깨달았다는 것은 역설적으로 진정한 무(無)를 알지 못한다는 소리다.

무란 없다는 뜻이다.

원래부터 없는 것인데 깨달을 수 있는 게 무엇인가.

텅 비어서 만질 수도 없고, 볼 수도 없으며, 들을 수도 없다. 맛도 볼 수 없고, 느낌도 없다.

깨닫는다는 말 자체가 이치에 맞지 않는다.

'일목!'

정신을 올곧이 곤두세우면 육신을 잊는 무아의 상태에 이른다.

아공(我空)!

내가 없다. 나를 느낄 수 없다. 살도 뼈도 없다. 정신만이 자유롭게 훨훨 날아다닌다.

참으로 상쾌하면서 즐거운 경험이다.

그러다가 문득 세상이 없어진다. 내가 먼저 없어지고 세상이 나중에 없어진다.

완전한 무(無)가 되는 것인가?

'하하하하!'

계야부는 웃었다.

지금까지는 이것이 완전한 무의 상태라고 생각해 왔다.

아니다. 잘못이다. 잘못 판단했다.

무란 없는 것이다. 없는 것이니 설명할 것이 없다. 애초부터 사라질 것도 없다. 없는 것에서 나를 만들어낸 것이며, 세상을 만들어낸 것이다.

막축유연(莫逐有緣)하고 물주공인(勿住空忍)하라.

세상의 법에도 얽매이지 말 것이며, 출세간의 법에도 머물지 말라.

견유몰유(遣有沒有)요, 종공배공(從空背空)이라.

있음을 따르면 있음에 빠지고, 공(空)을 따르면 공함을 등지
느니라.

"후우!"

깊은 숨이 쑤욱 새어나왔다.

나도 없고 세상도 없다. 없다는 생각조차도 없다. 원래부터
없는 것을 부동(不動)의 마음으로 지켜볼 뿐이다.

자신이 한 것은 없다.

가만히…… 가만히…… 지켜본다.

계야부는 눈을 뜨며 나직이 중얼거렸다.

"공(空)……."

그는 의살의 실체를 깨달았다.

의살이란 특이한 것이 아니다. 대단한 능력도 아니다. 불가
에서 스님들이 입버릇처럼 말하는 직지인심(直指人心) 견성성
불(見性成佛)로 축약해서 말할 수 있다.

아주 간단한 것이었다.

자신 안에 있는 자신의 모습을 보면 된다.

그는 무인이다. 그래서 무인의 모습을 본다. 일상생활이나
생각의 모든 것이 무(武)에 집중되어 있기 때문에 무(無)의 상
태도 무공의 상태로 변질된다.

이것이 의살이다.

의살은 할위막사나 천중일기가 일으킨 것이 아니다.

그들이 길을 열어주긴 했지만, 누구라도…… 밭을 가는 농부라도 눈을 돌려 견성성불하듯이 자신의 내면에 있는 무공을 보면 그것이 바로 의살인 것이다.

여기서 중요한 것은 견(見)이다.

본다는 뜻이다.

장님은 세상을 보지 못한다. 눈을 뜬 사람의 입장에서 보면 답답하지만 어쩔 수 없다. 본의든 타의든 눈을 뜨지 않는 이상 장님은 세상을 보지 못한다.

대부분의 사람들이 이와 같다.

사람들은 눈뜬장님이 되어 세상을 살아간다.

내면의 눈을 뜨기만 하면 완전히 다른 세상이 존재하는데도 그 점을 알지 못한 채 시력(視力)으로 관찰되는 세상이 전부인 줄 알고 살아간다.

안(眼)이 색(色)을 보면 안식(眼識)이 된다.

안식은 인간이 일상생활에 늘 사용하는 육식(六識) 가운데서 가장 저급한 식(識)인데도, 그래서 그만큼 오류가 많은데도 눈으로 본 것을 절대적인 양 여기며 산다.

눈을 버려야 한다. 눈으로 본 것을 잊어야 한다.

귀로 들은 것도, 코로 맡은 냄새도, 혀로 맛본 미(味)도 잊어야 한다. 살갗에 닿는 감촉도 흐르는 물에 슬며시 놓아버려라. 그렇게 오감(五感)을 죽여라.

뜻[意]과 법(法)이 어우러져 제육식(第六識) 의식(意識)이 된다.

의식마저 잊어야 한다.

어디서 많이 들어본 소리이지 않은가? 그렇다. 불가에서 말하는 유식(唯識)이다.

자신이 일목이라고 여겼던 상태는 바로 육식을 잊은 상태였다.

그리고 이제 의식 깊숙한 곳을 들여다본다.

특별한 심공으로 이룰 수 있는 것도 아니고, 길을 가르쳐 주어서 간 것도 아니고, 영약을 복용해서 이룬 것도 아니다.

자신이 들여다본 것이다.

삶과 죽음의 갈림길에서, 육신을 완전히 버린 상태에서, 영혼이 허공을 부유하는 유체이탈(遺體離脫) 상태에서 자신을 되돌아볼 수 있는 기회를 얻었기 때문에 볼 수 있는 광경이다.

사약란에게 자신의 모든 것을 넘겨주고 죽음에 이르렀다.

거짓 죽음이 아니다. 온전한 죽음이다. 숨이 끊어지고 영혼이 육신을 빠져나간 상태였다.

독심독의와 당문의 노문주는 그런 그를 살려냈다. 할위막사와 천중일기가 의살로 이르는 길을 열어준 것도 그때다.

의살로 가는 길?

그런 건 없다. 애초에도 없었고, 이후에도 없다. 천 년 전에도 없었고, 천 년 후에도 없다.

그런 길은 있다. 수백 년 전에도, 그리고 수백 년 후에도 많은 사람들이 그 길을 따라갈 것이다. 그들 중 일부는 목적한 바를 거머쥘 것이다.

의살, 공에 이르는 길은 방편에 있지 않다. 올바른 수행에 있다.

자신은 운이 좋아서 고행을 거치지 않은 채 내면을 들여다볼 수 있는 경지에 이르렀다.

한마디로 천운이 깃들었다고 볼 수밖에 없다.

죽음 직전에 이르러 저승 문턱까지 갔다 온 사람이 한두 명이랴만은…… 그들 중에서 자신처럼 의살을 목도한 사람은 거의 없다. 아니, 전무하다.

이제 의살의 진정을 알았으니 꾸준히 수행한다.

무총주도, 대공도, 동정호의 오대고수도…… 모두들 의살을 잘못된 방향에서 접근했다.

그들은 자신에게 십전지투를 강요했다.

심마에 이르는 길? 견뎌낸 사람이 아무도 없다는 마성의 길?

그것은 그들 입장에서 의살을 잘못 봤기 때문에 그런 말을 할 수 있었던 게다.

자신도 마찬가지다.

일목을 무공으로 봤을 때, 그는 심마를 겪었다.

청산궁사를 죽이고 싶었을 때, 그를 죽이지 않고 살려두었을 때…… 양쪽의 심정은 상반된 것이지만 어느 쪽에서든 심마가 깊이 파고들었다.

살려주자. 아니, 살려두면 안 될 자야.

죽이자. 아니, 누구도 사람을 죽일 권리는 없다.

막축유연하고 물주공인하라.

이쪽 끝도 잡지 말고 저쪽 끝도 잡지 말라. 모두 놓아버렸다. 삶도 죽음도 놓아버리면 심마인들 어디에 머물 것인가.

많은 사람이 이런 이치를 알면서도 하지 못하는 것은 놓아버리는 힘을 발휘하지 못하기 때문이다.

손만 놓으면 되는데 놓지를 못한다.

죽이고 싶은 마음, 살려줘야 한다는 마음을 모두 잊어버리면 되는데 잊지 못한다.

여기에도 수행이 필요하다.

백척간두(百尺竿頭)에 서서 눈을 찔끔 감고 한 걸음 더 나아가는 용단이 필요하다. 낭떠러지에 매달려 있다면 과감하게 손을 놓아버리는 용기가 있어야 한다.

그러한 마음으로 마음을 놓아라.

그는 의살을 깨우쳤다.

멀지 않은 곳에 일단의 무리가 머문다.

그들은 이틀 전에 왔음에도 불구하고 가까이 다가오지 않는다.

행동도 조심한다. 발걸음 소리를 죽이며 살살 걷는 것은 기본이다. 불을 피우지도 않는다. 밥을 해 먹지도 않는다. 생쌀을 씹어 먹고, 생고기를 뜯어 먹는다.

그들은 일체 소리를 내지 않는다.

계야부는 그들에게 다가갔다.

"혜……."

오목이 멋쩍은 듯 손을 들어 뒷머리를 긁었다.

"오랜만이다."

"어떻게 대공(大功)은……?"

"후후!"

계야부는 웃기만 했다.

부사영, 갈조기, 서악정, 추위걸…… 금룡대주, 금룡대……
그리고 걸왕들까지.

여인들도 있다.

악소화, 사색신녀, 사사표풍.

낯익은 얼굴들이 모두 모였다. 그리고 또 한 사람, 아니, 또
한 여인, 아니, 아내.

계야부는 사약란에게 걸어갔다.

"오랜만이야."

"그래요."

"좋아 보이네."

"그때 북지단에서 만났을 때보다는 많이 안 좋은데, 그래도
좋아 보이신다니 저도 좋네요."

"그때 일은 사과하지."

"괜찮아요. 마음에 두지 않아요."

두 사람은 서로를 보며 웃었다.

계야부는 사약란과 대화를 나누는 동안 좋지 않은 기운을
많이 접했다.

굉장히 뜨겁고, 강렬하고, 끈끈하고…… 전체적인 느낌으로

는 상당히 불쾌한 기운이다.

현재 그녀의 몸과 정신이 어떠한 상태인지 단번에 느껴진다.

그녀는 상당히 피곤해한다. 그럴 수밖에 없는 것이, 그녀는 다른 사람 같으면 평생 한 번 겪을까 말까 한 진기한 일을 수차 례나 겪었다.

인생사를 말하는 게 아니다. 그녀의 육신에서 벌어진 실체적인 증상들을 말하는 게다.

화화구증, 빙정, 소허태기…….

하나만 해도 소화시키기 힘든 거대한 물결이 그녀의 육신을 산산이 짓밟고 지나갔다.

그녀는 휴양도 하지 못했다.

이만한 고통이면 출산을 열 번 넘게 한 것과 마찬가지인데 운공조식 한 번 제대로 취한 적이 없다.

당연히 정상이 아닐 수밖에 없다.

그런 느낌들이 애써 느끼지 않아도 스르륵 젖어 들어올 정도이니, 정작 온몸으로 감당해야 하는 그녀는 어떻겠는가.

안아주고 싶다. 이제 그만 마음 편히 쉬라고 말해주고 싶다.

"한창 대공 중이신 것 같아서 기다렸어요."

"이틀 전에 온 것, 알고 있소."

"이틀요? 저흰 여드레나 기다렸는데요? 호호호! 축하해요. 확실히 대공을 성취하셨군요."

"……."

계야부는 고개만 끄덕거렸다.

이들이 오는 것을 감지했다. 그러나 한참 공을 찾아 여행을 떠난 참이라 잠시 회포를 미뤘다.

그것이 이틀째다.

해가 지고 뜬다. 달이 뜨고 진다.

이틀이 지나가는 것을 살폈다. 이틀 동안이나 일목 상태에 있었다는 것이 즐겁다.

하면 육 일은 어디로 갔는가. 이곳에 온 지 여드레째라면, 이틀을 뺀 나머지 육 일이란 날짜는 어찌 된 것인가.

완전한 무의 상태에서 망각했다.

날짜의 흐름을 잊었다. 감각이 없으니 육신도, 고통도 느껴질 리 없다. 배고픔도, 졸림도, 망상과 번뇌도 말끔히 지워진 완벽한 무의 상태다.

눈을 감았다 뜨니 하루가 지나 있더라.

이러한 선인의 말이 절대로 과장이 아니다.

경험한 자만이 안다. 경험해 보지 못한 자는 절대무의 경지가 어떤 것인지 알지 못한다.

설명? 설명은 불가능하다.

무란 원래 없는 것이다. 없는 것을 어떻게 설명할 수 있단 말인가. 인간이 만들어낸 언어로는 천 마디, 만 마디를 중얼거려도 무를 설명할 수 없다.

염화미소(拈華微笑)가 이런 경지다.

염화는 꽃을 든다는 뜻이고 미소는 웃음 짓는다는 뜻이다.

부처는 영취산(靈鷲山)에서 설법을 기다리는 대중 앞에 말 없이 꽃 한 송이를 들어 보였다.

한마디 말도 하지 않았다. 묵묵히 꽃만 들어 보였다.

하나 열 제자 중의 한 명인 가섭(迦葉) 존자(尊者)는 부처의 뜻을 알아채고 빙그레 미소를 지었다.

깨달음의 경지는 말로 표현될 수 없다. 그렇기 때문에 꽃을 드는 방법을 취했다.

부처가 든 꽃은 단순한 꽃이 아니라 대법 자체이다. 그것이 곧 불심(佛心)이다.

부처가 꽃을 들었을 때 부처와 가섭 존자의 마음은 하나가 되었다.

이심전심(以心傳心)!

마음에서 마음으로…… 없는 것을 보여주는 유일한 방법이 자 최적의 방법이다.

계야부는 옅은 웃음으로 자신이 겪은 것을 말해주었고, 사약란은 맑은 웃음으로 알아챘다.

사약란이 대공의 경지를 짐작한 건 아니다. 다만 계야부에 게 커다란 깨달음이 있었고, 그 깨달음이 계야부를 한층 더 크게 만들었다는 사실만은 짐작한다.

"미안해요. 이런 기회를 잡기도 힘들 텐데. 저희가 방해했 죠?"

깨달음이란 불쑥 찾아온다.

그래서 눈을 크게 뜨고 지켜보아야 한다. 깨달음이 찾아왔

을 때 놓치지 않고 낚아채야 한다. 정작 깨달음이 찾아왔는데
도 찾아왔다는 사실조차 모른다면 천추의 한이 될 것이다.

사약란이 말한 것은 이런 의미다.

계야부에게 기회가 찾아왔다. 계야부는 붙잡았고, 깨달음
속에 침잠해 들어갔다.

그를 아끼는 사람이라면 절대 방해해서는 안 될 것이다. 깨
달음을 완전히 터득하고 본인 스스로 일어설 때까지는 옷깃조
차 건드려서는 안 된다.

모두 그렇게 했다.

방해가 될까 봐 밥도 지어먹지 않고 생쌀을 씹어 먹었다. 걸
음도 살살 걸었다. 나뭇가지를 밟거나 돌부리를 건드릴까 봐
깨금발로 걸어 다녔다.

그래도 방해한 건 사실이다.

자신들의 존재가 있다는 사실을 알린 것만으로도 방해가 되
었다.

단번에 성인(聖人)이 될 수 있는 기회를 놓쳤다고나 할까?

계야부는 사약란의 손을 꼭 잡았다.

어색했던 순간은 지났다.

계야부의 의살이 사약란의 몸에서 악한 기운을 씻어냈다.

화화구중의 기운도, 빙정의 기운도…… 여인의 몸이면서 사
내로 살아가야 한다는 소허태기의 기운도 말끔히 쓸어냈다.

“웃!”

사약란이 잠시 휘청거렸다.

그나마 남아 있던 기운들이 모두 빠져나갔는지라 서 있을 기력조차 남지 않았다.

계야부가 휘청거리는 사약란을 보듬어 안으며 말했다.

"괜찮아. 나쁘지 않아."

사약란도 웃음 지으며 말했다.

"알아요. 믿어요."

사약란은 눈을 감았다. 그리고 곧 혼곤한 잠 속에 빠져들었다.

잠든 그녀의 얼굴이 무척 평온해 보인다.

몸에 맞지 않던 기운들이 말끔히 쓸려 나가자 본연의 모습이 다시 찾아왔다.

백옥 같은 피부, 윤기 흐르는 머리…… 혈색도 정상이고, 숨소리도 고르다.

"자고 나면 한결 개운할 거야. 푹 자도록 해."

계야부의 말을 들었음인가. 잠든 사약란의 얼굴에 미소가 어렸다.

3

계야부와는 상관없는 싸움인 줄 알았다.

중원은 거대한 회오리에 휘말렸고, 몇몇 사람을 빼내기만 하면 될 줄 알았다.

그러다가 동나가 찾아오는 순간 홀연히 모든 걸 깨달았다.

이 싸움의 정중앙에 계야부가 있다.

만약 계야부가 의살을 깨치지 않았다면 싸움은 일어나지 않았다. 약간의 다툼은 있겠지만 무총은 여전히 절대적인 권력을 지닌 채 무림을 굽어보고 있을 것이다.

계야부가 의살을 깨우친 사건은 여러 사람에게 이용되었다.

무총은 무총대로 생각이 있고, 안선은 안선대로 그의 용처를 골라냈다.

안선 대공이 그를 찾아왔다? 대공이 직접 그의 연공에, 깨달음에 도움을 주었다?

때마침 북방에서는 북해빙화가 무림을 향해 발길을 옮겼다.

아니, 그전에 한 일이 있다. 계야부가 의살의 깨우치자 대공은 죽어가는 고우진을 살려내어 북방으로 보냈다.

그는 북해빙화가 바라는 요건을 고루 갖춘 상태다.

천지 사방을 헤매고 다녀도 찾을 수 없던 자를 고스란히 떠안겨 주었다.

대공은 북해빙화의 탄생을 도왔다.

빙궁의 바람대로 빙마지체의 현신에 일조했다.

빙마지체를 완성한 빙화가 발길을 어디로 옮길 것인지는 삼척동자도 안다. 그리고 그녀가 중원에 발을 들여놓았을 때, 피바람이 일어날 것도 쉽게 예상된다.

누가 그녀를 막을 수 있을까?

중원에서 초극고수라고 불리는 모든 사람들이 그녀 앞을 가로막을 터이다. 그리고 그중에 누군가는 그녀의 발길을 돌려

세우지 않을까 생각된다.

"빙화를 막을 수 있는 사람은 딱 두 사람, 할아버지와 안선 대공뿐이에요. 그 외에 다른 사람은 모두 적수가 안 돼요. 적수로 거론되기는 하겠죠. 하나 어렵다고 봐요."

사약란은 단정적으로 말했다.

혼곤한 잠에서 깨어난 그녀는 심신이 무척 가벼워 보였다.

그녀는 무공을 잃었다.

약간의 내공도 남아 있지 않다. 예전, 무공을 수련하지 못하던 서군사 시절처럼 일초반식도 펼칠 수 없는 몸이 되고 말았다.

그래도 새털처럼 가벼워 보인다.

그녀의 맑은 얼굴에서 홀가분해진 마음이 엿보인다.

근심, 걱정이 말끔히 사라진 명랑하고 밝은 기색이 뽀얀 살 갗을 빛내준다.

마음이 평온한 자는 몸이 건강한 자보다 신색이 좋다.

어른들이 흔히 하는 말로 '마음 편한 게 제일' 이라고 하는데, 사약란이 그렇다.

'악기가 사라졌어.'

악소화는 사약란에게서 풍기던 거부감이 말끔히 해소되었다는 사실을 알아챘다.

그녀는 단지 한숨 자고 일어났을 뿐이다.

물론 계야부가 수단을 강구하기는 했다.

오랜만에 남편을 만났으면 나눠야 할 이야기가 산더미 같은데, 느닷없이 풀썩 꼬꾸라져 잠을 잘 리 있는가.

그 잠이 무언가 겉돌게 만들던 그녀를 세상에서 가장 편안하고 다정한 여인으로 탈바꿈시켰다.

좋은 일이다. 잘된 일이다. 하나 무언지 허전하고 아쉽다.

그녀는 계야부 곁에 사약란이 있는 한 자신이 뚫고 들어갈 자리가 없다는 사실을 잘 안다.

그건 처음부터 알았다. 그래서 과감하게 결단을 내려 사제지간을 칭한 것이다.

사약란의 모습을 보고 경솔하게 결정했다고 후회하던 참인데…… 그녀가 본래의 모습으로 돌아왔다.

'이런 모습이라면 사랑하지 않을 수 없어.'

사약란은 악소화가 보기에도 예뻤다. 아니, 아름다웠다.

앵두 같은 입술이 살짝살짝 벌어질 때마다 달디단 향내가 풍기는 것 같다. 말을 하면서도 살며시 짓는 눈웃음은 능히 사내의 혼을 빼놓는다.

오직 계야부에게만 보여주는 모습…….

"빙화의 상대가 무총주와 대공뿐이라면…… 흠!"

계야부는 빙화의 무공을 짐작했다.

사약란은 빙화의 상대로 두 명을 거론했다. 그 외에 유불선 삼성이나 각파의 장문인들은 거론하지 않았다. 모두 적수가 안 될 것이라는 뜻이다.

하나 여기에는 또 하나의 모순이 있다.

대공은 계야부가 의살을 깨우쳤다는 사실을 안 후에 고우진을 보냈다고 한다.

그 말은 다시 말해서 무총주와 대공도 빙화의 상대가 되지 않는다는 뜻이다.

오직 계야부만이 빙화를 상대할 수 있다.

사약란은 직접 이야기하지 않았지만 계야부를 중원제일인으로 인정했다.

이것은 그녀의 말이 아니다. 대공의 말이다. 대공이 한 행동을 바탕으로 그의 생각을 유추했을 때, 그런 결론에 도달한다고 간접적으로 말한 게다.

계야부는 바로 얼마 전에 대공과 겨뤘다.

그의 옷소매도 잡지 못했다.

자신과 대공의 무공 차이는 너무나 현격해서 가히 천지 차이라는 말을 실감케 했다.

그를 따라가려면 죽었다가 다시 태어나도 힘들 것이다.

이것이 세상의 안목일진대…… 정작 계야부는 사약란의 말을 듣고도 편안한 웃음만 흘렸다.

'정말!'

정작 놀란 사람은 사약란이다.

계야부 자신도 오직 자신만이 빙화의 상대라고 생각하는 것인가? 그렇다면 그는 무총주와 대공을 뛰어넘었는가? 정말로 그리 생각하는가? 아니, 그게 사실인가?

놀라지 않을 수 없었다.

다른 사람들은 말속에 숨은 뜻을 찾아내지 못해서 멀뚱멀뚱 쳐다보고만 있다.

"조만간 대공이 연락을 취해올 거예요."

"그렇겠지."

계야부가 사약란의 말뜻을 완전히 알아챘다. 그러나 사약란은 아직도 확인이 필요했다. 계야부가 정말로 자신을 천하제일인이라고 생각하는 것인가?

"의살이 천하제일무인가요?"

"아니."

"아니라고요?"

"아냐."

"그럼 빙화와 싸울 수 있나요?"

"싸울 수는 있지."

"그런 말이 아니잖아요. 이길 수 있어요?"

"그거야 싸워봐야 아는 것이고. 어떻게 싸워보지도 않고 승패를 장담해."

"못 본 사이에 능구렁이가 다 됐군요."

"그런가? 하하하!"

계야부는 웃었다.

사약란도 따라 웃었다.

두 사람은 같이 웃었지만 의미는 완전히 다르다.

계야부는 그냥 편히 웃는다. 어떤 의미도 없이 그냥 웃고 싶어서 웃는다.

사약란은 의미를 담았다. 그녀는 계야부의 웃음에서 그의 성취를 알아봤다.

그는 능구렁이가 아니다. 말을 해줘도 알아듣지 못하기에 말하지 않은 것뿐이다. 아니, 자신의 경지를 말로 설명할 수 없기 때문에 느낌만을 말했다.

싸울 수 있다. 싸워봐야 안다.

그의 말속에는 투지가 없다. 그렇다고 두려움도 없다.

완전한 상태에 들어섰기에 싸움을 싸움으로 보지 않는다.

중원에서 오직 무총주와 대공만이 상대할 수 있는 빙공의 달인을 거론하는데, 마음이 편하다. 아무런 걱정도 들지 않는다. 정말 티끌만 한 걱정도 없다.

할아버지도 이런 느낌을 주지는 못했다.

이 자리에 있는 사람들은 량준의 얼어붙은 팔만 보면 자신도 모르게 미간을 찌푸린다.

잘린 팔은 빙화의 모든 것을 말해준다.

계야부는 잘린 팔을 보고도 태연하다. 자신과는 전혀 상관없는 일, 강 건너에서 불구경을 하듯이 일말의 흔들림도 없다.

대공이 옳았다. 계야부의 경지는 비교 대상을 거부한다.

무공이란 절대적이지 않다. 늘 상대적이다. 이제 갓 검을 든 풋내기도 어린아이들에게는 공포의 대상이다. 만인의 우러름을 받는 장문인도 최고는 아니다.

누구에 비해서 강하다.

이것이 무공의 경지를 논하는 최적의 말일 것이다.

대공은 무총주와 비견된다. 구파일방의 장문인은 무총주에

비해서 한 수 아래다. 동정호의 오대고수는 무총에 비해 반 초 차이밖에 나지 않는다.

무공의 정도를 말할 때는 늘 비교 대상이 필요하다.

절공의 성취도는 논할 필요가 없다.

소허태기를 팔성 연마한 사일도와 태청검법을 십성 연마한 무당파 도인이 싸운다면 판돈을 어디에 걸겠는가?

절공에는 우열이 있다. 하나 우열이 있는 절공도 성취도를 무시할 수는 없다. 소허태기에 갓 입문한 풋내기와 태청검법을 일 갑자 넘게 수련한 도인과의 싸움은 논할 필요가 없다.

싸움에는 경륜도 무시하지 못한다.

처음 검을 든 자와 백전노장과는 많은 차이가 난다.

천지간의 기운도, 지형도, 그날의 일진도, 아침에 먹은 식사도 싸움에 영향을 미친다.

그래서 늘 상대적으로 말하지만 그것 역시 절대는 아니다.

패배는 병가지상사(兵家之常事)라. 한 번 패했다고 또 패하란 법은 없다.

이렇게 무공의 경지를 논하는 것은 어렵다.

계야부는 이런 논의를 초월했다.

그에게는 비교 대상이 없다. 무총주도, 대공도, 동정호의 오대고수도 비교 대상에 포함되지 않는다. 비교할 사람이 없으니 무공이 얼마나 강한지 설명할 길도 없다.

그의 무공은 경험의 세계다.

오직 경험해 본 자만이 경험으로 알 수 있을 뿐, 그의 세계에 들어가 보지 않은 사람은 추측조차도 난감하다.

계야부의 무공이 이러니 어찌 웃지 않을 수 있나.

그녀는 웃음으로써 모든 고민을 놓아버렸다.

그녀는 편히 말했다.

"빙화가 나타나자 교사들이 전부 마중을 나갔대요. 대공이 움직여도 그런 일은 없었는데…… 앞으로 안선은 빙화 중심으로 움직일 것 같아요."

"안선이 빙화의 주구가 된다?"

"빙화의 주구인 줄도 모르고 움직이는 거죠. 안선은 점조직이잖아요. 위에서 명을 내리면 대공의 명인 줄 알고 받드는 거죠. 이성으로 받아들일 수 없는 사악한 일일지라도 전부 다 안선에 도움이 되겠거니 하고 움직이는 거예요."

"안선이 대공을 버렸군."

"대공이 빙화를 불렀는데 빙화는 안선을 거머쥔다? 이상한 냄새가 나죠?"

"내 힘을 빌려 내부를 정리하려는 차도살인(借刀殺人)?"

"나중에 대공이 연락을 취해오면 물어보세요."

"후후후!"

계야부는 큰일이 아니라는 듯 태연히 웃었다.

사약란이 말했다.

"동나의 계획이 아직 진행 중이에요."

"조부님?"

"이거 아세요? 가가께서 의살을 수련한 덕분에 많은 사람의 인생이 꼬였다는 거요."

"변화는 생겼겠지만 꼬였다는 건……."

"어휴! 알았어요. 지금 저 어떤 기분인 줄 알아요? 꼭 도인과 이야기하는 기분이에요."

"후후!"

"제 머리가 둔해서인지 전 아직 동나의 계획을 짐작하지 못해요."

"너무 걱정 말고 무총주님을 믿어. 그 정도에 무너지실 분이 아냐."

"저도 알아요. 동나는 자신있게 말했지만…… 동나가 한 가지 간과한 점이 있어요. 할아버지는 누구에게든 자신을 전부 드러낸 적이 한 번도 없어요."

틀린 말이다.

무총주는 자신을 전부 드러냈다. 지금 현재의 모습뿐만이 아니라 과거의 모습까지 모두 드러냈다.

과거가 쌓여 현재를 이룬다.

현재 무총주가 행하는 행동과 말만 보면 그가 어떤 사람인지, 어떤 삶을 살아왔는지 알 수 있다.

그것이 전부다. 더 숨길 것이 없다.

계야부는 심중에 있는 말을 하지 않았다.

이런 부분에서 그는 이미 사약란과 궤를 달리한다. 두 사람은 사랑하지만 전혀 다른 세계에서 살고 있다. 아니, 똑같은 세계다. 원래 나눠져 있는 세계가 아니니 구분이 필요치 않다.

　이해하고, 인정하고, 높은 정신을 구가하도록 도움을 주면 된다.

　당장 서둘 필요는 없다. 살아가면서 천천히, 그러나 끊임없이 불을 지펴준다.

　그렇다. 깨달음의 세계는 결코 누가 도와줄 수 없다. 많은 말을 해주기도 하고 도움을 주기도 하지만 결국 혼자서 발심(發心)하고 깨달아야 한다.

　그럴 수 있도록 불만 때주면 된다.

　사약란이 말을 이어갔다.

　"그렇기 때문에 할아버지 걱정은 하지 않아요. 절대무! 절대무를 가진 분이잖아요. 한 가지 이해할 수 없는 건, 가가에 대한 생각이에요. 할아버지는 가가를 어디에 써먹으려는 걸까요?"

　"……."

　계야부는 침묵했다.

　무(無)를 알아버린 그이지만 사람의 머릿속까지 꿰뚫는 건 아니다.

　무는 연속성이 없다. 무의 상태에 깊이 함몰되었다가도 깨어나면 다시 현실로 돌아온다.

　그러면 그가 깨달은 무는 허상인가?

　아니다. 진정한 깨달음으로 가는 단계이다.

　이러한 상태를 거치지 않고 직접 진각(眞覺)을 이루는 수도 있기는 하다. 하지만 그런 경우에는 계야부와 반대로 진각 후에 무의 상태로 진입한다.

완전을 이루면 그것으로 끝나는 것이 아니라 무의 상태로 지속해 나가는 것이다.

무와 진각은 떨어질 수 없는 관계다.

이것이 우주의 열쇠이며, 태초의 진리다.

무총주가 생각하는 의살은 이런 부류가 아니다. 정신무공의 일종으로 환상을 불러일으키거나 생각에 영향을 끼쳐서 제 능력을 발휘하지 못하게 만드는 환각공(幻覺功) 정도이다.

이런 종류의 무공은 많다.

사색신녀가 수련한 유마심안도 이런 부류의 무공이다.

안공(眼功)으로 이지를 제압할 수 있으니 극성에 이르면 싸움이 필요없는 지경이 된다.

그야말로 무풍지대를 걷는 것과 마찬가지일 게다.

의살도 이런 종류이나 더 특이하다. 의살은 진기를 사용하지 않는다. 무공을 전혀 모르는 사람도 단번에 깨우칠 수 있다. 또한 응용 범위가 상당히 넓다. 이지만 제압하는 것이 아니라 원하는 대로 부릴 수까지 있다.

무총주나 대공은 의살을 이런 종류로 본다.

그렇기에 그들에게는 의살로 십전지투를 이겨낼 수 있는지가 궁금한 게다.

무총주나 오대고수는 그런 점을 궁금해했다. 이겨낼 수 없다고 생각하면서 어느 선까지 버틸 수 있는지 보고 싶어 했다.

계야부가 두 번째에서 그만두고 말았지만 그들은 아직도 미련을 버리지 못할 것이다.

대공도 마찬가지다. 그도 계야부가 십전지투를 이겨낼 수 없다고 생각했다. 그래서 중도에 나서서 무총주를 차단했을 뿐만 아니라 마음의 감옥에서 풀려나게 도와준 게다.

의살이 결국 무를 찾는 과정인 줄 알았다면 십전지투 같은 얼토당토않은 싸움은 생각하지 않았을 것이다.

모두들 의살을 잘못 생각하고 있다.

어쨌든 그 덕분에 몇 사람의 인생이 뒤엉켰다.

그중의 한 명이 사일도다.

계야부가 의살을 펼쳐 보이지 않았다면 사일도는 조금 더 신중하게 일을 처리해 나갔을 게다. 십일영자는 아직도 그를 추종하고 있을 것이고, 그는 유유자적 중원을 떠돌 것이다.

계야부가 의살을 펼치자 일차로 북지단에서 반응을 보였다.

북지단주는 전적으로 계야부를 지지했다. 계야부가 하는 일에 일체 간여하지 않았다. 북지단의 위명을 손상시키는 행위가 되었든, 무총의 뜻에 반하는 행위가 되었든 모두 용납했다.

무총주와 사전 조율이 없었다고 할 수 없는 부분이다.

누구든 그렇게 생각한다.

무총주가 지시를 내렸기 때문에 따랐을 것이다.

사실이 어떤지는 북지단주와 무총주만 아는 문제지만……
북지단주의 그런 행동은 오해를 불러오기에 충분하다. 또한 단차라는 인물에게 집중하는 무총주의 모습을 보면서 동나는 오랜 기다림에 종지부를 찍기로 작정했을 게다.

계야부로 인해서 사일도의 인생이 확 바뀌었다.

무총주는 무엇 때문에 계야부에게 집착한 것일까? 정말 순수한 목적으로 의살만 바란 것인가? 신이 되는 길을 탐한 것인가? 아니면 다른 복심이 있는가?

사약란은 이 부분을 짐작하지 못했다.

오대고수의 행동은 쉽게 이해가 된다.

그들은 진정으로 의살을 원한다. 그들의 무공은 대공이나 무총주에 비해서 딱 반 초 차이밖에 나지 않기 때문에 그 차이를 극복하는 데에 온 신경을 집중하고 있다.

패권을 거머쥔다거나 조직을 형성하는 건 부족한 점을 채우고 난 후의 일이다.

이런 와중이니 불쌍한 사람들이 생긴다.

개방은 무총에서 벗어나려 하고, 하오문도 어떤 기회든 잡아보려고 한다.

위기를 기회로 탈바꿈시키려는 효웅들의 안간힘이다.

그들은 가만히 있는 것이 좋다. 아직은 움직일 때가 아니다. 북무림의 종남파나 화산파도 분기를 꾹 누르고 참아야 한다.

세상을 휘어 감는 용권풍(龍捲風)이 몰아친다. 자칫 발을 잘못 디뎌 용권풍에 휩쓸리기라도 하면 그야말로 비명조차 지르지 못하고 끝나는 수가 있다.

지금은 은인자중할 때다.

사약란이 말했다.

"어쨌든…… 할아버지든 대공이든 곧 가가께 연락을 취해올 거예요. 모든 결정은 제가 있는 데서 하세요. 아셨죠?"

"그러지."

계야부는 사약란의 손을 살며시 감싸 쥐었다.

군웅들이 금룡대를 에워쌀 때만 해도 개방에 기회가 있는 줄 알았다. 사일도가 무총을 휘젓고 있으니 틀림없이 기회가 도래했다고 생각했다.

하나 계야부를 만나 이것저것 말을 나누다 보니 얼마나 허황된 일에 끼어들었는지 알겠다.

"어쩌지?"

"통보는 해야지."

"우리는?"

"하! 이런 싸움도 다 있네. 우리만 몰랐지 서로 상대방의 패를 다 보고 있었잖아? 우리만 패를 못 보고 이리 뛰고 저리 뛰고 한 거야. 무총주나 대공은 어떻게 움직이는지 다 보고 있었어. 제길! 여기서 잘못 움직이면 황천길이다."

"결국 죽는다는 소리군."

"죽음이야 각오한 거고…… 방주님이 불쌍해서 어쩌냐?"

"그래도 알려 드리긴 해야지."

걸왕들은 수군거리며 슬그머니 밀마를 그려 나갔다.

계야부를 돕는 것과 개방을 돕는 것은 다른 문제다. 한쪽은 의리의 문제이지만 다른 한쪽은 사문의 문제다.

비교할 수 없다.

걸왕들은 보고 들은 것에다가 자신들의 판단까지 가미해서 비교적 상세하게 밀마를 적었다.

용두방주는 무총의 권유에도 불구하고 적극적으로 일어설 결심을 굳혔다.

이미 오만 방도가 방주의 지시에 따라 은밀히 움직이고 있는 상황이다. 아니, 은밀하다고 할 수는 없다. 오만여 명이 움직이고 있는데 어찌 발각되지 않을 수 있겠나.

무총은 이미 개방의 움직임을 읽었다.

하나 아직까지는 아무런 행동도 취하지 않았다. 그저 조직 이동만 한 것뿐이다. 그러니 여기서 멈춰야 한다. 그러면 무총과는 아무런 은원 관계도 없다.

움직이면 끝난다.

무총주는 이미 사일도의 난을 진압하기 시작했다.

소문도 없고, 죽어 나간 사람들도 눈에 띄지 않지만 무림 곳곳에서 하루에도 수십 명이 사라지고 있을 것이다.

그렇게 많은 사람들이 사라지는데 어떻게 소문이 나지 않느냐고? 맞는 말이다. 하나 현재 실종되는 사람들은 과거에 이미 죽었다고 소문났거나 실종됐다고 인정된 사람들이다.

사일도가 그들을 거둬서 힘으로 비축한 게다.

사라졌던 사람들이 다시 사라지는 것이니 소문날 턱이 없다.

여기서 문제 하나가 돌출한다.

초반에 무총주는 사일도가 무총 본단을 휘젓도록 내버려 두었다.

　사일도의 계획을 알고 있었다면 그것마저도 막을 수 있었는데 왜 내버려 두었냐는 거다.

　하나 그 점은 사약란조차도 짐작하지 못하고 있다.

　다만 무총주가 계야부를 어디다 쓸 것인가 하는 점과 연관되어 있다는 것만은 확실하다.

　부동(不動). 절대부동(絶對不動).

　걸왕들이 용두방주에게 남긴 마지막 글귀였다.

第百五十九章

구적(舊敵)

할위막사와 천중일기는 제 갈 길을 가기 위해 흩어졌다.

"좋은 결과가 있기를 바라네."

"후후! 자네도."

그것이 헤어지는 인사말의 전부였다.

그렇게 흩어졌지만 멀리 떨어져 있을 수는 없었다.

할위막사가 가는 곳에 천중일기가 있다. 천중일기가 있는 곳에 할위막사가 있다.

그들은 서로가 서로를 감시했다.

의살!

의살이라는 요물은 두 사람으로 하여금 뭉치지도 못하게 하고 멀리 떨어질 수도 없게 만들었다.

그들은 나름대로 의살에 대한 정의를 구축했다.

의살을 정의할 수 있다는 것은 의살로 들어가는 기초 수련부터 절정에 이르는 단계까지 소상하게 파악하고 있다는 뜻이다.

그들은 그러한 지식을 계야부를 통해 익혔다.

물론 두 사람의 방법은 각기 다르다.

두 사람은 의살을 말해왔지만 방법론이라던가 하는 구체적인 부분에 대해서는 일절 함구했다.

그들 정도의 무인이라면 자신만의 무리도 형성시켜 놓고 있을 것이다.

무공의 이치에 관한 한 자신이 독보적이라는 생각을 갖게 된다. 타인의 무리는 인정하지 않고 자신의 무리만 옳다고 하는 편협적인 시각도 있다.

그래서 두 사람은 의살의 수련 체계를 상의하지 않았다.

계야부를 보고 자신만의 체계를 쌓는다. 그리고 그것이 절대적으로 옳다고 믿는다.

이러한 관점이 두 사람을 흩어지게 했다.

내가 옳다. 이걸 너와 공유하고 싶지 않다.

하나 멀리 떨어지지도 못한다.

그들 마음 한편에는 자신이 틀리고 상대가 옳으면 어쩌나 하는 마음도 도사린다.

자신만의 수련을 하면서 상대를 관찰할 수 있는 거리.

두 사람은 암묵적으로 그런 거리를 형성했고, 유지시켜 나간다.

고오오오오……!

운공을 시작한다.

육신의 감각을 잊기 위해서 진기를 경맥 안으로 감춘다.

안이비설(眼耳鼻舌)을 닫는다. 살갖을 통해서 느껴지는 감촉도 끊어버린다.

전신의 모든 감각을 죽인다.

한마디로 무방비 상태다.

그러잖아도 운공을 취하는 순간은 매우 위험하다. 전신에 진기를 휘돌리고 있는 상태라서 위험이 들이닥쳐도 즉시 대처하지 못한다. 혹여 급한 마음에 진기를 거두지 않고 일어서기라도 했다가는 당장 주화입마에 빠져든다.

감각을 죽이지 않은 상태에서 펼치는 운공도 이토록 위험하다.

하물며 감각을 죽이는 운공이다.

급습을 당하면 대책이 없다. 위험이 닥쳐도 꼼짝없이 당한다. 독사가 달려들어도 할 수 있는 바가 없고, 늑대가 물어뜯어도 멀거니 뜯기는 수밖에 없다.

그래서 두 사람은 이런 부분에도 암묵적인 합의를 봤다.

운공을 교대로 한다.

한 사람이 운공을 하는 동안, 다른 사람은 모습을 보이지 않고 호법을 서준다.

서로 말을 섞지 않을 뿐이지 떨어져 있다고 하기도 무색한

헤어짐이다.

고오오오오오!

할위막사는 머리로 치솟는 진기를 끊었다.

일순, 머릿속이 띵! 하고 울린다.

잘 흐르던 혈류가 느닷없이 끊겼을 때처럼…… 실제로 그런 것은 아니지만 꼭 그런 느낌처럼 강렬한 어지럼증을 동반한다.

'의살!'

계야부는 이런 상태에서 의살을 터득했다.

육신과 정신은 아무런 상관이 없다.

목과 목 아래 몸통을 완전히 분리시키면 몸은 신경 쓰지 않아도 된다. 그런 상태에서 머리로 흐르는 경맥을 차단하면 머리만 죽은 것과 흡사한 상태가 유도된다.

진기를 급히 끊으면 실제로 죽는다는 느낌이 들기도 한다.

'의살…… 으! 틀렸어.'

할위막사는 끊었던 경맥을 풀었다.

머리가 죽으려면 일체 잡념이 일어서는 안 된다. 한데 머리가 의살을 부르짖고 있다. 의살이라는 생각 자체를 망각하고 완전한 죽음 속으로 들어가야 하는데 잡념이 인다.

오늘 연공은 실패다.

범인(凡人)도 정신일도하사불성(精神一到何事不成)이라는 심정으로 정신을 곤두세우면 날아오는 화살도 피해낸다.

의살은 고도의 정신 집중 상태다.

계야부는 죽음을 겪은 후에 의살을 터득했다.

아무것도 생각하지 않는 텅 빈 공간에 의살이라는 관념이 들어서자 기다렸다는 듯이 찰칵 맞아떨어졌다.

할위막사는 그런 텅 빈 공간을 죽음으로 생각하는 모양이다.

그게 맞을 수도 있다. 완벽한 죽음 후에 되살아난 불사조이니만치 죽음이 선행되어야 할지도 모른다.

하나…… 이견(異見)이 있다.

자신이 생각하는 것처럼 의살이 죽음과는 전혀 상관없는 고도의 정신 집중 상태라면?

정신 집중은 화살이 과녁을 뚫듯이 해야 한다.

화살이 있고, 화살이 날아가는 길이 있고, 과녁이 있다. 이 세 가지 요소가 하나로 합해지면 정신 집중이다. 이 세 가지를 제외한 모든 것이 제외되어야 한다.

의살을 이루는 정신 집중은 무엇인가?

천중일기는 '침잠(沈潛)'으로 풀이했다.

인간의 정신은 흙탕물이다. 물은 원래 물이되, 흙이 풀어져 뒤범벅이 되었다.

맑은 물은 세상을 비춘다. 하나 흙탕물은 아무것도 비추지 않는다.

잡념, 망상, 일상사, 집착…… 세상을 살아가면서 거둬들인 모든 것들이 정신에서는 흙이라는 요소로 작용한다.

그러면 어떻게 해야 흙탕물을 다시 맑은 물로 만들 수 있을까?

두말할 것도 없이 정화(淨化)시켜야 한다. 우선 흙을 차분히 가라앉힌다.

이것이다! 흙을 가라앉히기만 하면 맑은 물은 다시 나타난다.

맑은 물과 흙을 분리하려고 애써서는 안 된다. 그런 노력은 언제나 실패로 끝나게 되어 있다. 맑은 물을 분리해 내려고 흙탕물을 아무리 뒤적거려 봐야 더 흙탕물이 될 뿐이다.

침잠, 가라앉힘.

할 일이란 아무것도 없다. 차분한 마음으로 지나가는 시간을 지켜보기만 하면 된다.

'무아(無我)의 상태……'

천중일기는 진기를 일으켰다.

스님들은 화두 참선으로 선정(禪靜)을 추구하곤 한다.

화두라는 모르는 것 속에 자신을 푹 담그면 자신도 잊고 세상도 잊는다고 한다.

무인에게도 화두 참선같이 선정으로 들어갈 수 있는 도구가 있다.

운공조식이다.

진기가 일어난다. 전신을 휘돌아 다시 단전으로 들어가는 대주천(大周天)이 시작된다.

이 속에 파묻힌다.

진기가 도는 모습을 지켜보다 보면 나도 잊고 세상도 잊는 단계에 이른다.

진기를 일으킨다는 자체가 의념(意念)을 일으키는 것이니 잡념이나 망상이 끼어들 틈이 없다.

계야부처럼 의살이라는 관념이 자신의 텅 빈 마음속에 착 달라붙을 때까지 운공조식에 열중하면 된다. 다만, 의살이 찾아왔을 때 착 낚아챌 수 있도록 항상 의살을 염두에 두고 있어야 한다.

이런 식으로 해서 언제 의살이 찾아오느냐고?

이것 역시 집중의 문제다.

자신이 얼마나 간절하게 의살을 원하느냐에 따라서 찾아오는 시간이 정해진다.

열망과 집중!

파아아아아……!

천중일기는 운공조식에 몰입했다.

"어때? 가능성이 있어 보이나?"

십도구패가 말했다.

"단지 그놈만 본 것뿐이라면 터무니없는 짓이라고 하겠지만, 자네도 알다시피 우린 의살을 겪어봤으니까 전혀 가능성 없는 건 아니지."

동정목부가 침중한 표정으로 대답했다.

할위막사와 천중일기의 행동은 무림인들 눈에는 바보 같은

짓으로 보일 것이다.

또 사실이 그렇다. 그들의 행동은 하늘에 떠 있는 뜬구름을 잡겠다는 것과 마찬가지다. 그러니 어느 스승을 막론하고 이런 행위를 보면 질책부터 떨어뜨릴 게다.

동정목부와 십도구패는 그러지 않았다. 그들은 심각한 표정으로 두 사람을 살폈다.

의살은 죽음으로의 여행이다.

여행을 무사히 마치면 계야부처럼 탁월한 능력을 얻겠지만 실패하면 부작용이 매우 크다.

아예 처음부터 의살을 경험하지 못하면 아무 일도 일어나지 않는다. 의살이 정신에 미치는 영향이 전혀 없었으니 시간만 버린 것으로 족하다.

의살을 터득하다가 중간에 실패하는 게 문제다.

그런 경우는 의살이 정신을 상당히 해친다. 심한 경우에는 목숨을 빼앗는 경우도 있는데, 그건 광인(狂人)이 되어 세상을 떠도는 것보다는 차라리 낫다.

지금까지 의살을 탐구했던 무인들은 십중십 광인이 되었다.

오직 한 명, 딱 한 명…… 그만이 의살을 터득했다.

여기서 계야부는 논외로 해야 한다.

그는 자신이 의살을 얻지 않았다. 죽음 뒤에 우연히 터득한 것이니 하늘이 준 기연이라고 봐야 한다. 지금 할위막사나 천중일기가 하는 것처럼 자신의 노력으로 얻은 것이 아니니 그의 의살은 '죽음으로의 여행' 과는 상관이 없다.

두 사람이 여행을 시작했다.

그들은 각기 확고한 신념을 가지고 있다.

"운공 방식이 다른 것 같지?"

"흠!"

말이 필요없다. 그들의 신색만 봐도 어떠한 운공을 취하는지 짐작할 수 있다.

할위막사는 운공 중에 신색이 잿빛으로 물든다. 인위적으로 상승하는 진기를 차단하고 있다는 뜻이다. 반면에 천중일기는 평온함이 극에 달한다.

완전히 다른 운공 방식이다.

"참 웃기지 않나?"

"뜬금없이 무슨 말이야?"

"저 둘 말이야. 사냥도 가기 전에 호랑이를 잡으면 가죽을 누가 가질지 싸우는 사람 같잖아. 그 정도 함께 붙어 다녔으면 막판까지 사이좋게 서로 토론하고 부족한 점을 메우고 하면 오죽 좋아."

"보물에는 임자가 있다고 하지 않나."

동정목부가 대부를 끌러 무릎 위에 올려놓았다.

십도구패도 손바닥 길이의 소도 두 자루를 꺼냈다.

"이놈을 사용해 본 지도 오래군."

"한 십 년 됐어?"

"십 년이 뭔가, 이십 년은 족히 넘은 것 같은데."

"이번에도 패할 텐가?"

"패하면 죽는데 그럴 수 있나."

"후후후!"

동정목부는 옅게 웃으며 눈길을 천중일기에게 주었다.

그들은 두 사람을 감시했다.

할위막사나 천중일기 같은 고수가 광인이 되어 날뛴다면 그야말로 무림의 대재앙이다.

그런 일이 벌어질 조짐만 보여도 가차없이 싹을 자른다.

동정목부와 십도구패는 여차할 경우 두 사람을 죽일 심산이었다.

물론 자신들이 당할 소지도 다분히 있다. 두 사람이 의살을 조금이라도 깨우친다면 공격하다가 당할 가능성은 지금과는 상대가 안 될 정도로 높아진다.

그래도 모험을 감수하고 시도한다.

그들은 오직 하나, 무림만 생각했다.

또 한 사람, 장대한 기골의 노인이 운공 중인 천중일기에게 시선을 고정시켰다.

시간이 지날수록 그의 미간이 점점 찌푸려졌다.

"고이얀……."

호통인지 한탄인지 분노인지 모를 소리가 새어나왔다.

할위막사와 천중일기는 의살에 상당히 근접해 있다.

그들과 의살 사이에는 종이 한 장만 가로막고 있다. 종이만 걷어내면 바로 의살이다.

이들은 어떻게 이리 정확하게 의살로 접근할 수 있었을까?

계야부를 살펴왔기 때문일까? 이건 말이 안 된다.

사람의 정신 속에서 일어나는 변화는 당사자가 아니면 그 누구도 모르는 것이다.

열 길 물속은 알아도 한 길 마음속은 모른다고 했다.

사람이 머릿속에 무슨 생각을 그리고 있는지 어떻게 알 것인가.

계야부를 살펴왔다고 해도 그건 의살의 강도 변화를 살폈을 뿐이지, 머릿속에서 의살이 어떤 식으로 진행되는지 의살의 성장 과정을 살핀 것은 아니다.

사람을 열 명 죽이니 파장이 넓어지더라. 사람을 백 명 죽이니 의념으로 사람을 죽일 수 있더라. 사람을 천 명 죽였을 때는 일대종사의 위엄이 드러나더라.

할위막사와 천중일기가 살핀 것은 이런 것들뿐이다.

그들은 정작 알아야 할 것은 알지 못했다. 파장이 넓어지는 과정, 의념으로 사람을 죽일 수 있는 과정 변화를 전혀 알지 못한다. 원인은 모르고 결과만 아는 셈이다.

그럼에도 불구하고 정확하게 의살을 찾아서 수련한다.

한데…… 문제가 있다.

두 사람이 수련하는 의살은 잘못된 것이다.

의살을 연구한 적이 있다. 상당히 깊이 들어갔다고 생각한다. 한데 꾸준히 탐구하다 보니 문득 잘못되었다는 생각이 든다.

그때, 즉시 수련을 중단했다.

광자가 되기 일보 직전에서 요행히 물러날 수 있었다.

의살을 터득할 수 있는 방도를 찾은 것 같았는데 사실은 의살과 흡사한 잘못된 방편이었다.

이런 방편은 뇌를 상당히 혹사시킨다.

뇌가 평상시에 사용하는 각성보다 두 배, 세 배…… 극성에 이를 때는 열 배 넘게 긴장도를 유지한다.

결국은 인간의 한계를 넘어서게 되고, 광자의 길로 들어선다.

그래서 수련을 하지 않고 한쪽에 밀쳐 놨다.

잘못된 수련 방법이지만 완전히 버리지 않은 것은 또 다른 길을 찾을 때 참고로 하기 위해서다.

물론 잘못된 방편이기에 아무도 보지 못하는 곳에, 손도 닿을 수 없는 곳에다가 소장했다.

자신만 들어갈 수 있는 연공실!

그 방편들이 쏟아져 나왔다.

하나는 천중일기에게 이어지고, 또 다른 하나는 할위막사가 수련하고 있다.

두 방법 모두 의살로 들어갈 수 있는 길처럼 보이지만, 들어가지 못한다. 어느 순간 기혈이 걷잡을 수 없이 휘몰아칠 것이고, 그때에서야 비로소 경각심을 느끼게 될 것이다.

할위막사나 천중일기나 진기쯤은 자유자재로 활용할 수 있는 사람들이니 주화입마를 당한다거나 광자가 될 것으로 보이지는 않는다. 틀림없이 이들은 이겨낼 것이다.

"고이얀……."

그의 입에서 다시 저미한 음성이 흘러나왔다.

연공실에 있던 비서가 어떻게 흘러나왔을까?

사일도!

안타깝게도 비서를 꺼내와 이들에게 내준 사람은 손자다.

사건 발단의 순서는 이렇다.

손자가 비서를 꺼내와 두 사람에게 건네주었다.

의살에 관심이 깊던 두 사람은 여지없이 말려들었고, 그때 마침 계야부가 죽었다.

의살을 시험할 수 있는 최적의 요건이 구비된 것이다.

한데 계야부의 죽음 역시 의도된 것이었다. 그리고 약속이라도 한 듯 계야부가 죽음과 직면했을 때 때맞춰서 두 사람이 동정호의 비궁을 방문했다.

이것은 결코 우연이 아니다.

손자는 자신이 의살이라면 자다가도 벌떡 일어난다는 사실을 알고 있다. 계야부가 의살을 일으키고, 동정호의 오대고수가 의살을 쫓고 있다면 당연히 신경 쓰지 않을 수 없다.

이 모든 일이 한 치의 오차도 없이 진행되어야 했으니, 동나의 머리도 쥐깨나 났을 게다.

손자가 생각한 대로 그는 계야부에게 묶였다.

계야부의 의살이 가짜가 아닌 진짜라는 사실을 확인한 후에는 더 묶일 수밖에 없었다.

의살을 본 사람이라면 무총 같은 것은 눈에 차지 않는다.

중원을 호령한다? 그런 건 의살을 터득한 순간에 끝난다. 이 사람, 저 사람 죽이면서 발버둥 칠 필요도 없다. 의살을 지닌 자, 마음먹어서 하지 못하는 것이 없으리라.

온 신경이 계야부에게 집중될 수밖에 없다.

그 잠깐의 틈…… 계야부에게 잠시 신경을 돌린 아주 잠깐의 틈을 이용해서 손자는 손녀의 무공을 갈취했다. 그리고 무총에 정식으로 칼을 겨눴다.

그까짓 것, 신경 쓰지 않는다.

많은 사람이 죽을 터이고, 약간은 성공한 듯 보이겠지만 모두 기습의 효과일 뿐이다.

무총이 정신을 수습하고 반격을 시작하면 상황은 곧 종료된다. 손자가 소허태기를 십이성으로 수련하지 않는 한, 반란은 한낱 투정이 되고 만다.

한데 빙화가 나타났다.

이 점은 그도 생각하지 못했던 부분이다.

사일도가 빙화를 이용하든, 빙화가 사일도를 이용하든…… 빙령초혼마공과 소허태기가 만나면 아주 위험하다.

이곳의 일을 빨리 마무리 짓고 북방 일을 처리해야 한다. 그리고 지금도 중원 어디에선가 꾸준히 의살을 발전시키고 있을 계야부를 찾는다.

오대고수는 의살에 패했다. 그래서 의살의 강함을 안다.

자신 역시 의살에 패했다. 오대고수처럼 나가떨어지지는 않았지만 소허태기가 통하지 않았으니 패한 것이나 다름없다. 만약 그때 그가 한 수만 더 전개했다면 자신은 무너졌다.

패했음을 인정한다. 그래서 더욱더 의살을 꺾고 싶다.

그전에 계야부의 의살이 어느 정도인지 확인해야 한다. 십전지투를 이겨낼 정도가 아니면 자신과 손속을 맞댈 자격이 없다. 모든 심마를 다 견뎌낸 후에야 비로소 의살은 숙성될 터이고, 그 정도는 되어야 소허태기를 감당한다.

봐줄 생각은 없다.

연차가 한참 벌어지지만 그도 초극강의 고수요, 자신도 초극강의 고수다.

누가 누구를 염려해 줄 처지가 아니다.

손속을 맞댈 경우, 양쪽 모두 최선을 다해야 한다. 당연히 목숨을 담보로 하는 싸움이 되리라.

"고이얀……."

그는 북방 어딘가에 있을 손자를 생각하며 저민 소리를 흘렸다.

2

느낌이 느낌을 부른다.

무총주의 살기는 호법을 서고 있던 할위막사에게 고스란히 전달되었다.

천중일기는 평온함이 극한으로 치닫고 있는 중이라 위험을 감지하지 못한다. 아마도 오대고수를 돌멩이 하나로 때려죽일 수 있는 유일한 기회가 지금인지도 모른다.

"험! 총주이시오?"

할위막사가 기다란 쌍수도를 꽉 움켜잡으며 말했다.

그들에게 이 정도의 위압감을 줄 수 있는 살기라면 오직 총주만이 발산할 수 있다.

살기로 무위를 점치는 것은 어렵지 않다.

"허허! 그렇네."

무총주는 숨지 않았다. 뒷짐을 지고 여유있게 걸어나왔다.

"오랜만입니다. 조금도 변치 않으셨군요."

"허허! 그런가? 자넨 늙은이의 마음을 헤아릴 줄 아는군. 나 정도 나이가 되면 건강해 보인다는 말이 제일 싫어. 그게 다 입에 침도 안 바르고 하는 거짓말이잖아."

"건강해 보이십니다."

"응? 허! 허허허허!"

할위막사와 무총주는 서로를 쳐다보면서 웃었다.

"이십 년 만인가?"

"이십육 년이죠."

"벌써 그리 되었나?"

"이제 말해봅시다. 우릴 동정호에 붙박아놓은 이유가 뭡니까?"

"허허허! 짐작하고 있지 않나."

"역시 천충."

"허허허!"

"일도를 위해서입니까, 약란이를 위한 겁니까?"

"보물에 임자가 어디 있는가. 운이 닿으면 임자인 게지."

"그런 식으로 말씀하시는군요. 후후후!"

할위막사는 입가를 비틀며 웃었다.

천충은 사약란의 차지가 되었다.

많은 사람이 동정호 비궁에서 천충의 효험을 봤지만 가장 크게 덕을 본 사람은 사약란이다.

천충 덕분에 그녀의 육신은 벌모세수(伐毛洗髓)했다.

계야부에게서 빙정을 흡수하고, 화화구중과 합일시켜 극강의 내공을 얻었다고 하지만 천충의 도움이 없었다면 그토록 강해질 수는 없었다.

동정호 비궁에서 나올 때, 그녀는 오대고수와 버금가는 경지를 이루었다.

한데 그런 그녀가 너무도 간단하게 자신의 모든 것을 사일도에게 빼앗겼다.

연공실에서 어쩔 수 없이 넘겨줄 수밖에 없었다지만 기껏 사약란을 위해 천충도 준비하고, 오대고수로 하여금 지키게까지 한 무총주의 입장에서는 너무도 허망한 결과다.

그런데 무총주는 태연하다.

사일도가 가진들 어떠냐는 태도다.

여기서 헷갈린다. 애초에 모든 것이 사약란을 위해 준비한 게 아니라 사일도를 위한 건 아니었을까?

여러 정황으로 미루어 그런 것 같다. 아니, 막 그런 생각을 굳히던 참인데…… 예상외의 결과가 벌어졌다.

무총주가 사일도의 손발을 잘라냈다.

반란을 묵인한 것이 아니라 철저하게 궤멸시킨다. 사일도의 수하라는 자들은 누구를 막론하고 처단한다.

반면에 사약란을 위해서는 암암리에 무혼까지 배치하는 세심함을 보였다.

이게 도대체…… 그럼 정말로 모든 게 사약란을 위한 것이었나? 사일도가 정말로 갈취한 것인가? 무총주가 무심함을 보인 것은, 이미 벌어진 일이기에 체념한 것인가.

무총주의 속내를 알 수가 없다.

그래서 한 번 물어보았다. 속을 보일 리 없다고 생각하면서도 혹여 하는 심정으로 물었다.

역시 돌아오는 대답은 똑같다.

휘익!

할위막사는 쌍수도를 힘껏 휘둘러 봤다.

옛 기억이 떠오른다.

사람들은 오대고수를 무총주 아래에 놓는다.

말로는 딱 반 초 차이라고 하면서 비등하게 생각한 적이 없다. 반 초 차이이기는 하지만 하수(下手) 쪽에 갖다 붙인다.

그 말이 맞을지도 모른다.

오대고수가 무총주에게 패한 것은 분명한 사실이다.

세간에서 떠드는 것처럼 반 초 승부는 아니다. 소허태기를 뚫지 못하고 풀썩 무릎을 꿇었다.

반 초 차이든, 십 초 차이든, 백 초 차이든…… 완전한 패배
다.

무총주가 물어왔다.

"싸울 생각인가?

"그래 볼까 합니다."

"어디서부터 막는가? 대추혈(大椎穴)인가, 아문혈(瘂門穴)인
가?"

'훗!'

할위막사는 속으로 깜짝 놀랐다. 하나 놀란 마음을 드러낼
만큼 풋내기는 아니다.

그는 여전히 태연함을 가장한 채 말했다.

"말을 분명히 하시지요. 무슨 말인지 모르겠습니다."

"어디서부터 틀어막느냐는 말일세. 천돌혈(天突穴)인가, 선
기혈(璇璣穴)인가?"

"……"

할위막사는 꿀 먹은 벙어리가 되었다.

무총주가 거론한 대추혈과 선기혈은 목 아래 부분에 있는
경혈이다. 반면에 아문혈과 천돌혈은 목에 있거나 목 위에 있
다.

독맥이냐, 임맥이냐를 따지는 것이 아니다.

목 윗부분을 차단하느냐, 목 아랫부분에서 빙 둘러가며 넓
게 차단하느냐를 묻고 있다.

무총주는 자신이 무엇을 하는지 알고 있다.

쒜엑!

그는 대답 대신 쌍수도를 힘껏 휘둘렀다.

문답무용(問答無用), 어차피 겨뤄야 한다면 빨리 합시다.

그러나 무총주는 그에게서 시선을 거두고 천중일기가 운공하고 있는 곳, 삼십여 장 떨어진 숲 속을 쳐다봤다.

“허허허! 혼탁함을 가라앉힌다고 맑은 물이 되더냐. 허허허! 잔 속에 들어 있는 불순물이 흙이라고 누가 그러던고. 독(毒)이면 어찌할 텐가. 천 년이 지나고 만 년이 지나도 풀어지지 않는 독이라고 해도 가라앉힐 수 있겠는가.”

독을 탄 물은 투명하나 사람을 죽인다.

투명한 마음이라고 다 의살을 볼 수 있는 건 아니다.

이 차이…… 정말 백지 한 장 차이를 극복하지 못하고 실패로 분류해야 했던 심정은 말로 다 하지 못한다. 조금만 더 하면 될 것 같고, 지금 놓아버리면 기회를 영영 날리는 것 같고…… 안타까움, 절망, 망설임 등등 온갖 감정이 회오리친다.

그렇게 놓았던 것을 두 사람이 수련하고 있다.

이들도 의살에 대해서 깊이 연구한 사람들이다.

이런 방법, 저런 방법 온갖 방법들을 떠올렸다가 지웠을 게다.

의살을 사일도에게 건네받았을 때도 자신들의 지식을 바탕으로 십분 점검했을 터이다.

‘이거면 되겠어!’

그런 생각이 들지 않았을 리 없다.

몇 번을 말해도 부족함이 없지만 그가 놓아버린 것들은 의살과 정말 종이 한 장 차이다.

아무리 의살에 대해서 잘 아는 사람일지라도 직접 수련해 보지 않는 한은 진위를 분간하기 힘들다.

무총주는 두 사람의 맥(脈)을 건드렸다.

할위막사도 바보는 아니다.

"총주, 설명이 필요할 것 같소이다."

"쯧! 이게 무슨 추태인가. 그쯤 늙었으면 사리 분별 정도는 해야 할 것 아닌가? 어린놈에게 희롱이나 당하고…… 아직도 설명이 더 필요한가?"

"됐소이다."

할위막사가 쓴웃음을 흘렸다.

"그거 쓸 건가?"

무총주가 쌍수도를 가리키며 말했다.

이쯤으로 의살에 대한 문제를 해결한다. 이들이 의살을 수련한 끝에 광자가 되면 아주 큰 문제가 되지만, 여기서 수련을 중단하면 아무 일도 없었던 것이 된다.

이제 북방으로 가서 손자 일을 마무리한다.

중원을 평안케 한 후, 계야부와의 일도 마무리한다.

'다 잘된 거야.'

무총주는 몸을 돌리려고 했다. 한데 할위막사가 전혀 예상치 못했던 뜻밖의 말을 했다.

“이미 꺼냈으니 썩은 무라도 베어봐야 할 것 아닙니까. 안 그래요? 우리 사이에 묵은 은원도 있고……. 한 번쯤은 다시 부딪칠 날이 올 것이라고 생각했는데, 이렇게 오는군요.”

“지금 뭐라고 했지?”

“이 칼을 쓴다고 했습니다. 이제는 확실하게 들으셨는지요.”

“뭐라!”

“뜻밖이십니까?”

“내 눈에 띄지 않는다는 조건으로 이번 일도 넘어가려고 했건만…… 쯧! 삶이 고달팠는가?”

“하하하! 소허태기가 무적인 것처럼 말씀하십니다.”

“뭐라도 새로 수련했는가? 그래야 할 게야, 그렇지 않으면 상당히 곤란해질 테니.”

“만두 좀 드시겠습니까?”

무총주의 눈가에서 번쩍 번갯불이 튀었다.

할위막사가 만두를 빚어준다는 것은 살심을 품었다는 뜻이다.

물론 하수가 상수에게 죽이겠다고 엄포하는 것처럼 웃기는 일은 없다. 하지만 자신만큼 강한 상대가 근 삼십여 년 동안 절치부심했다면 무엇인가 한 조각 죽음의 편린은 들고 있을 게다.

그게 무섭거나 두렵다는 건 아니다.

할위막사가 만두를 거론했으니 목숨을 걸고 싸워야 하는 문제로 발전했다.

할위막사가 왜 이런 모험을 하지? 그토록 자신있나?

"할위막사, 만용은 종종……."

"만용이 아니고 주제를 모르는 것도 아니고…… 후후!"

횡! 횡!

쌍수도가 거칠게 공기를 갈랐다. 그때,

"쯧! 이러고 싶지는 않았는데, 어쩌다가 이리되었누. 오랜만입니다, 총주."

천중일기가 운공을 끝내고 다가왔다.

"허허허! 어쩐지 다소 광오하게 느껴지더라니. 합공을 생각했는가? 오대고수 중 두 명의 합공이라. 흠! 그래, 이제 좀 괜찮은 승부가 되겠어. 허허허!"

무총주가 뒷짐을 풀었다.

"막을 텐가?"

동정목부가 십도구패를 쳐다보며 말했다.

"후후! 사전에 교감이라도 되어 있었던 모양이군. 그럼 이건 뭔가? 수련이 실패해서 광자가 되면 죽이긴 했을 건가?"

"그건 믿게. 다만…… 총주가 나타나지 않기를 바랐네. 자네도 알다시피 우린 총주에게 한 수 뒤지네. 그 차이를 극복하려고 삼십여 년을 보냈지만 여전히 그래. 무총주를 원망하는건 아니네. 무인으로 태어나서 무총주만 한 적수를 찾기도 쉽지 않지. 하지만 그렇기에 무총주 같은 강자를 한 번은 꺾어봐야 되는 게 아닌가."

"합공으로 말인가?"

"뭘 해서라도."

"후후! 가게. 가긴 가는데…… 앞으로는 그런 말 하지 말게. 귀가 간지럽구먼."

"내 말이 거슬리는가?"

"딱 부러지게 말하게. 무림을 한번 요리해 보고 싶다고. 사람이란 욕망을 벗어날 수 없으니 차라리 그런 말을 하면 고개라도 끄덕여 주겠는데……."

"무인 흉내는 내지 마라?"

"괜히 초강자를 이겨보고 싶다느니, 무인이 어쩌니 하는 말은 솔직히 거슬리는구먼."

"후후! 그러지. 조심함세."

십도구패는 미간을 찌푸렸다.

동정목부는 그런 십도구패를 빤히 쳐다보다가 몸을 일으켰다.

"자네까지? 허허! 십도구패만 나타나면 모두 보게 되나?"

"오랜만입니다. 십도구패는 오지 않을 겁니다."

"그래? 허허허!"

"십도구패가 그러더군요, 말을 솔직히 하라고. 그래서 솔직히 말하겠습니다. 총주, 총주를 눕히고 무림 한번 잘 다스려 보겠습니다. 총주가 이끌었을 때보다 훨씬 평화롭고 강하게, 그리고 활기차게 이끌어보죠."

"허허허!"

무총주는 웃었다.

동정목부의 말은 거짓이 아니다.

이들은 무림에 처음 나섰을 때도 이랬다. 무림을 지배하고 싶은 욕구가 누구보다도 강했다. 하기는 절정에 이른 무공을 지닌 자치고 야욕없는 사람은 없을 게다.

그런 사람들이 단 한 번의 패배 때문에 동정호에서 오랜 세월을 묶어 살았다.

그 세월 동안 이들은 자신의 무공을 면밀히 연구했다. 파해법을 찾아내고, 절대적인 자신이 들 때까지 기다렸다.

'허허! 그래, 기회를 한 번은 더 주어야지.'

한 번의 실수로 모든 걸 빼앗긴다면 얼마나 억울하랴.

기회를 한 번 더 준다.

안타까운 점은 이들이 합공을 선택했다는 점이다.

합공은 약자들의 상징이다. 힘이 없으니 같이 힘을 합한 것이다.

차라리 일대일의 승부를 걸어왔다면 일초반식의 승부였을 망정 아주 기쁜 마음으로 응해줬으리라. 하나 자존감을 버리고 합공을 취했으니…… 이들은 무림을 다스릴 자격을 상실했다. 자신은 이길 수 있을지 몰라도 무림을 다스릴 재목은 아니다.

"허허허! 허허허허!"

무총주는 웃기만 했다.

동정호에 다섯 고수가 살았네. 무림은 그들에게 동정호의 오대고수라는 별칭을 주었네. 그런데 누가 알았겠는가. 그들 다섯 명 중에 진짜 고수는 두 명뿐이었다네. 염라왕야는 단신으로 무총주를 상대했고, 십도구패는 합공을 거부했다네. 어허라. 이제 세 새앙쥐만 남았는가. 그들은 머리를 맞대고 쑥덕거렸다네. 무총주를 죽이자. 수단 방법을 가리지 말고 죽이기만 하자. 새앙쥐들은 즐겁게 노래를 부르며 무총주를 찾았다네.

무림은 오대고수를 추앙한다. 무총주에 미치지는 못하지만 진정한 초극강고수로 인정한다.

이제 그런 신화는 깨졌다.

오대고수가 합공을 선택하는 순간, 그들은 세상의 조롱거리로 전락했다.

이들도 그런 점을 안다. 그러면 이들은 왜 이토록 처참한 방법을 선택했을까?

합공을 하려고 했다면 옛날에 할 수 있었다.

오랜 세월이 흐른 후, 지금에 와서 합공을 취하는 까닭은 무엇일까? 세월이 너무 많이 흘러서 더 지체했다가는 무림을 조종해 볼 시간이 없다고 생각한 겐가?

아니다. 여기에는 숨어서 간계를 부린 자가 있다고 봐야 한다.

오대고수를 핍박할 수 있는 자는 세상에 없다.

꾸준한 설득!

역시 동나가 개입되어 있다.

그렇다. 이것이 손자의 마지막 안배다.

일시적이나마 할아버지를 의살로 묶어놓는다. 난을 일으킬 잠시의 시간이 필요한 게다. 그리고 오대고수로 하여금 할아버지를 척살케 한다.

하면 그다음은 어떻게 되는가? 어떤 수를 또 준비해 놓았는가? 자신을 죽이더라도 오대고수가 살아남는다면 그가 세상을 움켜쥘 가능성은 거의 없다.

그 대책은 무엇인가?

'그렇군. 악소화란 여식이 있었지. 약종계…… 안선 이교사…… 그놈은 이교사하고도 손잡았던 거군. 악소화를 곁에 두면 소허태기는 능히 십성 이상의 위력을 발휘할 것……. 오대고수를 각개격파하는 데는 무리가 없겠지.'

약종계라는 거대한 이익 집단의 명목상 수장은 악소화다.

그녀는 종남산 절곡에서 아주 뛰어난 기량을 발휘했다. 이 세상 어떤 사람도 선보인 바가 없는 특이한 능력을 구사했다.

그 능력은 능히 의살과도 견줄 수 있다.

다듬지 않은 능력이라서 아직은 거칠게 보이지만, 조금만 다듬으면 천하제일신녀가 될 가능성이 아주 농후하다.

사약란은 정세를 읽는 눈이 탁월하다.

약간의 징후만으로도, 쉽게 간과해 버릴 조그만 사건으로도 세상이 어떻게 돌아가는지 판단해 낸다.

그녀는 세상을 다스리는 지도자가 될 자격이 있다.

악소화는 찰나의 변(變)에 능하다.

일견(一見)만으로 장단점을 파악해 낼 수 있다는 것은 대단한 능력이다.

무공을 보면 파해법이 즉시 튀어나온다. 하니, 소수의 무인만으로 도저히 상대가 되지 않을 것 같던 마인들을 막아낼 수 있었던 게다. 아니, 쳐부수기까지 했다.

종남산에서 마인들은 지리멸렬했다.

그녀는 아주 날카로운 창이다.

그녀가 창날을 세상에 겨눈다면, 그리고 그 옆에 사일도가 있다면…… 충분히 승산이 있다.

사일도가 세상을 지배할 만한 힘을 구비하려면 그녀를 얻어야 한다.

오랜 세월 동안 숨어 살면서 소허태기를 극성으로 수련해 내거나, 아니면 그녀를 얻거나.

그런데 제삼의 방법이 나타났다.

빙화가 등장했다.

빙화를 이용하면 소허태기는 단번에 십이성에 이른다. 남의 힘을 빌린 십이성이 아니라 본인 스스로 아무 거리낌 없이 십성의 소허태기를 사용할 수 있다.

그런 후에 악소화를 곁에 둔다면 그 위력은 한결 달라질 게다.

손자에게도 방법은 있었다.

'허허허! 그랬는가. 그리 약은 수를 썼는가? 하면…… 악소화에게도 모종의 수단을 부려놨을 터. 허허허! 하지만…….'

총주는 고개를 살래살래 흔들었다.

손자는 잘못 생각한 게 있다.

의살이라는 무공을 너무 가볍게 보는 결정적인 실수를 저질렀다.

의살은 만인 위에 선다.

세상에 존재하는 그 어떤 무공도 의살을 능가할 수는 없다.

인간의 무공과 신의 무공이 만났을 때 결과가 어찌 되는가는 말하지 않아도 안다.

그래서 자신도 의살을 꺾어보고자 이리 애쓰는 것인데…….

계야부가 곁에 있는 한 악소화에게 부린 수단은 모두 무용지물이 되고 만다.

그리될 게다. 그게 의살이니까.

자! 그럼 이제 현실적으로 오대고수와의 승패는 어떻게 갈릴까?

오대고수 중의 세 명이 합공을 펼친다.

역사이래 전대미문의 대공격이다. 한 시대를 지탱하고 있는 하늘 셋이 한 사람을 상대로 손을 쓰겠다고 나선 적은 없었다. 정말로 자존심이 허락지 않는 일이다.

그러니만치 승산은 오대고수 쪽으로 기운다.

무총주는 신이 아닌 인간이다. 인간인 이상 반드시 한계가 드러날 것이다. 소허태기가 천하제일신공이라고 해도 진기를 사용하는 한 언젠가는 바닥을 드러낼 게다.

오대고수는 그때까지 버틸 수 있는 저력이 있다.

좋지 않다. 아주 좋지 않다.

"허허허! 어디 오늘 신나게 놀아보세."

무총주가 양손을 활짝 벌렸다.

3

쒜에엑! 쒜엑!

동정목부가 대부를 갈라왔다. 그와 동시에 할위막사도 쌍수도를 쳐왔다.

팟!

눈앞에서 무엇인가 번뜩인다.

번갯불처럼 순식간에 나타났다 사라지는 그림자 속에 무한한 살기가 뿜어진다.

"허!"

무총주는 찬탄을 토해내며 뒤로 주르륵 물러났다.

쒜엑! 쒜에엑!

대부와 쌍수도가 곧바로 뒤따라온다.

동정목부나 할위막사의 공격에는 군더더기가 일절 없다. 초식이 물 흐르듯 유연하다.

동정목부의 대부는 패력(霸力)을 주(主)로 삼는다. 할위막사의 쌍수도 역시 패(霸)를 우선으로 여긴다. 신법이 탁월한 자라도 감히 들어설 엄두를 내지 못할 만큼 살기가 회오리친다.

이러한 공격은 으레 투박하다.

강함과 정교함은 함께 갈 수 없다. 아니, 함께 가기 어렵다. 강함에 정교함까지 구비한다는 것은 강(剛)과 환(幻)이 하나로 합쳐졌다는 의미가 된다.

물 흐르듯 유연하다는 말이 곧 그렇다. 강과 환이 하나로 합일되었으며, 쾌(快)와 완(緩)이 적절하게 배치되었다.

이러한 공격은 너무 완벽해서 아름답기까지 하다.

"후웃!"

무총주는 또다시 주르륵 밀려났다. 그때,

촤라라라락!

동정목부와 할위막사의 공격권을 빠져나오기 무섭게 하늘에서 무수한 꽃비가 떨어졌다.

천중일기의 바둑돌!

드디어 천중일기도 공격에 가세했다. 그가 하늘로 던진 바둑돌들은 하얀 점, 검은 점이 되어 분분히 흩날린다.

살아서 움직이는 생명체다. 영석(靈石)이다!

겉보기에는 한없이 연약해 보인다. 굳이 내공을 싣지 않아도 손바닥에 굳은살만 단단하게 박혀 있으면 쉽게 떨궈낼 수 있을 것처럼 보인다.

날아오는 속도도 관심을 끌지 못한다.

바둑돌은 느리지도, 빠르지도 않다.

보통 사람들에게는 빠르게 보이겠지만 화살이 나는 속도에

비하면 약간 못 미친다.

그 정도라면 쉽게 피할 수 있지 않은가.

강전(鋼箭)을 사용해도 모자랄 판에 그보다도 못한다면 하나마나한 공격이지 않은가.

무총주 정도 되는 무인에게 사용할 공격이 아니다.

공격을 전개한 사람이 천중일기만 아니라면 그 누구든 가볍게 손을 휘저어 떨궈냈을 것이다.

"허허! 난비파세(亂飛破世)! 천중일기, 수법이 더욱 고명해졌군."

무총주는 일말의 망설임도 없이 쭈욱 물러섰다.

타타타타탁!

허공에서 떨어진 바둑돌 십여 개가 사방을 강타했다.

땅바닥, 거석, 나무…… 떨어지다가 부딪치는 것이 있으면 모조리 파괴해 버렸다.

돌가루가 분분히 피어올랐다. 땅이 파이며 흙먼지도 솟구쳤다. 거목이 꿰뚫리면서 부스러기를 쏟아냈다.

온갖 파편이 반경 오 장 안을 휩쓸었다.

"아무렴 가만히 있었으려고요. 명색이 오대고수인데 이 정도 수련은 해야 되지 않겠소."

천중일기가 바둑판을 끌어내리며 말했다.

"허허! 자네들, 날 너무 핍박한다고 생각하지 않나?"

"총주, 이건 단순한 비무가 아니라 목숨을 건 결투인데 뭔가 착각을 하신 것 같군요. 이제라도 마음을 독하게 잡수시지요."

할위막사가 무심한 표정으로 쌍수도를 들어 올렸다.

동정목부와 할위막사의 공격은 성공적이었다. 천중일기의 무공도 적절하게 배합되었다.

처음 맞춰본 손발이지만 상승경지에 있는 사람들이기에 공격에서 드러나는 허점을 잘 막아주었다.

아주 절묘한 합공이다.

마치 오래전부터 손발을 맞춰온 듯한 인상까지 풍기지만 오늘 이 자리에서, 그것도 무공을 펼치는 과정 속에서 즉석으로 손발을 맞춘 것만은 틀림없다.

합공은 성공적이다.

무총주는 연신 세 걸음이나 물러섰다.

지금껏 무림에 적을 둔 사람으로서 무총주를 이토록 핍박한 무인은 없었다.

하지만 방심은 하지 않는다. 합공이 성공적이라고 해서 무총주를 제거한 것은 아니다. 그는 아직도 건재하며, 소허태기는 모습조차 비치지 않았다.

고오오오오!

공기가 울부짖기 시작했다.

흔들, 흔들, 흔들…… 공기가 움직이면서 바람이 생성된다.

무총주의 양손이 금방이라도 붉은 물감을 뚝뚝 흘릴 것처럼 발갛게 달아올랐다.

'소허태기!'

세 고수는 바짝 긴장했다.

무총주의 손이 위로 쳐들렸다. 그리고 허공에다 대고 손뼉을 힘껏 쳤다.

퍼엉!

압축된 공기가 터져 나오는 듯 굉음이 일어났다. 순간,

"창에는 방패!"

천중일기가 앞으로 쑥 나서며 바둑판을 힘껏 내밀었다.

퍼엉! 퍼엉! 펑! 펑! 펑!

무총주는 장심으로 바둑판을 연신 가격했고, 그럴 때마다 천중일기의 몸은 막중한 압력을 받아 찌부러져 갔다.

무총주의 압도적인 우세다.

순간, 어느새 다가온 쌍수도가 무총주의 허리를 베었다. 그와 동시에 위에서 떨어져 내린 대부는 정수리를 찍었다.

쒜엑! 펑! 펑!

우수를 위로 올려 대부를 쳐냈다. 좌수는 옆으로 돌려 쌍수도의 도신(刀身)을 두들겼다. 그때!

쒜에에엑!

코앞, 전면에서 검고 하얀 바둑돌이 불쑥 떠올랐다.

무총주의 양손이 두 병기를 가격하는 순간, 바둑돌은 그 어느 때보다도 빠르게 날아와 가슴 한복판을 두들겼다.

퍽! 퍽!

무총주의 가슴에서 선혈이 솟구쳤다.

소허태기로 구성된 호신기공은 쇠로 만든 갑옷 두 벌을 껴입은 것 같은 효능을 발휘한다.

그의 내력이 분산되지 않았다면 호신갑을 뚫는다는 건 어림
도 없는 일이다.

이 순간, 그의 내력은 분산되었다.

할위막사와 동정목부의 공격을 설렁설렁 막을 수는 없다.
전력을 다해야 하고, 그러자니 바둑돌이 날아오는 것을 보면
서도 육신으로 받아내는 수밖에 없었다.

“비켯!”

위잉!

양손이 더욱 붉게 물들었다. 핏물이 뚝뚝 떨어질 것처럼 새
빨갛다. 손에서 뿜어져 나오는 뜨거운 열기 때문에 용광로 곁
에 서 있는 느낌이 든다.

팟! 쉬잇!

할위막사와 동정목부는 즉시 물러섰다. 천중일기도 바둑판
을 방패 삼아 훌쩍 물러섰다.

“일관투석(一貫投石)…… 확실히 좋아졌어.”

무총주가 혈을 눌러 지혈을 시키며 중얼거렸다.

바둑돌은 가슴을 뚫고 안으로 파고들었다. 검은 돌은 심장
을, 흰 돌은 폐를 노렸다.

몸을 낮춰 가슴뼈로 받아내지 않았다면 지금쯤 영혼이 육신
을 떠나고 있을 것이다.

요행히 목숨을 건지기는 했다. 하지만 상태가 가벼운 것은
아니다. 목숨 대신 가슴뼈가 두 대나 부러졌다.

“됐군.”

할위막사가 말했다.

그들의 합공은 통했다. 무총주는 세 사람을 막아내지 못한다. 저금까지 손속을 부딪쳐 본 바에 의하면 두 사람까지는 어떻게든 상대할 수 있을 것 같다. 하나 세 명은 무리다.

무총주는 오늘 죽는다. 죽일 수 있다는 자신을 얻었다.

"응창혈(膺窓穴)이 뚫렸으니 진기를 움직이기도 곤란할 터……. 이 정도면 소허태기를 삼 푼쯤 깎아냈다고 봐야 하나?"

천중일기가 무총주의 가슴을 쳐다보며 말했다.

그렇다. 무총주는 그냥 가슴이 뚫린 게 아니다. 양쪽 응창혈이 무너졌다.

응창혈이 무엇인가? 가슴의 기(氣)가 통하는 창(窓)이라고 해서 응창혈이라는 이름이 붙은 게 아닌가.

이제 무총주는 급속하게 단기(短氣)할 것이다. 가슴에 숨이 차고 기운이 떨어지며, 성정 또한 너그럽지 못하고 조급하거나 폭급해질 것이다.

싸움은 끝났다.

한 수 차이로 승패를 좌우하는 사람들의 입장에서 이만한 상처를 입었다는 건 싸움이 끝났다는 뜻으로 통한다.

"많이들 노력했어. 허허허! 노력들 많이 했어, 많이. 허허허! 그만큼 가슴에 한이 쌓였다는 뜻이겠지."

무총주가 웃음을 흘리며 양손에 소허태기를 운집시켰다.

고오오오오!

기류가 출렁거린다.

무총주 역시 자신의 상태를 알고 있다. 싸움이 장기전으로 흐르면 패할 사람은 자신임을 안다. 그래서 속전속결(速戰速決), 신속하게 끝내려고 한다.

우르르릉……!

손을 들어 올리지도 않았는데 우렛소리가 울린다. 장삼이 강풍에 맞은 듯 펄럭이고, 위압적인 풍채는 더욱 크게 부풀어 올라 사천왕이라도 된 듯하다.

스읏!

역시 천중일기가 한 발 앞으로 나섰다.

무총주의 첫 번째 공격은 가장 강막(剛膜)이 뛰어난 천중일기가 맡는다.

그의 난포천공(暖飽天功)은 세상에 존재하는 모든 병장기를 막아낼 수 있을 만큼 강하다. 무적불패를 자랑하다가 무총주를 만나서 단 한 번 파해된 적이 있다. 하나 그 후로도 난포천공은 여전히 무적으로 군림했다.

지난 삼십여 년간 소허태기를 받아낼 수 있는 방법만 연구했다.

자신이 패했던 광경을 떠올리며, 똑같은 패배를 당하지 않으려고 절치부심했다.

동정호 비궁을 지켜라? 무인도나 다름없는 섬을 지키며 평생을 살아라?

무총주는 부탁을 해왔지만, 그에게 패한 사람들은 협박으로 받아들일 수밖에 없었다.

제안을 받아들이지 않으면 동정호 비궁에 담긴 비밀을 지키기 위해서 손을 쓸 것이다. 흔히 하는 말로 살인멸구(殺人滅口)라고 하나? 죽여서 입을 봉할 것이다. 그리고 무총주는 그럴 만한 능력이 있음을 선보였다.

자, 이쯤 되면 협박이지 않나.

오대고수는 순순히 받아들였다.

제안을 받아들일 당시에는 제안의 유효 기간이 삼십여 년이나 흐를 줄은 생각도 못했지만…… 어쨌든 소허태기를 상대할 만한 절공이 필요했고, 그러려면 차분히 수련할 장소가 필요했다.

동정호 비궁은 무총주에게만 중요한 장소가 아니다. 오대고수에게도 아주 중요한 장소다.

오대고수는 비궁 최고 중심에 천충이 있음을 알았다.

자신들을 벌모세수해 주고, 내공을 무한대로 늘려줄 천하이물이 무궁무진하게 존재한다.

오대고수가 어찌했을 것 같은가?

삼십여 년의 세월…… 헛되이 보낸 게 아니다.

쒜에엑!

온 세상을 발갛게 물들인 장공(掌功)이 불쑥 피어올랐다.

"차앗!"

천중일기도 혼신의 힘을 기울여 난포천공을 펼쳤다.

무총주는 이번 일격에 전신 내공을 모두 쏟아부었다. 그런

만큼 티끌만 한 방심도 용납되지 않는다.

쒜엑! 쒜에에엑!

할위막사와 동정목부가 좌우로 뛰쳐나갔다.

한 사람은 정면에서 막아주고, 두 사람은 좌우에서 협공한다.

가장 간단한 협공 방식이다.

무총주에게는 두 가지 중 하나를 선택할 수 있다.

물러선다. 그렇지 않으면 천중일기를 일격에 격파한 후 좌우 협공을 막아낸다.

물러서는 건 해봤다.

두 번째 방법도 써봤다. 천중일기를 일격에 격파하려고 했지만 하지 못했다. 그를 살려둔 채 좌우 협공을 막아내야만 했다. 그 결과 양쪽 응창혈이 뚫렸다.

이번에도 똑같은 방식으로 공격해 오고 대응한다.

소허태기의 파괴력으로 천중일기를 즉사시킬 수 있느냐 없느냐가 관건이 될 것이다. 아니다. 즉사시킬 수 있더라도 여분의 진기가 남아 있어야 한다. 그래야 좌우 협공을 막아낸다.

우르르릉! 쫘앙! 콰앙!

"크윽!"

작렬하는 소허태기를 바둑판으로 막아냈지만 전신으로 밀려오는 충격은 엄청났다.

천중일기는 황소 수십 마리에게 들이받히는 충격을 느꼈다.

입에서는 자신도 모르고 신음이 새어나왔다. 목에서는 뜨뜻

미지근한 핏물까지 솟구친다.

상당히 중한 내상을 입었다.

이대로 물러난다고 해도 향후 사오 년간은 몸조리를 해야 한다.

쒜엑! 우르르릉!

천중일기에게서 물러난 소허태기가 좌우로 들이쳤다.

그 순간, 천중일기는 사력을 다해서 바둑돌을 날렸다.

무총주가 최선을 다한 만큼 그도 최선을 다했다. 젖 먹던 힘까지 쥐어짜 내서 한 주먹에 열여덟 알, 십팔투석난혈화(十八投石亂血花)를 전개했다.

쒜에에엑!

열여덟 개의 바둑돌이 허공을 쏘아갔다.

한데! 그곳에, 있어야 할 곳에 무총주가 없다!

무총주는 어느새 좌우 협공을 막아내고 허공으로 신형을 날렸다.

천중일기가 날린 바둑돌은 무총주의 발밑을 스쳐 지나갔다.

회심의 일격, 삼십여 년의 고련(苦練)이 이토록 허무하게 허공을 들이쳤다.

아무래도 소허태기에게 당한 충격이 컸다.

내상을 심하게 입었는데, 몸 상태가 아주 정상일 때 전개하던 수법을 고스란히 전개했으니 위력이 떨어진 것 같다. 그렇지 않았다면 발밑이 아니라 정강이라도 들이쳤을 터인데.

그 순간, 허공에서 뚝 떨어진 노을이 그의 미간에 붉은 장인을 새겨놓았다.

천중일기는 두 눈을 부릅뜬 채…… 어처구니없게도 소허태기를 머리로 받아낼 생각을 했다. 그래서 이미 늦었다는 것을 아는 순간 급작스럽게 머리에 진기를 집중시켰다.

물론 정말 터무니없는 짓이다.

빠악!

단단한 머리뼈가 산산조각 났다.

그 순간, 할위막사의 쌍수도는 무총주의 등을 가로 그었다.

무총주가 십팔투석난혈화를 피하기 위해 허공으로 솟구칠 때, 그도 같이 따라서 솟구쳤다. 무총주가 천중일기를 가격할 때, 그도 쌍수도를 그어 내렸다.

그만한 빠름은 있다.

쒜엑! 그으으웃!

쌍수도에 육신이 걸렸다.

손끝에 기분 좋은 파육(破肉)의 느낌이 전해진다.

동정목부 역시 손 놓고 있지 않았다.

'응?

첫 일격이 무산되는 순간 느낀 감정이다.

대부로 전달되는 소허태기가 생각만큼 강렬하지 않다. 대부를 쳐낼 정도는 되지만 타격을 줄 정도는 아니다. 다시 말해서 밀어낼 목적으로 쳐낸 것이다.

'목표를 정했다!'

순간적인 판단이지만, 그 판단이 옳았다. 그리고 그 목표는 자신이 아니다. 소허태기가 첫 번째 상대로 자신을 겨눴다면 이보다는 훨씬 강한 압박이 몰아쳤을 게다.

셋 중에서 가장 쩔쩔매는 사람은?

'천중일기!'

무총주는 방패부터 치워 버릴 생각이다.

동정목부는 마음 놓고 수라혈부(修羅血斧)를 휘둘렀다.

'삼초천살! 일 초! 이 초! 삼 초!'

쒜엑! 쒜에엑! 쒜에에에엑!

일 초로 허벅지를 찍고, 이 초로 옆구리를 가격하고, 삼 초로 머리를 친다!

그 순간, 천중일기의 머리가 두부처럼 으스러졌다. 하나 그 덕분에 동정목부의 삼 초는 아무런 방해도 없이 무총주의 전신을 두들길 수 있었다.

퍼억!

대부가 허벅지에 깊숙이 틀어박혔다.

일격 성공!

동정목부는 급히 대부를 빼냈다.

일 초에 이은 이 초, 허벅지보다는 옆구리를 가격해야 한다. 지금 즉시 옆구리를 치고 연이어 머리까지 친다.

삼 초면 하늘도 죽인다는 빠름이 대부로 전달되었다. 한데!

턱!

허벅지에 틀어박힌 대부가 뽑히지 않는다.

천중일기의 머리를 으스러뜨린 붉은 손이 도끼날을 잡고 있

다. 핏물이 뚝뚝 떨어지는 허벅지를 방관한 채 동정목부만 쳐
다본다.

"훗!"

동정목부는 급히 도끼를 놓고 물러섰다.

잠시 정적이 흘렀다.

이미 저승사자의 몫이 되어버린 천중일기는 마지막 체온마
저 흩뜨리고 있었다.

그는 제 몫을 다했다.

무총주의 전신은 피로 낭자했다.

일도일부가 격증했다. 등이 갈라지고 허벅지에는 아직도 묵
직한 대부가 틀어박혀 있다.

"후후후! 총주, 총주도 인간이었구려."

할위막사가 쌍수도를 들어 올렸다.

그의 쌍수도는 괴력의 사내라도 두 손으로 잡고 휘둘러야
할 만큼 묵직하고 크다.

할위막사는 그런 칼을 한 손으로 휘두른다.

"이거 참…… 무인이 병기를 놓쳤으니…… 체면상 돌려달
라고 할 수도 없고."

동정목부가 허리춤에서 소부(小斧) 두 자루를 꺼내 좌우로
나눠 쥐었다.

그들 눈에는 무총주가 쓰러지기 직전의 종이호랑이처럼 비
쳤다. 아니, 이미 절반은 죽은 시신이다. 그때,

"쿨룩!"

어디선가 거센 기침 소리가 울렸다.

'대공!'

무림에서 이토록 급박하게 기침을 토하는 자, 안선 대공이다!

할위막사와 동정목부는 기침 소리가 들려온 곳으로 눈길을 돌렸다.

안선 대공!

병자가 다 된 그는 걸음을 걷는 것조차 힘들어 보인다.

한 걸음 걷고 기침 한 번, 두 걸음 걷고 기침 두 번…….

"쿨룩! 쿨룩!"

왜 하필 이때 안선 대공이 나타났는가. 어떤 목적으로 왔는가. 도움을 주려고? 아니면 방해하려고?

할위막사와 동정목부는 서로 마주 봤다.

第百六十章
북방(北方)의 한(恨)

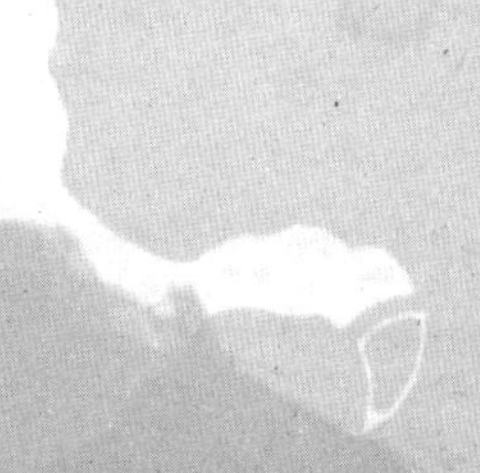
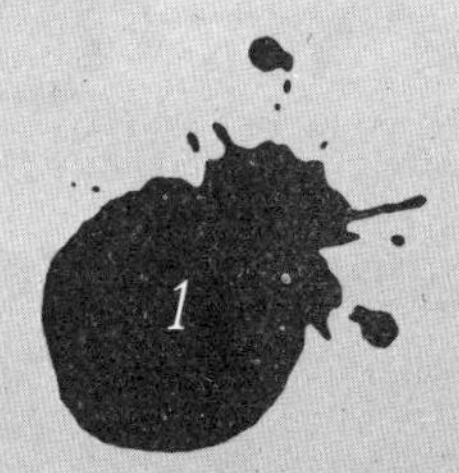

“쿨룩!”

“허허! 때맞춰 잘 왔군.”

“조금 더 용을 쓸 수 있겠나? 쿨룩!”

무총주의 상처는 깊다.

할위막사의 일도에는 온 정성이 깃들어 있다. 삼초천살 동정목부의 대도에도 하늘을 가를 만한 거력이 깃들어 있다.

막강한 내력으로 꿋꿋이 버티고 있지만 무총주는 더 이상 싸울 만한 입장이 아니다.

굳이 싸우고자 한다면 한두 수 정도 더 쓸 수는 있을 게다.

그러나 상대는 초극강고수다. 할위막사, 동정목부, 대공은 상처 하나 없이 깨끗한 몸……. 승산이 전무하다.

"허허! 아직 발톱은 건재하다네."

무총주가 발갛게 달아오른 손을 들어 보였다.

"쿨룩! 그런가. 그럼 한 명만 맡게. 다른 쪽은 내가 맡지."

"……!"

대공의 말에 세 사람이 모두 놀랐다.

무총주는 당연히 놀랐고, 할위막사와 동정목부조차도 너무 놀라서 눈을 부릅떴다.

안선 대공의 등장은 화로 작용했다.

"대공, 정히 이리하셔야 되겠소?"

할위막사가 웃음을 흘리며 말했다.

안선 대공은 엄밀히 말하면 무총주보다 한 수 아래다.

그가 무총주를 상대할 수 있었다면 진작 무림대전(武林大戰)이 벌어졌을 게다. 상대할 수 없기에 안선이라는 조직을 두면서 길게 끌어온 것이다.

그렇다면 대공이라고 해서 오대고수보다 나을 게 없다.

무총주는 상처 입은 호랑이가 되었고, 대공은 자신들과 엇비슷하고…… 이 대 이의 승부가 되고 말았지만 승산이 없지는 않다. 아니, 자신있다.

하나 그들 뒷전에서 익숙한 음성이 들려오자 두 사람의 마음은 대번에 나락으로 떨어졌다.

"쯧! 아무래도 안 되겠어. 오늘은 이쯤 하는 게 좋지 않을까 싶네."

"십도구패! 십도구패! 후후후! 기어이 이런 식으로 끼어드는가, 십도구패!"

"별호를 바꿔야겠어. 십도구패라는 말이 영 마음에 들지 않아. 그보다는 십도일승이라고 하면 어떨까? 아무래도 오늘 이 자리에서는 승리할 것 같은데."

삼 대 이.

다른 사람은 몰라도 십도구패의 무공만은 잘 알고 있다.

할위막사나 동정목부 두 사람 중 한 명이 전력을 다해 상대해야 한다. 하면 다른 한 명은 대공과 무총주를 상대해야 하고…… 확실한 승리에서 승리 가능성으로, 또 승리 가능성이 확실한 패배로 급전진하했다.

"후후! 후후후!"

할위막사가 쌍수도를 축 늘어뜨리고 툴툴 웃었다.

이 자리를 피하는 것은 쉽다. 그냥 뒤돌아서서 걸어가면 된다. 그런다고 해서 그들 앞을 가로막을 사람은 없다.

그 후가 문제다. 앞으로 두 사람은 영원히 무총주 앞에 나서지 못한다. 혹여 우연이라도 마주치는 날에는 목숨을 달리할 각오를 해야 한다.

영원히 쫓기는 신세.

그렇게라도 목숨을 부지하는 것이 좋은가, 이대로 결판을 내는 게 좋은가.

결단은 그들이 내리는 게 아니었다.

"그러는 게 좋겠네. 오늘은 그만 가게."

또 한 사람, 염라왕야가 나타났다.

촌로(村老)처럼 추레한 몰골이지만 두 눈에서는 형형한 안광이 쏟아져 나온다.

이제는 확실한 패배도 아니다. 항거 불능이라고 해야 할 정도다.

할위막사와 동정목부는 병기를 내렸다.

무총주를 죽일 수 있는 유일한 기회는 지나갔다.

"가라."

총주는 짧게 말했다.

아무 의미도 깃들어 있지 않은, 총주의 내심을 짐작조차 할 수 없게 만드는 무미건조한 음성이었다.

무총주는 두 사람을 쏘아보았다.

사일도의 주문을 받은 자는 세 사람뿐만이 아니다. 염라왕야와 십도구패도 주문을 받았다.

그들은 동조하지 않았다.

무총주가 허벅지에 틀어박힌 대부를 뽑아내며 말했다.

"말해보시게."

그의 눈길이 십도구패를 향했다.

"세상살이가 다 뜬구름 잡기 아니오. 왜들 그리 어렵게 사는지…… 총주, 내 한마디만 하리다. 세상 사람들이 모두 바보는 아니오. 옛날에는 총주의 속을 몰라서 애태웠던 적도 있는데, 이제는 훤히 보입디다. 이런 일 그만하쇼."

"허허허!"

“가리다.”

십도구패는 미련없다는 듯 휘적휘적 걸어갔다.

염라왕야는 멀어져 가는 십도구패를 쳐다보다가 문득 생각난 듯 품에서 작은 붓을 꺼내 무총주 앞에 던졌다.

“염화철필(炎火鐵筆)! 쿨룩!”

대공이 깜짝 놀라 외쳤다.

무총주의 눈에도 경악이 어렸다.

이제 더 이상 놀랄 일이 없다 싶었는데 여전히 놀랄 일은 생긴다.

염라왕야가 담담하게 말했다.

“이거면 총주를 죽일 수 있겠소?”

무총주는 고개를 끄덕였다.

“이걸 내게 전해준 사람이 누군지는 이미 짐작하실 게고…… 총주, 동나는 성공했소이다.”

“그렇군. 다만 사람을 제대로 읽지 못했어.”

무총주는 작은 철필을 집어들고 구석구석을 살폈다.

“완벽하군.”

그의 입에서 탄성이 새어나왔다.

염화철필은 지상 최고의 암기다. 저승에 가면 염라대왕마저 죽일 수 있다는 인간 최후의 무기다. 이론만 존재할 뿐, 완성된 적이 없는 불가해(不可解)의 암기다.

철필의 철모(鐵毛)는 모두 백팔 개다.

철모는 철필에서 발사되는 순간 투명해진다.

원래는 형체가 있는 것이나 나는 속도가 너무 빨라서 형체를 구분해 낼 수 있는 사람이 없다.

또한 철모는 허공을 자유자재로 굴신(屈伸)하면서 난다. 먼지처럼 표홀하게 움직이지만 목표의 움직임은 잃지 않는다. 움직임은 기류를 흔들게 된다. 철모는 흔들리는 기류를 따라간다.

격중되면 천하제일독이 작용한다.

뜨끔 하는 순간에 전신이 마비되고, 어! 하고 이상함을 발견하는 순간 절명한다.

그야말로 비명을 지를 틈도 주지 않는다.

진기가 작용할 틈도 없다.

무총주의 소허태기도 무용지물이다. 소허태기가 이상을 느끼고 반응할 즈음, 천하제일독은 이미 심장을 멈춰 세운다.

누가 이런 암기를 만들 수 있을까?

이 세상에 암기를 사용하는 문파는 헤아릴 수 없이 많지만 염화철필을 만들 수 있는 문파는 오직 한 군데, 당문뿐이다.

그럼 누가 천하제일독을 지닐 수 있을까? 역시 당문이다. 하나 여기에는 이견이 있다. 독(毒)이라면 독문(毒門)만 있는 게 아니다. 독가(毒家)도 있다.

"그 사람들…… 기어이 완성했군."

무총주의 입가에 희미한 미소가 배었다.

"총주께서 장광자(長廣子)의 독경(毒經) 활타미심경(活陀彌心經)을 내주지 않았다면 어림없었을 겁니다."

"그런가? 그 사람들은 잘 있는가?"

"염화철필을 내놓고 잘 있을 수는 없겠죠. 아마도 중원을 떠났을 겁니다."

"그렇겠군."

무총주는 고개를 끄덕였다.

손자의 머리인지, 동나의 머리인지 구분이 되지 않지만 참으로 치밀하다.

손자는 오대고수만 믿지 않았다.

할위막사와 천중일기가 계야부에게 의살을 전수하고 진행 과정을 살피는 동안 그도 한 일이 있다. 아니, 그전부터…… 오래전부터 진행되어 온 계획이다.

독심독의를 무혼으로 잠입시켜서 활타미심경을 수련케 했다.

독인의 열망인 줄 알고 흔쾌히 내줬는데…… 속세의 검은 뜻이 묻어 있었던 겐가.

그러나 그도 당문의 노문주가 뜻을 같이하지 않았다면 염화철필을 만들 수는 없었다.

노문주가 철필을 만들었고, 독심독의가 독을 담당했다.

하면 노문주는 왜 이런 독물을 만든 것일까? 그도 무림에 욕심이 생긴 것일까?

노문주는 무림에서 은거했다.

열 손가락을 걸고 장담하건대 무림과는 이미 멀어진 사람이다.

　그는 오직 당문의 자유를 원한다. 안선과 뜻을 같이한다. 구파일방, 오대세가의 활발한 교류를 원한다. 무림이란 곳이 생존경쟁, 약육강식, 강자존…… 온갖 말이 떠도는 자연 그대로의 밀림이 되는 것을 소원한다.

　평화라는 것이 무인에게는 거치적거린 겐가.

　염라왕야가 염화철필을 사용했다면 자신은 이미 저승의 원귀가 되었으리라.

　그는 염화철필을 쓰지 않았다.

　자신에게 일장을 두들겨 맞은 적도 있는데, 그게 얼마 전인데…… 그때도 염화철필을 사용하지 않았다.

　무총주가 염화철필을 뚝 부러뜨리며 말했다.

　"투살진기를 풀어주지. 무림에 나서게."

　'내 앞에 나타나지 마라'라고 말한 것이 엊그제다. 그런 말을 한 지 얼마 지나지 않아서 정반대의 말을 한다. 아무 거리낌 없이, 자신만이 그런 말을 할 수 있다는 듯…… 그는 상처입은 호랑이라고 하지만 여전히 절대자다.

　"존야(尊耶)."

　염라왕야가 무총주를 달리 불렀다.

　존야(尊耶)!

　무인에 대한 최대한의 존칭이지만, 속을 들여다보면 실권을 내주고 뒤뜰에 앉아 있는 골방 늙은이라는 말과 무엇이 다른가.

　존야란 한가한 사람에게나 쓸 수 있는 말이다.

“……!”

무총주가 눈을 가늘게 뜨고 염라왕야를 쳐다봤다.

“클클클! 존야, 존야의 말은 이제 무림의 법이 아닙니다. 십
도구패가 읽은 것을 이 몸인들 못 읽겠습니까?”

“허허허! 그런가?”

“가지요. 다음 세상에서는 좀 더 다정한 사이가 됩시다.”

염라왕야가 뒤돌아섰다.

“쿨룩! 쿨룩!”

대공은 기침을 자주 하지는 않았지만 한 번씩 할 때마다 오
장육부를 쏟아낼 듯 거칠었다.

“빙화를 불러냈더군.”

무총주가 허벅지에 금창약을 바르며 말했다.

“쿨룩! 안선도 정리할 때가 됐으니까.”

“빙화가 답인가?”

“그렇게 봤네.”

“허허허!”

무총주는 웃었다.

빙화는 사일도의 상대가 되지 않는다.

무공을 말하는 게 아니다. 경륜을 말하는 게다.

빙화는 태어나서부터 지금까지 동토를 벗어난 적이 한 번도
없다. 오직 차가움과 죽음만 있는 땅에서 세상의 모든 것이 잿
빛인 줄 알고 살아왔다.

비록 빙궁의 염원인 빙마지체가 되었지만 그녀는 여전히 세상을 삶이 아니면 죽음이라는 선택적인 의미로만 생각한다.

그녀를 보필하는 사람은 더욱 문제다.

십교사가 누구인가? 각기 자신의 영역에서 최고봉에 오른 거성들이다. 그들은 자신이 노출되는 것을 원하지 않는다. 또한 안선에 적을 둔 것이 자신의 앞날에 도움이 되지 않는다고 여기면 지금이라도 당장 적을 버릴 사람들이다.

한마디로 이해타산에 묶인 속물들이다.

몇몇 인물은 절대적인 충성을 바치기도 한다. 사교사가 일교사에게 묶여 있듯이 안선이라는 큰 굴레가 없으면 현재의 지위조차도 위태로운 사람들이 있다.

그들은 절대적으로 빙화를 추종한다.

하나 빙화의 뜻을 좇는 게 아니다. 자신의 뜻대로 빙화의 무적에 가까운 힘을 이용한다.

무림에 대한 경륜이 없는 한, 빙화는 틀림없이 이용당한다.

그런 의미에서 빙화는 사일도의 상대가 아니다.

지금쯤 빙화에게 고우진의 죽음이 전달되었을 것이다.

다양한 분석이 나오겠지만 흉수가 사일도라는 것, 그가 고우진을 죽인 것이 빙화와 연수하기 위해서라는 것, 이 두 가지는 빼놓지 않고 거론될 게다.

하면 빙화는 어떤 결론을 내릴까?

사일도를 죽일까? 아니면 이용하려고 할까?

불문가지, 후자다. 어떻게든 사일도를 이용해서 중원에서 터지기 시작한 내분을 극대화시키려고 할 게다.

그것으로 끝난다.

그전에 사일도는 빙화를 수중에 넣는다.

결국 무림은 사일도의 수중에 들어간다.

막바지에서 동나가 계획한 모든 것을 거부하고 빙화에게 달려간 것은 그만한 이득이 있기 때문이다.

앞으로 무림은 사일도가 이끌게 된다.

이것은 고정불변이다. 지금에 와서는 자신이나 대공이 나선다고 해도 역사의 흐름을 돌이킬 수 없게 되었다.

사일도의 뿌리를 끊은들 무슨 소용이랴.

자신이 그랬던 것처럼 가로막는 것은 모두 부수고 지나갈 수 있는 절대적인 힘이 그에게 있는 한은 아무도 앞을 가로막지 못한다.

대공은 천하에 다시없는 바보짓을 했다.

원래 그는 오대고수를 눌러 앉힌 후 북방으로 갈 생각이었다. 가서 빙화와 사일도를 정리할 생각이었다.

지금도 그럴 수는 있다. 대공이 가로막지만 않는다면 얼마든지 그럴 수 있다.

이 중요한 시기에 대공이 나타났다.

이는 무엇을 말하는가? 자신으로 하여금 북방으로 가지 못하게 하려는 생각이지 않은가. 중원을 북해빙궁의 발아래 꿇리려는 오랜 숙원이 이루어지는 중차대한 순간인데, 강적 중의 강적을 어찌 막지 않겠나.

대공은 자신을 견제하려고 왔다.

다른 때 같으면 어림도 없는 일이지만 객관적으로 지금은 그의 뜻대로 이루어진다.

너무 방심했다.

할위막사와 천중일기만 생각했지 동정목부까지 가세할 것이라고는 생각하지 못했다. 두 사람이 움직이고, 세 사람은 방관할 것이라고 봤는데…… 그게 자신이 수집한 정보인데…… 세 사람이 움직이고 두 사람이 방관했다.

그 때문에 치명적인 일격을 당했다.

이제는 북방으로 갈 힘도 없다. 간다고 해도 빙화를 상대할 힘이 없다. 빙마지체를 견제하려면 온전한 내력으로 전력을 다해야 하는데 상처 입은 몸으로야.

대공은 빙화가 사일도를 누를 것이라고 생각한다. 그래도 잘못, 저래도 잘못이다. 빙화가 이기면 무림은 횡액을 면치 못하고, 사일도가 이기면 대대적인 숙청이 진행된다.

어차피 무림은 피를 뿌리게 되어 있다.

이래서…… 이래서 사일도를 뿌리쳤다.

손자의 마음 깊은 곳에 악심(惡心)이 깃들어 있다는 것을 아는 순간, 소허태기 전수를 중단해 버렸다.

그는 무총을 저주한다.

무총 때문에, 엄밀히 말하면 할아버지 때문에 부모가 죽었다고 생각한다.

그래서 그를 밀어냈다.

단순히 밀어낸 게 아니다. 차후 영원히 소허태기를 수련할 수 없게끔 혈도에 금제를 가했다. 그런데 그놈이 여동생을 나락으로 떨어뜨리며 소허태기를 취할 줄이야.

뭔가를 준비한다는 것은 알았고, 끊임없이 주시했지만 정확한 정보가 차단되었다.

비목대주!

비목대주가 중간에서 차단했다.

연공실에 대한 치밀한 준비와 간계들, 오대고수를 오판하게 만든 잘못된 정보들, 뒤늦게야 전해 들은 빙화의 출현…… 이런 것들은 모두 비목대주에게서 나왔다.

사일도는…… 영악스러운 손자는…… 동나를 옆에 끼고 비목대주와 반목하는 척했지만 사실은 같은 입장에서, 같은 방향을 향해 길을 걷고 있었다.

비목대주는 서지단 단주를 처단했다.

가장 먼저! 사일도가 내분을 일으킬 즈음에 그가 마인들을 이끌고 가장 먼저 한 일이 서지단주의 암살이다.

왜?

서지단주는 안선이다. 안선 팔교사다.

이런 사실은 자신도 알고 비목대주도 안다. 오래전부터 알고 있었다. 한데 왜 이 시점에서 그부터 죽였을까?

그를 처리해야 한다고 했을 때, 생각없이 그러라고 했다.

안선이기에, 처리해야 할 사람이기에 이 시점에서 처리하는 것도 괜찮다고 봤다.

그가 알고 있는 정보로는 그랬다.

안선…… 안선이기에 비목대주와 사일도의 심상치 않은 연계를 알고 있었던 것은 아닐까? 그래서 그를 제일 먼저 처리해야 한다고 판단하지 않았을까?

사일도의 손발을 모두 끊었다고 생각했는데, 아니다. 비목대주 비공이 살아 있는 한, 그가 거느린 조직을 징치하지 못하는 한 정작 가장 큰 힘을 자르지 못한 게다.

"허허! 나를 치는 게 속 편하지 않나?"

"쿨룩!"

"이유나 들어봄세."

"쿨룩! 다 낫거든…… 정식으로 겨뤄봄세."

"소허태기를 감당할 자신이 있나 보군."

"쿨룩! 소허태기는…… 쿨룩! 이제 철 지난 절학일세. 쿨룩! 많은 낮과 밤 동안 소허태기만 생각했지."

"파해법을 찾았나?"

"말했지 않은가, 철 지난 절학이라고. 쿨룩!"

"쯧! 폐경(肺經)을 여전히 버릴 셈인가?"

"후후후! 쿨럭!"

대공이 거센 기침을 토해냈다.

입 밖으로 선혈이 쏟아져 나왔다. 한 모금 가득 토해냈다.

무총주는 그런 모습을 담담히 지켜보다가 문득 무슨 생각이 들었는지 장난스럽게 웃었다.

"클클! 낄낄! 허허허!"

“……?”

대공이 의아한 눈빛으로 쳐다봤다.

“전대의 악업이 후대에 이어진다는 말, 들어봤는가?”

“쿨룩! 빙화가 계야부에게 당한다는 말인 것 같소만…… 쿨룩!”

“내게서 계야부를 빼앗아간 게 실수라는 생각은 안 드나? 빙화가 계야부에게 당하면…… 허허! 북해빙궁의 빙마지체가 이대에 걸쳐서 의살에 당한 셈이 되지 않나?”

“쿨룩! 쿨룩!”

대공은 기침만 했다.

그는 의살에 폐경을 다쳤다.

다른 사람은 패하기만 했지만 그는 경락을 제압당했다. 살아 있는 동안에는 영원히 빙마지체를 재현해 낼 수 없도록 철저하게 금제당했다.

그는 빙화가 계야부마저 꺾어주기를 바란다.

계략으로 무림을 얻는 게 아니라 진정한 강자들을 때려눕히면서 가져 주기를 바란다.

그러기 위해서는……. 잘못 생각했다. 빙화에게도 사일도가 필요하다. 소허태기가 있어야 한다. 빙마지체를 극성으로 끌어올려 줄 반발력, 불길이 있어야 한다.

사일도가 빙화를 찾아간 게 아니라, 빙화가 그를 끌어들였다.

이 싸움…… 자칫하면 빙화가 이길지도 모른다.

하나 이제는 조급하지 않다. 무림에는 계야부가 있다.

"허허허! 그 친구…… 어디서 무엇을 하는지 모르겠군."

"쿨룩! 죽지 않았나?"

"미쳤다는 소문도 있었어."

"쿨룩! 쿨룩! 뭐야? 그럼 천마(天魔)의 최후를 본 사람이 아무도 없는 거야?"

"그런 거지."

"그래도 다시 나오기는 틀렸어. 그의 의살은 쿨룩!……완전치 못했어. 쿨룩!"

"자신하나?"

"쿨룩! 지금의 계야부를 보면 총주도 그리 말할 것…… 쿨룩! 그의 의살과 계야부의 의살은 전혀 다른 것…… 쿨룩!"

두 사람은 어깨를 나란히 하고 걸었다.

그들이 갈 곳은 많다. 하나 어디에도 발길을 멈출 수 있는 곳은 없다. 무림이란 곳…… 이제는 그들을 원하지 않는다.

2

"할아버지!"

"오냐. 잘 다녀왔느냐?"

하위미가 반갑게 염라왕야에게 달려왔다. 하나 염라왕야는 담담하게 반길 뿐이다.

"비화원주를 모셔왔어요."

그녀가 같이 온 중년 부인을 소개했다.

"말씀 많이 들었습니다. 뵙게 되어 영광입니다."

북지단 비화원주가 두 손 모아 읍했다.

"먼 길에 수고 많았소."

염라왕야는 여전히 담담했다.

'무슨 일이 있어!'

하위미는 직감적으로 이상을 감지했다.

할아버지에게서는 언제나 여유가 풍겼다. 아무리 급한 일이 벌어져도 할아버지를 놀라게 할 수는 없었다. 마찬가지로 할아버지의 기운을 떨어뜨리는 일도 전무했다.

할아버지는 애써서 담담하게 행동하지만 아주 깊은 고민에 빠져 있는 듯하다.

절대자로서의 여유가 사라졌다.

할아버지는 입버릇처럼 자신을 능가하는 사람은 무총주와 대공밖에 없다고 했다. 그 외에 다른 오대고수도 있고, 유불선 삼성도 있고, 손을 꼽자면 헤아릴 수 없이 많지만 자신이 생각하기에는 딱 두 사람만이 자신을 능가한다고 했다.

염라왕야는 무림의 절대자다.

그 위에 두 명쯤 있다고 해서 절대자가 아니라고는 하지 못한다.

그런데 지금은 그런 여유가 엿보이지 않는다. 조급하고, 불안해하고…… 무엇인가에 쫓긴다는 느낌을 준다.

'뭐죠?'

당장에라도 묻고 싶다. 하지만 낯선 손님이 있지 않은가. 외인이나 다름없는 비화원주 앞에서 할아버지의 사생이 섞여 있을지도 모를 일을 물을 수는 없다.

'오늘 저녁에……'

기회는 생각보다 빨리 찾아왔다.

염라왕야가 야생 오리를 잡아 통구이를 하고 있던 그녀 곁에 다가와 앉았다.

"투살진기는 무적이다."

웬 뜬금없는 소리?

하위미는 눈을 동그랗게 뜨고 할아버지를 쳐다봤다.

"무총주가 투살진기를 인정했다."

"네? 정말이에요?"

"내가 언제 쉰 소리를 하더냐?"

"그런 건 아니지만 너무 갑작스러운 말씀이라서……."

하위미는 좀처럼 믿기지 않는다는 표정을 지었다.

"믿어도 좋다, 무총주가 직접 한 말이니."

"직접요?"

하위미는 꿈을 꾸고 있는 듯했다.

투살진기는 마공으로 지정된 후 오랜 세월을 보냈다.

중원에 있는 무인들이라면 이제 갓 검을 잡은 풋내기까지도 투살진기 하면 마공을 떠올린다.

그만큼 오랜 시간이 지났다.

실례로 그녀는 무림에 나오자마자 마녀가 되었다.

이유없이 달려드는 무인들 때문에 항시 죽음을 옆에 두고 살아야 했다.

지금도 안전한 것은 아니다. 만약 주위에 그녀를 알아보는 사람이 있다면 당장 공격을 취해올 것이다.

"비화원주를 어떻게 모셔왔누?"

"그게…… 굉장히 쉬웠어요. 북지단이 제가 가는 걸 알고 있던데요? 가자마자 비화원주가 순순히 따라나섰어요."

"아무런 충돌도 없었지?"

"네."

"이미 통보가 되었구나."

하위미는 비로소 할아버지의 말이 진실임을 깨달았다.

꿈을 꾸고 있는 게 아니다. 현실이다. 가문의 절전비공인 투살진기가 정공으로 인정받았다. 이제는 그 누구와도 비무를 할 수 있고, 설혹 모든 진기를 뽑아내어 죽인다고 해도 손가락질하거나 협공을 가해올 사람이 없다.

당당하게 무림을 활보하면 된다.

할아버지는 투살진기의 강력함을 알면서도 겉을 훑는 데 그쳤다.

투살진기를 수련하면 무림공적이 된다는 사실을 알기 때문에 깊이 수련할 수 없었다.

하나 하위미에게는 전수시켰다.

무림에 나와서 강적들과 싸워본 결과, 특히 무총주와 겨뤄

본 결과 중대한 판단을 했다.

투살진기를 수련하지 않고는 소허태기가 지배하는 무림에서 배겨날 수 없다!

투살진기를 수련한 하위미는 무공의 정당함을 보여주기 위해 무림을 활보했다. 그리고 그 뒤를 염라왕야가 암암리에 받쳐 주었다. 아무려면 어린 손녀만 불쑥 내놓았을까.

그토록 오매불망하던 투살진기가 정공으로 인정받았다.

이건 근심이 아니다. 희소식이다. 춤을 출 정도로 기쁜 일이다.

"뭐예요?"

"뭐가?"

"그런 것 같으면 할아버지가 이러고 있겠어요? 뭐가 또 있는 거죠? 그게 뭐예요?"

"무림을 떠날 수 없겠니?"

염라왕야가 뜻밖의 말을 해왔다.

"투살진기도 인정받았으니…… 그만 무림을 벗어나거라."

"이유를 설명해 주세요."

"계야부가 죽는다."

"……?"

"그와 함께 있는 사람들은 모두 죽는다."

"오면서 들었어요. 빙화라는 여자 때문에 그런가요? 그 여자, 요즘 한참 재미 보는 모양이던데요?"

하위미의 얼굴에 투지가 들끓었다.

그녀는 무림에 나온 이래 단 한 번의 패배도 하지 않았다. 패배할 것 같은 상황은 있었지만, 그녀 자신이 진정 패배했다고 인정할 수 있는 상황은 없었다.

그녀는 누구와도 겨룰 준비가 되어 있다.

"빙화가 되었든 사일도가 되었든…… 어느 쪽이 되었든 북에서 불기 시작한 바람은 막지 못한다."

염라왕야는 분명히 말했다.

투살진기가 천하의 절학이지만 상대가 안 된다. 그의 말은 바로 그런 뜻이다.

"싫어요."

하위미는 대번에 거절했다.

"클클! 그럴 줄 알았다. 그런 말이 나올 줄 알았어."

염라왕야가 일어섰다.

하위미는 익어가는 오리 고기를 보면서 중얼거렸다.

"전 지지 않아요."

"먼저 가마."

뚜벅! 뚜벅!

염라왕야의 발걸음 소리가 멀어져 갔다.

저녁을 기다리기 위해 다른 장소로 가는 것이 아니다. 아주 멀리…… 그녀의 곁을 떠나가고 있는 것이다.

그래도 그녀는 움직이지 않았다.

'난 지지 않아.'

언제부터인가 가슴 깊이 새겨진 얼굴이 있다.

잘생기지도 않았고, 다정한 사람도 아니고, 돈이 많은 것도
아니고, 천하제일미라고 불리는 부인까지 있는 몸이고…… 그
런데도 그의 얼굴이 지워지지 않는다.
　그녀는 하염없이 중얼거렸다.
　"난 지지 않아."

　그녀가 계야부를 만난 것은 사흘 뒤였다.
　"어서 오세요. 반가워요."
　역시 예상대로 계야부 곁에는 천하제일미가 있다.
　'아름다워.'
　여인을 보고 아름답다는 느낌을 가져 본 적이 없다. 자신이
제일 아름다웠다. 미색이 뛰어나다는 여인을 제법 많이 만났
지만 모두 자신만 못했다.
　사약란은 다르다. 진정으로 아름답다.
　"폐를 끼치겠습니다."
　대답없이 묵묵히 서 있는 하위미를 대신해서 비화원주가 읍
을 취해 보였다.
　"설산파의 후인은 처음 뵙네요. 언제 현빙공과 구음신공 좀
구경시켜 주세요."
　"그러죠."
　"가가를 만나보셔야 하는데, 지금 연공 중이세요. 한 시진
정도 걸릴 텐데……."
　"나중에 뵙죠."

그녀는 정말 상냥하게 비화원주를 맞이했다.

하나 하위미를 대하는 태도는 사뭇 달랐다.

"투살진기. 호호호! 서지단에서 투살진기를 잡기 위해 총통기를 내린 사람이 나란 걸 알아?"

"호오! 그랬나요?"

하위미의 음성에도 가시가 돋았다.

오는 말이 곱지 않으니 가는 말도 고울 리 없다. 그렇지 않아도 마음속에 있는 사람을 먼저 차지한 여자, 이 세상에서 없어졌으면 좋을 여자로 생각하고 있는데 먼저 시비를 걸어오니 얼마나 좋은가. 싸움이 크게 번져서 투살진기를 쓸 수 있으면 좋겠다. 그러면 안 되나? 그러면 그 사람이 화를 내려나?

하위미의 심정은 복잡했다.

사약란이 작심한 듯 말했다.

"투살진기가 정공으로 인정받았다는 소문은 들었는데, 그래도 넌 마녀야. 손에 피를 잔뜩 묻혔어."

"호호호! 검산을 멸문시킨 사람이 무슨 말을 하는지 모르겠네요."

"말조심해!"

"말조심? 호호호! 그쪽이나 말조심하는 게 어때요?"

"마녀에다가 심성도 고약하고, 말도 버릇없고…… 이런 여자를 가가께 안겨야 하나?"

"……!"

순간 하위미의 손발이 딱 얼어붙었다.

정말로 한순간에 동상이라도 된 듯 딱딱하게 굳었다.

"염라왕야와 만난 것, 알아. 염라왕야께서 구홍산(九泓山)으로 가신 것도 알고. 그런데도 따라가지 않고 이곳까지 왔다는 건 단지 비화원주에게 길 안내를 해주기 위해선가?"

"아, 아니……."

하위미는 처음으로 갈증을 느꼈다.

뭐라고 말을 해야겠는데, 심중에 할 말이 가득한데 말이 되어 나오지 않는다.

"가가와 오누이라며?"

"네에."

그녀의 말투는 어느새 존칭으로 바뀌었다.

자신이 곱게 대답했다는 것을 알고 내가 왜 이렇게까지 해야 하나 하는 생각도 치밀었지만 벌써 입 밖으로 나간 후였다.

"그걸로 만족할 거야?"

"……꿀꺽!"

침이 삼켜진다.

"진심으로, 딱 한 번만 묻는 거야. 그것으로 만족할 거야?"

"아, 아뇨."

그녀는 불쑥 마음속 말을 꺼내고 말았다.

사약란이 어떻게 생각하든, 이번만은 마음속 말을 해야 할 것 같은 생각이 들었다. 그리고 그녀가 이렇게까지 물어온 것은 자신을 도와줄 마음이 있기 때문일 것이라고 해석했다.

그녀는 어떤 생각에서 물은 것일까? 이어지는 그녀의 말이 사뭇 기다려졌다.

사약란이 말했다.

"가가 곁에 있고 싶으면 앞으로 말조심해. 알았어?"

"네."

하위미는 가장 편한 마음으로 사약란을 쳐다보았다.

그녀가 더욱 아름답게 보였다.

*　　　*　　　*

우우우우우! 우우우우!

들개들이 떼 지어 울부짖는다.

"오밤중에 웬 개 떼들이야? 시끄러워서 잠을 잘 수가 있나."

고봉이 신경질적으로 말했다.

"듣기만 좋구만 왜 그러슈. 저놈들 중 한 놈을 잡아서 모닥불에 구워 먹으면…… 캬! 군침 도네."

서악정이 입맛을 쩍쩍 다셨다.

"잠 좀 잡시다. 내일도 먼 길을 가야 하는데."

추위걸이 돌아누우며 말했다.

북무림은 계야부에 의해 초토화가 되었다. 그런 마당에 북해의 찬바람까지 들이쳤다.

엎친 데 덮친 격으로 북무림 무인들은 그야말로 죽을 지경이다.

빙화 무적!

얼음 꽃을 가로막는 자는 차디찬 고혼이 된다.

차디찬 동토의 전설이 북무림을 휩쓸고 있는 중이다.

사약란은 빙화를 향해 최대한 빠르게 이동했다.

개방의 빠르고 치밀한 정보는 북방에서 벌어지는 일을 소상하게 알려주었다.

무슨 일이 벌어지고 있는지 손에 잡히듯 보인다.

할아버지가 오대고수와 싸우다가 상처를 입었다.

천중일기가 죽고 할위막사와 동정목부가 사라졌다. 십도구패는 무림을 떠돌고…… 그는 원래 그런 사람이었으니까…… 염라왕야는 하위미에게 은거를 권한 다음 구홍산으로 들어갔다.

부상당한 할아버지는 안선 대공과 함께 사라졌다.

'세대교체!'

사약란은 단번에 상황을 읽었다.

중원에서 벌어지고 있는 사건들은 신경 쓸 게 없다. 할아버지와 대공과 오대고수가 한꺼번에 자리를 비웠다면…… 중원은 무주공산(無主空山)이다.

그렇다고 먼저 손에 쥐는 자가 임자라는 뜻은 아니다.

패권의 향방은 북방에 있다.

오라버니와 빙화의 싸움이 어떻게 되느냐에 따라서 중원 무림이 혈겁(血劫)에 휩싸일 것인지 잔잔할 것인지 결정된다.

빙화는 전설의 빙마지체다.

오라버니는 중원제일무학인 소허태기를 지녔지만 이제 겨

우 팔성 수준에 불과하다.

객관전인 판단으로는 도저히 상대가 안 된다.

그래도 그녀는 굳이 도박을 하라면 오라버니에게 걸 것이다.

오라버니는 그런 사람이다. 결코 승산이 없는 싸움을 벌일 무모한 사람이 아니다. 오라버니가 움직였다면 이미 승산의 오 할 이상은 거머쥐었다고 봐야 한다.

북방의 싸움은 오라버니가 이긴다. 그 연장선상에서 중원 무림도 오라버니의 수중에 떨어진다.

한데…… 그녀는 계야부를 봤다. 의살이라는 것, 천외천(天外天)으로 생각되는 가공할 신위를 두 눈으로 보고 말았다.

'이건 기회야!'

그녀는 본능적으로, 동물적인 감각으로, 차분한 이지와 그동안 배운 학문과 경험과…… 그녀가 가진 모든 것을 동원했을 때, 중원 무림을 혈겁에 빠뜨리지 않으면서 가장 손쉽게 거머쥘 수 있는 호기가 찾아왔다는 걸 알았다.

다른 사람이라면 몰라도 계야부라면 해낼 수 있다.

그녀는 이런 사실을 계야부와 의논하지 않았다.

─교사들이 모두 빙화 곁에 모여 있어요. 그곳에서 무총, 안선, 중원 무림의 모든 것이 걸린 생사 대결이 펼쳐질 거예요. 이겨주실 수 있어요?

계야부에게는 그 한마디면 족했다.

계야부를 아는 사람들은 북방행을 두려워하지 않는다.

담위민이 말했다.

"다른 건 다 좋은데 잠자리는 좀 편했으면 좋겠어. 허구한 날 노숙이니 원."

'이교사!'

악소화는 벌떡 일어났다.

개 떼들이 울부짖는 소리에서 이교사의 숨결이 느껴진다.

그는 죽지 않았나? 제거된 게 아닌가?

어쨌든 그가 부른다.

악소화는 슬그머니 일어났다. 그리고,

'일목!'

계야부에게 배운 의살을 펼쳤다.

그녀의 의살은 계야부만큼 심도 깊지 못하다. 육신의 느낌을 완전히 말살하지도 못한다. 진정한 일목 상태에 근접한 것도 아니다. 다만 비슷하게 흉내는 낸다.

지금과 같은 경우에는 그것으로 족하다.

파아아아앗!

어둠이 일시에 걷히며 밝은 세상이 드러났다.

그녀는 그 속에서 무인들의 날 선 기운을 읽었다.

계야부와 행동을 함께하는 사람들 중에서 무공이 약한 사람은 없다. 깊은 잠에 곯아떨어졌다가도 발자국 소리만 들으면 벌떡 일어나는 사람들이다.

파아아앗!

그녀는 일목 속에서 그들의 날 선 기운을 보듬었다.

'저예요. 잠이 안 와서 산책이나 해야겠어요.'

날 선 기운들은 그녀의 말을 듣고 평온해진다.

그녀는 천천히, 조급해하지 않고, 아무 일도 없는 것처럼 태연히 걸었다.

모두들 가족처럼 다정한 사람들이지만 오늘만은 적으로 보인다.

그럴 수밖에 없다. 안선과 계야부는 철천지원수처럼 싸워왔다.

지금은 빨간 색깔이 많이 가셨지만 그래도 안선을 대하는 태도는 냉랭하다.

이교사를 만나러 가는 길이 조심스러울 수밖에 없다.

우우우! 우우우우!

들개들이 울어댄다.

악소화는 일행으로부터 멀어지자 발걸음을 빨리했다.

들개들의 소리가 점점 가까워질수록 울부짖음 속에서 이교사의 음성을 확실히 찾아냈다.

'죽지 않았어!'

그녀에게 이교사는 가족을 살려준 대은인이다. 모든 것을 다 잃을 뻔한 그녀에게 가족과 친족을 살려주었고 약종계의 힘을 얹어주기까지 했다.

그녀는 이교사가 반가웠다.

파앗!

무인의 날카로운 예기가 폐부를 찔러온다.

무인들이 숨어 있다. 아주 강렬한 기운이 느껴지는 것으로
봐서 이교사가 틀림없다.

그녀는 소리쳤다.

"저예요. 어디 계세요?"

그녀 앞에 사내들이 나타났다.

고오오오오……!

깊은 고요 속에 심한 파장이 밀려온다.

인간이 내뿜는 파장은 각기 다르다. 뿐만이 아니라 바람처
럼 실제로 현실을 뒤흔들기 때문에 누가 어떤 행동을 하는지
단번에 알 수 있다.

운공 중이던 계야부는 깊은 의식 속에서 파장을 따라갔다.

그는 고요 속에 잠겨 있었다.

이것이 무인들이 보기에는 운공 중인 것처럼 보여서 그냥
운공이란 말을 사용하도록 놔둔다.

해설을 할 필요가 없다.

원래 이름이 없는 것이니 뭐라고 말한들 무슨 상관인가.

무인은 운공을 하면서 기대하는 게 있다. 얻으려는 게 있다.
내공일 수도 있고, 신공일 수도 있지만 계속, 꾸준히 발전하기
를 바란다.

계야부는 그런 게 없다.

고요 속에 있어도 그만이고, 없어도 그만이다. 다만 안에 있는 것이 좋기에 할 뿐이다.

파장은 악소화로 이어진다. 그녀가 사내 몇 명과 함께 자신을 떠나간다.

'소화!'

그녀를 부를까? 부르지 않았다. 사약란의 판단을 믿는다면…… 이번에 무림에서 벌어지는 모든 일의 중심에 사일도가 있다. 사일도는 북방에 있고, 그가 빙화를 상대하기 위해서는 악소화가 절대적으로 필요하다.

이것이 사약란의 판단이다.

그녀가 왜 그런 판단을 내렸는지는 묻지 않았다.

그녀는 소허태기를 안다. 북해빙궁의 무학에 대해서도 소상히 안다. 사실 천하에 산재한 무학을 가장 많이 아는 사람은 그녀이니 그녀의 판단을 전적으로 믿는다.

악소화는 들개들의 소리를 쫓아간다. 그리고 들개들은 그녀를 사일도에게로 안내하리라.

그녀는 북방으로 간다.

그곳에서 어떤 일이 벌어질지 짐작할 수는 없지만 이왕 터질 일이라면 한꺼번에 터지는 게 좋다.

그는 악소화가 가도록 내버려 두었다.

'만나면 헤어지고, 헤어지면 만나는 것…….'

'강하다!'

악소화는 낯선 남자를 보고 몸을 부르르 떨었다.

이교사를 만날 생각으로 낯선 자들을 따라왔다.

그들은 이교사의 밀마를 알고 있었다. 이교사의 모든 것을 꿰고 있었으며, 자신들 스스로도 이교사를 모시는 사람들이라고 소개했다. 그리고 그런 사람들로 보였다.

관언찰색, 의살…… 사람을 보는 안목이 틀린 적이 없는데, 이번만은 틀렸다.

이들은 이교사를 모시는 사람들이 아니다.

'돌아가셨어.'

그녀는 이교사의 운명을 예감했다.

그녀의 관언찰색과 직감까지 속일 정도로 이교사와 자신에 대해서 잘 알고 있는 자들이다. 그녀를 속이는 방법까지 구비해 놓을 정도로 준비된 자들이다.

"사일도라고 하오."

"당신이!"

악소화는 다시 한 번 깜짝 놀랐다.

사약란의 오라버니가 이 사람인가? 강하다! 잔혹한 면에서는 계야부보다도 훨씬 강하다. 계야부도 시각랑이었던 시절이 있어서 잔혹한 면으로 따지자면 누구에게 지지 않는데, 이자는 상대가 안 될 만큼 훨씬 강하다.

그녀가 감지하는 건 무공이 아니다. 사람의 성정이다.

"이교사를 만나러 왔겠지만 그전에 부탁이 있어서 모셨소."

"돌아가셨죠?"

"하하하! 내가 거짓말이나 하는 사람처럼 보이오?"

"네."

"네? 하하하! 하하하하! 이거 내 신뢰가 영 말이 아니군. 소저, 솔직히 말하리다. 이교사를 죽이면 소저를 부릴 수 없소. 이 세상에서 소저를 부릴 수 있는 건 딱 세 가지라고 생각하는데. 가족, 계야부, 이교사. 틀렸소?"

"맞아요."

"그런데 이교사를 죽였을 것이라고 생각하오?"

"아니면 보여주세요."

"그전이라고 했소. 내 일을 도와준 다음에 보여주리다."

파아아아……!

악소화는 일목을 전개했다.

사일도를 읽는다. 그의 의중을 읽는다. 그를 살핀다.

'틀렸어.'

무엇 때문인지 사일도에게는 그녀의 관언찰색이 먹히지 않는다. 마음은 무심하고, 몸은 허공이다. 색깔로 따지자면 영락없이 무색(無色)이다.

"뭘 도와달라는 거죠?"

"소저를 움직일 수 있는 게 세 가지이니 그 세 가지만은 건드리지 않겠소. 소저도 알다시피 빙화…… 빙화를 처리해야겠는데, 혼자서는 역부족이오. 그녀를 잠시만 묶어주시오.”
　“뭐라고요!”
　“후후! 소저는 할 수 있소.”
　“지금 무슨 말을 하는 거예요? 저보고 빙화를 묶어달라고
요? 무슨 그런 말 같지 않은 말을…….”
　“소저는 할 수 있다고 했소.”
　사일도의 눈가에 혈광(血光)이 번뜩였다.
　악소화는 머리가 텅 비었다.
　사일도의 안광은 그녀가 지닌 모든 것을 녹여 버렸다. 관언
찰색은 물론이고 계야부에게 배우기 시작한 의살까지도 깨끗
이 지워냈다. 아무 생각도 떠오르지 않았다.
　그녀는 공포에 질린 음성으로 떠듬떠듬 말했다.
　“제가…… 뭘 어떻게 해야 되죠?”

　빙화 곁에는 많은 무인들이 들끓는다.
　한 명, 두 명 모여들기 시작한 무인들이 어느새 세력화되어
체계를 잡기 시작했다.
　북무림 무인들은 빙화 곁에 다가서지도 못한다.
　무인들뿐만이 아니다. 그녀가 지나는 곳에는 관군(官軍)까
지 동원되어 삼엄한 경계망을 갖춰준다.
　그야말로 황상의 행차가 따로 없다.
　“하거라.”
　악소화는 냉엄한 일갈에 가부좌를 틀고 앉았다.

사일도는 포근하면서 무섭다. 하나 지금 그녀에게 강압적으로 지시를 내리는 이자는 차가운 면에서 단연 제일이다. 시각랑, 금룡대, 걸왕 등등 참 많은 살수들과 한솥밥을 먹어봤지만 이 사내의 차가움에는 견줄 사람이 없다.

'심계가 깊은 사람…….'

악소화는 그를 읽어냈다.

사일도는 읽지 못했지만 이 사내는 읽힌다.

무총에서 비목대주를 맡았다고 했다. 이름이 비공이라고 했다.

그녀와는 상관없는 세계에서 살아온 사람이 마치 깊은 인연이라도 있었던 듯 명령을 내린다.

"자신없어요."

"그런 말은 필요없고…… 무조건 해내라. 그렇지 않으면 많은 사람이 피를 흘릴 거야."

"야비한 분이군요."

"야비한 게 아니라 잔인하다고 하는 게다."

"잔인한 분은 저분이죠. 당신은 야비할 뿐이에요."

악소화가 사일도를 힐끔 쳐다보며 말했다.

"잔인하건 야비하건 반드시 해내야 할 게야. 후후후!"

비공이 웃었다.

그는 많은 사람의 생살여탈권을 거머쥐었다.

악가촌 사람들도 손아귀에 잡혀 있다. 살았는지 죽었는지 모를 이교사도 이들이 잡고 있다고 한다. 아마도 이교사는 벌써 죽었을 게다. 하나 악가촌 사람들이 걸려 있는 것만은 틀림 없다.

그녀는 머리를 휘휘 내저어 잡념을 털어냈다.

'일목!'

파아아아아…….

끝없는 고요함 속에 나를 파묻는다.

육신을 스치는 바람도, 땅에서 솟구치는 한기도 느끼지 못한다.

부공(浮空)!

몸이 허공에 붕 떠오르는 듯한 느낌이 들어야 한다. 아무것도 없는 허공 속을 유영이라도 하듯이 이리저리 흘러 다녀야한다.

'일목!'

그녀는 미간을 찌푸리며 주의를 집중했다.

틀렸다. 일목은 자연스런 상태에서 들어가야 한다. 무심함 속에서 텅 빈 허공을 그려내야 한다. 무엇인가에 집중하고, 몰입하는 건 일목으로 들어가는 게 아니다.

'안 돼!'

편안한 마음으로 정신을 이끌어도 열 번에 한두 번 정도 간신히 성공할까 말까 한다. 한데 압박에 못 이겨 억지로 끌어올린 정신이 제대로 부유할 리 없다.

그녀는 포기하고 눈을 뜨려고 했다. 그때,

'하라.'

머릿속 어디선가 기이한 진동이 울렸다.

'하라고?'

'계속해라.'

'사부님?'

'해라.'

무인들의 전음(傳音)과는 차원이 다른 영혼의 울림이 머릿속을 울렸다.

계야부가 왔다. 사부가 지켜보고 있다.

그녀는 다시 한 번 고요함 속으로 뛰어들어 갔다.

'일목!'

파아아아아!

그녀의 몸이 바람을 타고 허공에 둥실 떠올랐다.

너무 쉽다. 지금까지 해본 것 중에 가장 빨리 일목 상태로 들어섰다. 아무것도 없는 텅 빈 허공 속에서 온 세상이 무지갯빛으로 환하게 밝아온다.

'찬 기운. 차디찬 기운. 그게 너일지 모르겠는데…… 빙화! 너를 원해. 나를 만나야 해. 나와.'

그녀는 영혼의 울림을 빙화에게 맞췄다.

그녀와 만나서 눈에 불을 켜고 쏘아보는 장면이 현실처럼 생생하게 그려졌다.

쒜엑! 쒜에에엑!

빙화를 호위하던 무인들은 느닷없이 몰아친 검풍에도 태연했다. 전혀 흔들림없이 병장기를 들고 마주쳐 갔다.

"하룻강아지 범 무서운 줄 모른다고! 누구냐!"

산천을 쩌렁 울리는 일갈이 터졌다.

우람한 덩치, 큰 머리, 굵직굵직한 이목구비…… 사교사가 큼직한 패검(覇劍)을 휘둘렀다.

쒜엑!

"크윽!"

패검이 휘둘러지면 피가 튄다. 비명이 터진다.

암습자들은 기세 좋게 들이닥쳤지만 제일진도 뚫지 못하고 주춤거렸다.

"어떤 놈들이냐! 정체를 밝혀라!"

사교사의 음성만 유독 드높았다.

"끄으으으!"

빙화는 손발을 허우적거렸다.

움직여야 한다, 위험이 닥쳐왔다. 지금 움직이지 않으면 큰 곤욕을 치른다.

그녀의 본능은 많은 말을 하는데, 마치 꿈속에서 가위에 눌린 것처럼 몸이 말을 듣지 않는다.

"끄으으으!"

그녀는 안간힘을 다했다. 빙령초혼마공을 운기하여 경맥을 정화시켰다.

'왜 몸이 움직이지 않지? 독에 당한 건가? 빙마지체는 만독

불침, 독 따위에 당할 리 없는데⋯⋯.’

그녀는 움직이지 못하는 이유를 찾아내지 못했다.

경맥은 멀쩡하다. 육신에 이상이 있는 곳을 찾아낼 수 없다. 더 이상 완벽할 수 없을 만큼 건강하다. 한데 허리를 펴고 몸을 일으킬 수 없다.

창! 차창! 창창!

밖에서는 병장기 부딪치는 소리가 요란하게 울린다.

사교사가 이리저리 날뛰며 고군분투하지만 암습자들은 쉽게 돌아갈 기미를 보이지 않는다.

여느 때와는 확실히 다르다.

전에도 암습은 있었지만 거의 대부분 한두 번 정도 창창거리고 나면 다시 적막이 찾아오곤 했다.

사교사의 무공은 놀랍다.

그는 능히 초고수의 반열에 올라설 수 있는 자다.

그런 자가 호위를 맡고 있는 한, 그녀가 직접 손을 쓸 일은 없을 것만 같았다.

그런데 오늘은 쉽게 물리치지 못한다. 그리고 자신은 영문도 모른 채 몸을 일으키지 못한다.

‘뭔가 당하고 있어.’

그녀는 빙령일신(氷靈一身)을 시도했다.

빙령초혼마공을 극성으로 일으켜서 육신은 사라지고 오로지 빙령만 남은 상태를 만든다.

이런 상태에 이르면 온갖 점혈(點穴)이 무용지물이 된다. 극

독에 중독되었어도 쉽게 빠져나올 수 있다. 원래가 빙마지체
는 만독불침이다. 하지만 세상일은 모르는 것, 빙마지체마저
도 중독시킬 수 있는 독이 없다고는 할 수 없다.

그래도 해독이 가능하다.

빙령이 육신을 빠져나와 제삼의 손길로 아픈 데를 어루만진
다.

빙령일신을 전개하면 단언컨대 육신에 깃든 모든 질병, 모
든 아픔을 치료할 수 있다. 그때,

스윽!

낯선 손길이 명문혈(命門穴)에 닿았다.

'흑!'

그녀는 깜짝 놀랐다.

누가 감히 자신의 몸에 손을 대는가?

밖에서는 아직도 사교사가 목청을 돋우고 있다.

문밖에도 사교사만 한 인물이 버티고 있다. 안선 오교사라
는 인물인데, 관인(官人)이면서 무공은 사교사 못지않다.

"서로가 자신을 가진 싸움이었소. 그렇지 않소?"

낯선 자의 음성이 들렸다.

'당했어.'

그녀는 눈꺼풀을 파르르 떨었다.

이자는 사교사와 오교사의 이목을 속이고 잠입했다.

그녀가 알기로 무림에 이럴 만한 자는, 그리고 주위에 몰려
든 자들 중에서 이럴 만한 자는 오직 한 명, 사일도뿐이다.

'사! 일! 도!'

그녀는 사일도라는 이름을 이 악물며 불렀다.

물론 소리는 목청을 넘어오지 못했다. 강렬한 기운이 그녀의 이지를 아주 꼭 붙잡고 있다. 어떠한 행동이나 말도 할 수 없게끔 단단히 옥죄고 있다.

"당신을 내 부인으로 맞이하겠소."

'어림없는 소리!'

"내 옆에서 가장 믿을 수 있는 수하가 되어주시오."

'아!'

그녀는 분노했지만 현실을 읽지 못할 정도로 우둔하지는 않았다.

모든 상황이 사일도에게 장악당했다. 사교사와 오교사는 무공이 출중할지 모르지만 왜 암습이 줄기차게 이어지는지 원인을 생각하지 않고 있다.

우둔한 자들이다.

'졌다.'

멀쩡한 정신에서 만났다면 절대 질 리 없는 싸움인데……이상한 사술에 휘말려 꼼짝 못하고 당한다.

그녀의 눈가로 눈물이 또르륵 굴러 떨어졌다.

제일대 빙마지체는 사내였다.

그는 빙화의 희생을 밑거름으로 빙마지체를 얻었다. 그리고 중원으로 떠났다. 하나 이름도 알려지지 않은 기인을 만나 폐경이 손상당하는 치명적인 상처를 입었다.

의살!

의살은 빙마지체의 천적이다.

이번에는 사내를 위해 희생하지 않았다. 오히려 사내의 정기를 빨아들여 자신이 빙마지체를 이뤘다.

그런데 의살을 수련한 놈도 아니고 전혀 엉뚱한 놈, 상대도 되지 않는 놈의 암계에 당한다.

북해빙궁은 참 운이 없다. 지지리도 못난 사람들에게 빙마지체를 맡겼으니…… 사람 보는 눈이 그리 없으니 복을 받지 못해도 싸다.

"빙화, 마음을 편히."

파아앗!

명문혈에서 뜨거운 기운이 물밀 듯이 밀려들었다.

'소, 소허태기! 안 돼! 안 돼! 악!'

치이익! 치지지직!

뜨거운 기운은 그녀의 빙마지체를 여지없이 깨뜨려 버렸다.

이 순간, 빙마지체는 거력을 지니고 있지만 고요한 바람처럼 잠들어 있다. 반면에 소허태기는 빙마지체에 비하면 한없이 약한 바람에 불과한데도 파도를 일으킨다.

빙마지체를 이룬 음한지기가 사일도의 몸으로 흘러들기 시작했다.

츠으윽! 츠으으윽!

한 방울, 두 방울…… 주르륵…… 주르르륵……!

처음에는 미미하게 움직였지만 조금 지나자 시냇물처럼 콸 콸 흐르기 시작했다.

소허태기가 기름을 끼얹은 듯 활활 타오른다.

그녀는 소허태기의 열기를 느꼈다.

극한의 동토에서만 살던 여인에게 소허태기는 감당하지 못할 뜨거움이었다. 더군다나 빙마지체가 제 몫을 못하다 보니 그녀가 느끼는 뜨거움은 불로 지지는 고통에 못지않았다.

'크으윽! 까아아악!'

소리 내어 비명을 토해냈다. 하나 이번 비명 역시 목청을 넘어서지 못했다.

그녀는 극한의 고통을 견디지 못하고 축 늘어졌다.

처음에는 조금씩, 천천히 빨아들인다. 적응이 되면 조금 더 많은 양을 빨아들인다.

주(主)는 소허태기가 되어야 한다.

빙마지체의 음한지기는 오로지 소허태기를 불사르는 연료가 되어야 한다.

그 이상은 필요치 않다.

음한지기를 모두 빨아들일 필요는 없다. 채음보양(採陰補陽)을 하는 것도 아니고, 진기를 빨아들여 공력을 높이는 것도 아니다.

활활 타오르는 불길에 물을 살살 뿌려서 불길을 더 높이기만 하면 된다.

치이익! 치이이익!

그의 몸으로 흡수된 음한지기가 곧 수증기로 화해 사라졌다. 그리고 그런 일이 반복될수록 소허태기는 그의 육신을 녹여낼 듯이 더욱더 강렬하게 활활 타올랐다.

"쯧!"

사일도는 헛바람을 차며 일어섰다.

음한지기를 절반가량만 흡수할 생각이었다. 그 정도면 소허태기를 십이성까지 수련해 낼 수 있다고 생각했다.

이쪽은 강성해지는 반면, 빙마지체는 녹아내린다.

빙화가 정신을 수습해도 불가항력, 꼬리를 마는 수밖에 없다는 판단이었다.

그런데 예상치 않은 오류가 발생했다.

음한지기를 이용하여 소허태기를 극성까지 올려놓는 데는 성공했지만, 강력해진 힘을 조절하는 데는 실패했다.

거센 힘이 빙화의 육신을 뚫고 들어갔다.

불과 물이 한자리에 있으니 둘 중 하나는 소멸되어야 한다.

합일(合一)되는 게 아니다. 음양 중 하나가 멸살된 후에야 끝나는 냉엄한 자연의 이치다.

그걸 몰랐다.

강성해진 소허태기는 빙마지체를 완전히 녹여 버렸다.

그가 잡고 있는 빙화는 목숨만 간신히 붙어 있는 한낱 여인일 뿐이다. 빙마지체가 녹아내리면서 오장육부가 손상되어 몇 시진 살지도 못한다.

안타깝다. 소허태기를 잘 조율했다면 그야말로 무적에 가까운 수하를 얻는 건데.

"위안이 될지 모르겠는데, 이럴 마음은 아니었다. 널 죽일 마음은 아니었어. 어쨌든…… 편히 가거라."

그는 빙화를 들어 침상에 눕혔다.

그녀의 눈에서 눈물이 또르륵 흘러내렸다. 그리고 곧 깊은 심연 속으로 가라앉았다.

第百六十一章
니(你)!

비공은 바짝 긴장했다.

죽 쒀서 개 준다는 말이 있다.

기껏 노력만 하고 정작 열매는 다른 놈이 따가게 내버려 두어서야 말이 되는가.

한순간의 방심이 모든 걸 망칠 수 있다.

'침착…… 침착…… 침착……'

이런 면에서는 어지간히 수련을 쌓았다는 그였지만 그래도 손발이 바르르 떨려오는 것은 어쩔 수 없었다.

이제 세상을 움켜쥐는 순간이다.

온 세상이 자신의 발 앞에 엎드리는 시기가 도래했다.

"후후후!"

방심하면 안 된다고 생각하면서도 웃음이 절로 나온다.

'끝날 때가 됐는데……'

그는 어두컴컴한 야공을 쳐다봤다.

발아래에서는 병장기 부딪치는 소리가 요란하게 들려오고 있다.

사일도가 빙화를 이용하여 소허태기를 극성으로 수련해 내는 순간, 저 소리도 멈출 것이다. 그리고 그 순간이 바로 자신이 세상을 휘어잡는 찰나가 되리라.

"그만. 그만해도 좋다."

비공은 악소화를 쳐다보며 웃었다.

그의 얼굴에 잔소(殘笑)가 걸렸다.

이 여자, 얼마나 이용하기 편한 존재인가. 악가촌 사람들을 살려두는 한 영원히 종노릇을 해줄 충실한 시녀이지 않은가. 아니, 그런 용도로만 사용할 수 없다. 이만한 미인을 그런 식으로 사용한다면 하늘이 진노하리라.

"너에게 이 세상이 주어진다면 무엇부터 하겠느냐?"

'당신부터 죽이겠어요.'

"후후후! 나부터 죽이려고 들겠지? 그럼 나와 함께 세상을 요리해 볼 생각은 있느냐? 하하하!"

그는 앙천광소(仰天狂笑)를 터뜨렸다.

그때, 악소화가 이상한 소리를 했다.

"이 세상에 외통수에 걸리고 싶은 사람이 있을까요?"

'뭐라!'

싱겁기 이를 데 없는 말이지만 비공은 간과하지 않았다. 그는 즉시 경각심을 최대한 끌어올렸다.

악소화는 기운을 읽는 특이한 여자다. 그런 여자가 외통수 운운했을 때는 그만한 이유가 반드시 있다.

파아아아!

주위에서 악마의 숨결이 속삭인다.

세상을 살아오면서 쓴맛, 단맛 다 본 그조차도 처음 대하는 강렬한 마기다.

'제길!'

그는 피식 웃었다.

세상에는 자신의 능력을 과신하는 인간들이 있다. 조금 떠받쳐 주면 아주 살판이라도 난 듯이 날뛴다.

"목숨을 부지했으면 쥐새끼처럼 숨어서 살 일이지 여긴 어쩐 일인가. 비루먹은 목숨이라서 하찮다는 뜻인가? 그런 거야? 죽여달라고 온 게야? 하하하!"

비공의 웃음 속에서 발자국 소리가 들렸다.

저벅! 저벅!

어둠 저편에서 한 인간이 걸어왔다.

한때는 마존이라고 떠받쳐 주었던 인간이다. 사실 그때 그가 마음만 돌려먹었다면 지금 빙화의 목줄을 움켜잡고 있는 인간은 사일도가 아니라 그가 되었을 게다.

아무래도 사일도는 위험부담이 너무 크다.

수작을 부려놨다고는 하지만 십이성에 이른 소허태기를 감

당해야 한다는 건 상당한 부담이다. 그래서 마존을 이용할 생
각을 한 건데, 굴러 들어온 복을 그가 걷어찼다.

"너, 대단한 놈이구나."

나타난 사람은 역시 구절마수였다. 그가 불장난한 아이를
봤을 때처럼 기가 막히다는 표정을 지었다.

"쯧!"

비공은 혀를 찼다.

세상이 어떻게 돌아가는지도 모르고 과거의 영광에만 얽매
여 사는 모습이라니.

"후후! 이젠 나도 눈에 보이지 않는다는 건가?"

"귀찮군."

비공은 상대할 가치도 없다는 듯 등을 돌렸다. 그러자,

쒜엑!

비공의 허리춤에서 무엇인가 번뜩였다. 그리고,

"크윽!"

구절마수는 짤막한 비명과 함께 급히 몸을 빼냈다.

그의 옆구리가 쩍 갈라지며 선혈이 폭포처럼 쏟아져 나왔
다.

"이제야 알겠나, 마존. 난 너를 넘어섰어."

"이, 이런!"

구절마수는 믿을 수 없다는 표정을 지었다.

서지단주를 암살할 때까지만 해도 비공은 자신의 상대가 아
니었다. 그는 한 수 아래도 아니고 두어 수 정도는 아랫길로

보였다. 한데 느닷없이 초강자가 되어 나타났다.

'세공단!'

구절마수는 이제야 비공이 강해진 이유를 알았다.

"뭐, 뭐냐? 무공은 아니고 암기 같은데……."

"후후후! 거기까지 알 필요는 없고…… 귀찮은데 그만 가라."

쒜엑! 쒜에에엑!

허공을 찢는 파공음이 연달아 터졌다.

육교사의 유품은 화향호리에게 건네졌다.

세 가지, 하늘도 분간하지 못하는 역용술과 세공단이라는 마단과 천지간에서 가장 빠른 암기인 소사월반이 고스란히 화향호리에게 전해졌다.

이 소식을 가장 먼저 접한 사람이 서지단주다.

그는 무총과 안선에 두루 발을 걸치고 있었기 때문에 누구보다도 먼저 이 사실을 알아냈다.

어느 순간, 무림에서 화향호리에 대한 소문이 뚝 끊겼다. 더불어서 육교사의 유품도 세상에서 사라졌다.

엄밀히 말하면 세공단이 출현해서는 안 되는 거였다.

한데 출현했다.

세공단이 먼저 나오고, 서지단주의 죽음과 동시에 소사월반도 다시 나타났다.

저간의 사정은 오직 서지단주와 비공만 알고 있을 게다.

세공단…… 천하의 마단은 비공의 무공을 대번에 초극강고수로 올려놓았다. 뿐만 아니라 소사월반은 그를 가장 강한 절초의 소유자로 등극시켰다.

옛날 육교사가 누렸던 무적의 향기를 그가 건네받았다.

하지만 그가 모르는 게 있다.

서지단주의 죽음을 가장 깊게 들여다본 사람이 있다.

물론 그는 안선 교사 중의 한 명이다. 무총에 적을 둔 안선 교사이니 당장 죽이는 것이 당연하다. 하나 왜 하필 이 시점에서 그가 죽어야 하는가에 의문이 든다.

'뭔가가 있어.'

사약란이었다.

'저만한 무공이라면…….'

소사월반을 쓰는 비공의 무공은 천하를 격동시킬 만하다. 하지만 소허태기를 상대하기에는 역부족이다. 소사월반이 아무리 빨라도 소허태기의 가공함에는 견주지 못한다.

한데 비공은 자신만만하다.

'오라버니!'

뭔가 다른 수작이 펼쳐졌다.

오라버니는 죽음의 함정에 걸려들었다. 빙화를 이용하여 소허태기를 완성하는 순간이 함정으로 빠져드는 순간이 될 게다.

"비공을 죽여주세요."

"그러지."

"빙화 주변에 안선 교사 두 명이 있어요. 그들도 처리해 주
세요."

"그러지."

"전 오라버니에게 가봐야겠어요."

"그래."

"괜찮아요?"

"후후! 괜찮아. 다녀와."

사약란은 계야부를 쳐다봤다.

말없이, 잔잔한 미소를 머금고 대지(大地)처럼 한없이 넓은
가슴을 지닌 사내를 봤다.

"가가는 굉장히 큰 사람이에요."

"말똥구리, 시각랑일 뿐이야. 거대한 동물, 말이 한 움큼 싸
놓은 말똥을 깨끗이 치워주는. 후후!"

"갈게요."

사약란이 일어섰다.

계야부는 그녀의 뒷모습을 조용히 지켜봤다.

"호호호! 비공, 저 예뻐요?"

느닷없이 비공 앞에 한 여인이 내려섰다. 그리고 그녀는 얼
핏 들으면 미친 여자가 아닌가 싶을 정도로 요상스런 말을 해
왔다.

비공은 그녀를 자세히 살폈다. 그리고 그녀가 누군지 알아

냈다.

“후후후! 사색신녀.”

“저 예쁘냐고요.”

“요망한!”

비공은 소사월반을 들어 올렸다.

그는 세공단의 약성을 한층 끌어올렸다.

소허태기를 감당하려면 두 배의 증가로는 부족한 면이 있다. 그래서 세 배, 네 배…… 몸통이 받쳐 주는 한 한없이 증가할 수 있도록 처방을 뜯어고쳤다.

일반적인 세공단을 복용했다면 사색신녀의 유마심안에 걸려들었을 게다. 하나 그의 내공은 지고하다. 마단이라고는 하지만 인간을 신의 영역에 올려준다.

그는 막 사색신녀를 향해 소사월반을 쏘아내려고 했다. 그때,

“여기도 있는데.”

퍼엉!

옆에서 한소리가 들리며 갑자기 무엇인가가 퍽 터졌다.

‘폭검신공!’

그는 단번에 알아챘다. 그래서 옆으로 한 걸음 물러섰다.

쉐엑!

이번에는 등 뒤에서 일격이 몰아친다.

‘마존! 구절마수!’

비공은 급히 돌아서며 소사월반을 쏘아냈다. 다른 손에 들

린 소사월반은 사색신녀를 향해 이미 쏘아진 후였다.

퍼억! 퍼억!

소사월반이 마존의 심장을 꿰뚫었다. 사색신녀의 머리도 산산이 부숴 버렸다. 한데,

퍼억!

갑자기 그의 가슴이 폭발했다.

어디서 나타났는지 모를 쇠붙이들이 살을 뚫고 들어와 심장을 산산조각 냈다.

'의살!'

그의 눈에 마존이 보였다. 그는 죽지 않았다. 멀쩡하다. 사색신녀도 보였다. 그녀도 멀쩡하다. 사사표풍의 손에는 손잡이만 남은 검이 들려 있다. 폭검신공이 전개된 흔적이다.

그는 비로소 이유를 알았다.

환각! 피한다고 생각했지만 피하지 못했다. 죽였다고 생각했지만 죽이지 못했다. 그는 허상을 보았고, 허상과 싸웠다. 그러는 동안 진정한 공격은 그를 박살 냈다.

그의 눈길이 아직도 가부좌를 틀고 앉아 있는 악소화에게 향했다.

"요…… 망한!"

악소화가 일어서며 말했다.

"세상을 주실 필요는 없어요."

빙마지체와 소허태기의 싸움은 누구도 감히 장담을 하지 못

한다.

객관적으로는 빙마지체가 우세하지만 세상일이라는 건 모르는 것이다. 혹여 빙마지체가 패할 경우에 대비해서 보존책을 강구해 두어야 한다.

일교사는 빙화와 동행하지 않았다. 그렇다고 멀리 떨어져 있지도 않았다. 항시 지켜볼 수 있는 거리를 유지하면서 최대한 은밀하게 움직였다.

창창! 창창창!

병장기 부딪치는 소리가 요란하게 울린다.

다른 때와는 다르다. 한두 번 치는 척하고 빠지는 것이 아니라 본격적으로 달려드는 듯하다.

'시작됐어!'

사일도가 선공(先攻)을 걸어왔다.

이미 만반의 준비가 끝났다는 뜻이리라. 완전치 않은 소허태기로 어떻게 신이 되어버린 여인을 상대할지 궁금하지만…… 이미 싸움은 벌어졌다.

'오늘 밤만 지나면 윤곽이 잡히겠군.'

그는 숨을 죽였다. 한데,

짜르르르……!

머리끝부터 발끝까지 기이한 전율이 흐른다.

'암습!'

누구도 모르게 움직였는데 암습이라니!

다소 뜻밖이기는 했지만 당황하지는 않았다. 무림에 몸을 담은 순간부터 검끝에 목숨을 걸어본 게 어디 한두 번이던가.

"누구냐?"

쓰으읏! 쒜엑!

대답도 없다. 다짜고짜 거대한 몽둥이가 뚝 떨어져 내린다. 천지를 양단할 기세다.

'정통무공! 살수!'

정상적으로 연결할 수 없는 두 단어가 동시에 떠올랐다.

정통무공을 수련한 자가 살수처럼 살행을 하는 건 매끄럽지 못하다. 살수는 살수만의 무공이 있게 마련이다. 살수가 살수만의 독특한 냄새를 풍기는 것도 그 때문이다.

이들은 두 가지 냄새를 동시에 풍긴다.

정통무공을 수련한 자이면서 살수 수련도 거쳤다.

어떻게 이런 일이 있을 수 있을까?

있다. 단 한 군데, 개방의 걸왕들이라면 가능하다.

'이놈들이!'.

그는 노기를 피워냈다.

빙화에게 머리를 숙였다고 감히 걸왕들 따위가 자신에게 몽둥이를 들이대는가!

파아아앗!

두 손에 빙극검형을 잔뜩 운집했다.

북해빙궁의 노기(怒氣)를 한 몸에 받으면서 훔쳐 온 절공이다. 그를 단숨에 안선 일교사 자리에 올려놓은 최강 무공이다. 개방에 절공들이 많다 하지만 빙극검형의 파괴력을 당적할 만한 무공은 존재치 않는다.

쐐에에엑!

빙극검형이 쏟아져 나갔다.

팟! 파파팟! 파파팟!

암습자는 예상대로 걸왕들이었다. 그들 여덟 명은 본색을 숨기려고 하지도 않았다. 개방도임을 나타내는 타구봉을 당당히 쳐들고 공격을 가해왔다.

걸왕들은 정면충돌도 사양치 않았다. 일교사가 전개한 빙극검형을 향해 절정에 이른 반(絆), 벽(劈), 전(纏), 착(捉), 도(挑), 인(引), 봉(封), 전(轉)의 수법이 달려들었다.

'건방진!'

일교사는 빙극검형을 최고조로 끌어올렸다.

파앙! 팍! 퍽! 퍼억!

일수에 걸왕 세 명이 나가떨어졌다.

개방의 숨은 병기라는 걸왕들이지만 일교사를 상대하기에는 역부족이었다. 하나 그 순간,

쐐엑!

땅 밑에서 불쑥 솟구친 타구봉이 일교사의 낭심을 후려쳤다.

일교사가 공격해 오는 세 명을 치기 위해서 움직인 곳, 그곳에 죽음의 수가 숨겨져 있었다.

쐐엑!

일교사는 타구봉을 피해 허공으로 솟구쳤다. 하나 그곳에도

이미 두 개의 타구봉이 대기하고 있었다.

쒜엑! 쒜에엑!

일교사는 비룡번신(飛龍翻身)으로 몸을 뒤틀면서 전력을 다해 빙극검형을 쏟아냈다.

퍼엉! 퍼엉!

허공에서 공격해 오던 걸왕들이 싱겁게 나뒹굴었다.

“후후! 너희 같은 조무래…… 큭!”

승리의 웃음을 흘리던 일교사는 불쑥 배를 뚫고 나오는 검을 보면서 고개를 갸웃거렸다.

걸왕들이 검을 쓰던가?

푹! 푸우욱!

등을 뚫고 들어온 검이 가슴 앞으로 튀어나왔다. 또 다른 검은 폐를 뚫었다.

“금룡…… 대…….”

그는 저미한 신음을 흘렸다.

걸왕들이 이목을 가리고, 금룡대가 급습을 가해왔다.

단순한 기습 공격 중의 하나인데, 감지하지 못했다. 금룡대의 공격도 기습, 걸왕의 공격도 기습인데 한쪽은 잡아내고 다른 쪽은 눈치조차 채지 못했다.

걸왕들의 공격이 그만큼 전격적이었다. 자신은 아니라고 했지만 그들의 공격이 너무 사나워서 온 정신을 빼앗기고 있었다.

걸왕들의 무공은 용두방주와 버금간다.

이게 말이 되는가? 걸왕들이 어떻게 이리 강해질 수 있나? 악소화와 함께 있으면서 합공이 강해진 것은 아는데, 그게 이토록 강해졌던 것인가.

그때, 그의 의심을 확인시켜 주려는 듯 빙극검형에 당한 걸왕들이 부스스 몸을 일으켰다.

이 또한 있을 수 없는 일이다.

빙극검형에 당한 자는 꽁꽁 얼어 죽는다. 어떠한 호신지공도 무용지물로 만드는 죽음의 무공이 빙극검형이다.

"후우!"

걸왕들이 긴 숨을 내쉬며 가슴을 열었다.

"철갑(鐵甲)? 후후후! 후후후후!"

일교사는 하늘을 쳐다보며 웃었다.

평생 수련한 무공으로 겨우 철갑을 얼리는 데 그쳤다.

'그래도 미련없어.'

그는 고개를 툭 떨궜다.

2

빙화를 친 무리는 무총 무인들이다. 또 그들은 개별적으로 비공의 수족이기도 하다.

그들은 약속된 신호가 떨어지기를 기다리며 시간을 끌었다.

삐이익!

드디어 신호가 울렸다.

신호가 약간 이상하기는 했지만 그런 점까지 염두에 둘 정
도로 여유있지 않았다.

그들은 썰물처럼 빠져나가기 시작했다.

"다음에 보자!"

"오늘은 이만 실례!"

빙화의 수족들은 물러나는 적을 치지 않았다.

그들의 임무는 빙화의 호위에 있다. 적이 누구이든 물러가
면 그만이다. 빙화가 끝까지 쫓아가서 죽이라는 명을 내리지
않는 한, 그녀의 곁을 떠나는 게 더 큰 중죄다.

양쪽 모두 싸움이 끝나는 듯했다. 한데,

"후후후! 누가 실례하라고 했더냐!"

쒜에엑! 쒜엑! 쉬잇!

음침한 괴소와 함께 또 다른 공격이 시작되었다.

그들의 공격은 신랄했다. 정통무공이 아니라 오로지 죽음만
을 노리고 쳐내는 살검이었다.

"크윽!"

"쿼엑!"

비공의 수족들이 거침없이 베어져 나갔다.

"시각랑! 시각랑이닷!"

누군가 그들을 알아보고 소리쳤다.

"후웁! 후우웁!"

사일도는 빙화 곁에 쭈그리고 앉아서 거친 숨을 쏟아냈다.

소허태기가 잘못되었다. 빙화에게서 넘겨받은 음한지기가 깨끗이 소멸되지 않고 얼음 편린(片鱗)이 되어 경혈을 쑤셔온다.

"크윽!"

고통이 엄청나다. 바늘 수백 개가 일시에 찔러오는 듯하다.

사일도는 엄청난 고통 속에서도 이게 어찌 된 일인지 원인을 찾기에 부심했다.

빙령은 소허태기를 북돋울 정도만 들어왔다. 소허태기를 활활 불태운 다음에는 모두 소멸되었다. 몸속 어느 구석에도 빙령의 흔적이 남아 있지 않다.

하면 이건 어찌 된 건가?

"끄으윽!"

그는 가슴 저미는 신음만 토해냈다.

아무리 머리를 굴려도 고통이 생긴 원인을 찾아낼 수 없었다. 원인을 찾아야 고통도 해소할 수 있는데, 근본 원인을 모르니 고통의 근원도 파악되지 않는다.

'빠져나가야 해.'

그는 원인 파악을 포기하고 몸을 일으켰다.

이곳은 적진이다. 소허태기를 완전히 습득한 후에는 두려울 것이 없지만 지금과 같은 상태에서 사교사나 오교사를 만나면 상당히 곤혹스러울 수 있다.

다행히 비공이 멀지 않은 곳에서 기다리고 있으니 빨리 몸을 빼내기만 하면 된다.

그는 아픈 몸을 이끌고 걸음을 떼어놓았다. 하나, 채 두 걸음도 걷지 못하고 다시 복부를 움켜잡으며 주저앉았다.

"끄으윽!"

신음이 절로 새어나왔다.

복통, 두통, 심통…….

전신 구석구석에서 고통이란 고통은 모두 쏟아져 나왔다.

"걷는 자 위에 뛰는 자, 뛰는 자 위에 나는 자, 나는 자 위에 업혀가는 자. 세상이 이런 거군요."

사일도는 낯익은 소리에 고개를 쳐들었다.

"약란……."

"네, 저예요."

"네가 여길 어떻게……."

"부사영이 사교사와 겨루고 있어요. 오목이 오교사를 맡았죠. 승부가 어떻게 날 것 같나요?"

사일도는 사약란의 한마디에서 모든 상황을 읽었다.

빙화의 수족들이 전멸당하고 있다.

안선에서 나오지 않은 자들은 상관없지만 빙화 곁으로 달려온 자들 중에서 살아남는 자는 없을 것이다.

사약란이 움직였다. 천하에서 가장 머리가 좋다는 지자 중의 지자가 기회를 단단히 붙잡았다.

실패할 리 없다.

"비…… 공은?"

"지금쯤 죽었을 거예요. 구절마수, 사색신녀, 사사표풍. 당할 수 없어요."

"그렇군. 그럼 이것도……."

그는 자신의 배를 가리켰다. 자신의 몸에 이는 고통도 그녀의 안배냐는 뜻이다.

"비공이에요. 잠독(潛毒)이라고 들어봤어요?"

"잠독? 잠독…… 잠독!"

사일도의 눈가에 경악이 출렁거렸다.

잠독은 육교사의 수족이던 괴노독의 기독(奇毒)이다.

일반적인 독은 투여 즉시 활동을 시작한다. 하지만 잠독은 말 그대로 잠맥(潛脈) 속에 스며들어 잠맥의 활동을 중지시킨다. 잠맥으로 스며드는 진기를 차단시킨다는 편이 맞다.

잠독에 당하면 잠력이 급격하게 소멸된다.

무인의 경우에는 내공의 이삼 할이 순식간에 깎이는 결과가 되며, 일반인의 경우에는 생기가 급속도로 사그라지며 시름시름 앓다가 죽는다.

사일도의 경우, 잠맥은 심각한 중독(重毒)으로 작용했다.

소허태기가 잠맥으로 스며들지 못했다. 의념이 이끄는 기경팔맥만 휘돌았다.

그는 그런 상태에서 빙령을 끌어들였다.

빙령은 소허태기를 만나는 즉시 말라 죽는다. 사일도에게 흡수되는 즉시 소멸된다. 그러니 어떻게든 시원한 곳을 찾아야 했을 것이다. 말라 죽기 전에 숨어야 했을 것이다.

빙령이 소허태기가 깃들지 않은 잠맥을 발견했을 거라는 건 어렵지 않게 짐작된다. 뚫고 뚫고 또 뚫고…… 잠독을 뚫고 들어가 은신하는 것까지도 짐작된다.

빙령이 스스로 한 건 아니다. 이건…… 빙화의 저주다. 빙화가 죽어가면서 마지막에 펼쳐 놓은 살수다.

"후후후! 비공 이놈이……."

"비공이 육교사의 유품을 탐할 때 주의를 기울었어야지요. 육교사의 수족 중에 천하삼독(天下三毒)인 괴노독이 있다는 사실을 잊지 말았어야죠."

"그런가."

"오라버니는…… 알죠?"

사약란이 바싹 다가와 앉으며 말했다.

사일도는 싱겁게 웃었다.

고통 때문에 이마에서는 굵은 땀이 빗물처럼 흘러내린다. 하나 이제는 괜찮다.

"네가 이겼다."

"제가 받기로 한 것, 다시 받아가는 것뿐이에요. 괜찮나요?"

"빙화의 저주를…… 네게는 심지 않으마. 믿어라."

"아뇨. 오라버니에게는 한 번 당한 적이 있어서요. 전 한 번 당한 사람은 절대 믿지 않아요."

사약란이 사일도의 혈을 짚었다.

"끄으으윽!"

아픔이 지독하게 몰려든다. 십이성의 소허태기가 한꺼번에 들고일어나 명문혈로 몰려간다.

파아앗! 츠으으으웃!

소허태기가 육신을 빠져나가기 시작했다.

"너…… 너……."

사약란은 사일도의 아픔을 듣지 않았다. 온 신경을 집중하여 소허태기를 받아들이는 데만 전력했다.

어느 순간, 사일도의 고개가 툭 떨궈졌다.

사약란은 운공조식을 마치고 일어섰다.

병장기 부딪치는 소리는 들리지 않는다.

참고 참았던 계야부의 힘이 무림을 향해 들이쳤다. 키우고 키웠던 힘이 한꺼번에 터져 나왔다.

승부는 시작도 하기 전에 끝나 있었다.

그녀가 말했다.

"짐작하셨죠?"

"……."

"전 이제 가가 곁에 머물 수 없어요."

"……."

"저 대신 하위미를 남겨놨어요. 가가를 내조할 여자로는 최고예요. 그렇죠?"

"……."

"악소화는 버리세요. 그녀의 의살은 정통이 아니에요."

"……."

"이번에도 제가 먼저 등을 보여야 하나요?"

"아니."

계야부가 처음으로 말했다.

그는 묵묵히 사약란을 쳐다보다가 등을 돌렸다.

"정말 등을 돌리시는군요. 제 곁에 있어주실 수는 없나요?"

계야부는 걷기 시작했다.

안선 같은 것은 머릿속에 없다. 무림도 없다. 중원도 없고, 무공도 생각하지 않는다.

사약란은 한달음에 달려가 창문을 활짝 열었다.

몇 사람이 그의 뒤를 쫓아간다.

시각랑이, 금룡대가, 걸왕들도 따라간다. 가는 곳이 어디인지도 모르면서 무조건 뒤쫓는다.

그곳에 영광은 없다. 부귀도 없다. 하나 모두 따라간다.

'가세요. 하지만 언젠가는 돌아올 거예요, 제 곁으로. 지금은 보내 드릴게요.'

아니다. 그녀는 자신의 말이 거짓임을 안다. 자신이 자신을 속이고 있는 게다.

그녀는 여인의 몸으로 소허태기를 받아들였다.

그녀의 심성은 시간이 지남에 따라 변해갈 것이다. 여인의 심성이 사라지면서 사내를 사내로 보지 않는 지경에 이를 게다.

그때가 되면 그녀 자신이 계야부를 잊게 된다.

'가세요.'

그녀는 처연하게 웃었다.

3

무림은 평온했다.

무총은 여전히 건재했고, 새로 무총주로 등극한 사약란은 무림에 자유를 주었다.

무공을 자유롭게 펼쳐라. 무공의 신세계를 열어라.

하나 그 말을 곧이곧대로 믿는 사람은 없었다.

대장군이 암살당했다. 중원을 쥐락펴락하는 거상도 암살당했다.

흉수는 자신을 알리려는 듯 흔적을 뚜렷하게 새겨놓았다.

인두로 지진 듯한 시커먼 장인(掌印)!

모두들 그런 장인을 만들 무공은 소허태기밖에 없다고 생각하지만 사약란을 거론하는 사람은 없었다.

낮말은 새가 듣고 밤말은 쥐가 듣는다.

시간은 조용하게 흘러갔다.

"이게 자네가 생각한 무림인가?"

"그럴 것 같은가?"

"하면 왜 일도를 그리 미워한 게야?"

"일도를 미워한 게 아니라 약란이에게 흠뻑 빠진 게지."

"그렇겠군. 착하고, 현명하고, 영도력있고."

두 사람은 새끼줄을 꼬면서 잡담을 나눴다.

"요즘은 기침을 하지 않던데?"

"많이 나아졌어. 의살…… 허허허! 의살이 좋긴 좋아."

"깊이 들어갔나?"

"이제 겨우 입문이지."

"허허허! 곧 송장이 될 나이에 입문이라니."

"그놈은 어찌 되었는지 아나?"

"의살을 터득한 놈이 숨기로 작정했는데 누가 찾아. 아무도 찾을 수 없을 게야."

"기린산(麒麟山)에서 봤다는 말도 들리던데."

"헛소문이야."

"그래도 그놈이 있으니까 약란이가 이 정도에서 그쳤겠지?"

"그렇지."

선(善)과 악(惡)!

요즘 두 사람의 대화 주제였다.

사일도에게서는 악심만 보였다. 그는 숨기려고 했지만 절대자의 눈에는 환히 비쳤다. 반면에 사약란은 선의 결정체였다. 그녀의 어디에서도 악한 그림자는 찾지 못했다.

현명함, 지도력, 결단력…….

영도자가 갖춰야 할 덕목은 많다.

사약란은 이러한 덕목들을 완벽하게 갖춘 유일한 사람이었다.

그녀가 여인이라는 점이 걸리기는 했지만, 그녀에게 무림을 맡기면 세세토록 평안할 것 같았다.

무총주는 그렇게 생각했다.

잘못 생각한 게다.

선과 악이란 한 몸에서 나타나는 것이다. 선이 나타나는 만큼 악도 자란다. 악이 나타나는 만큼 선도 숨어 있다.

도고일척(道高一尺)이면 마고일장(魔高一丈)이라고 했던가?

이것도 잘못 말한 것이다. 도고와 마고는 같이 간다. 인간의 눈에 보이느냐 마느냐의 차이만 있을 뿐…… 인간이 어떤 마음을 먹느냐에 따라서 악인이 하룻밤 사이에 선인이 될 수 있는 것처럼…….

"그놈 한 번 보고 싶은데 말이야. 요즘 내가 깨달은 의살이 맞는지 틀리는지 확인하고 싶거든."

"틀렸어."

"뭐?"

"의살은 완벽한 공(空)이라고 했거든. 의심이 들면 틀린 게야."

"그런가? 하하하!"

두 사람은 웃었다.

의살을 깨달으면 어떻고 못 깨달으면 어떤가.

아무것도 잃을 게 없다. 이것이 삶이다.

〈大尾〉

「무림포두」, 「염왕」의 작가 백야!
그가 칠 년 동안 갈고닦아 온 역작 「취불광도」!

강호 일신(一神), 검신 한담(邯罩).
오직 검 한 자루로 무림을 지배하고 다스리는 인물.
강호를 지배하는 또 하나의 손, 또 하나의 검…….

기이한 파계승의 손에서 자란 나정은 스승과 함께 떠난 무림행에서
이십 년 전의 혈난을 만들어낸 금단의 무공을 만나게 되고……

그에게 잠재되어 있던 거대한 힘이 운명의 안배에 따라 깨어난다!

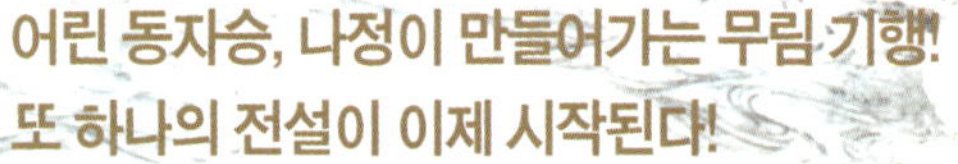

어린 동자승, 나정이 만들어가는 무림 기행!
또 하나의 전설이 이제 시작된다!

Book Publishing CHUNGEORAM

유행이 아닌 자유추구 -
WWW.chungeoram.com

無籍門主

무적문주

눈매 新무협 판타지 소설

**강호가 혼란할 때마다 나타났던 전설의 문파
강호인들은 그들을 무적문이라 부른다.**

마도천하의 시대. 명문정파 비검문은 유일한 계승자인 설화를 보호하기 위해
표운성이라는 청년을 찾는데……

"헤헤. 돈 좀 주셔야겠는데요?"

결핏하면 돈! 돈! 돈!
세상에서 가장 좋은 것도 돈이요, 가장 귀한 것도 돈이다.

그를 은밀히 따르는 어둠 속의 사군자(死軍者)들
서서히 드러나는 무적문의 실체

"은자의 은혜만 받는다면 나 표운성, 이루지 못할 것은 없다!"

돈에 환장한 문주가 나타났다!

魔道公子
마도공자
전기수
新무협 판타지 소설

魔道公子
마도공자
1

유행이 아닌 자유추구 -
WWW.chungeoram.com
Book Publishing CHUNGEORAM